九《きゅう》十《じゅう》三《さん》歳《さい》の関《せき》ヶ原《はら》

新潮 … -1

平成三十一年三月一日発行

著者 近《この》衛《え》龍《たつ》春《はる》

発行者 佐藤隆信

発行所 株式会社 新潮社

郵便番号 一六二―八七一一
東京都新宿区矢来町七一
電話 編集部(〇三)三二六六―五四四〇
読者係(〇三)三二六六―五一一一
https://www.shinchosha.co.jp

価格はカバーに表示してあります。

乱丁・落丁本は、ご面倒ですが小社読者係宛ご送付ください。送料小社負担にてお取替えいたします。

印刷・株式会社光邦　製本・株式会社大進堂

ISBN978-4-10-100451-8 C0193

新潮文庫既刊より

キャンベル・スコット
新彊の扉がひらくとき
田部井淳子 著

ヒマラヤ、エベレスト、マナスルの次の目標として女性未踏の「未知」なる高峰・新彊のムスターグ・アタ峰、コングール峰、そして中国の秘境・崑崙山脈へ……。逞しい精神と情熱に溢れた、女性登山家のエッセイ。

続・山は飛行機
植村直己 著

ヒマラヤ、エベレスト、アマゾン、北極圏……。未踏の世界へ果敢に挑戦しつづけた冒険家・植村直己の、雄大な自然と人間の姿を綴った遺稿エッセイ集。

風の旅
北杜夫 著
（上・下）

どくとるマンボウ・シリーズ

青春記
北杜夫 著

牧羊犬ボブの生涯
戸川幸夫 著

新 潮 文 庫

九十三歳の関ヶ原

弓大将大島光義

近 衛 龍 春 著

新 潮 社 版

11063

九十三歳の関ヶ原　弓大将大島光義◇目　次

九十三歳の関ヶ原

弓大将大島光義

百發百中《ひゃっぱつひゃくちゅう》ノ妙ヲアラハス

『丹羽《にわ》家譜傳』

元龜《げんき》元年、姉川の役に先がけし敵數人を射殺す。
天正元年、越前《えちぜん》の兵近江國《おうみのくに》に出陣のときも
先にすゝんで敵兵を射おとす。
のち長篠《ながしの》の役にもまた戰功あり。
のち秀次の命により
矢十筋を發して八坂の塔の五重の窓に射こむ。

『寛政重修諸家譜』

序章　老将の剛矢

鬱陶《うっとう》しい梅雨も終わり、刺すような日射《ひざ》しが照りつけている。肌を出していると瞬《また》く間に焼けてくるが、既に染《し》みだらけであり、長く生きた人の誉れでもあると考えているので気にはならない。光義《みつよし》は構わずに諸肌《もろはだ》を脱ぎ、庭に備えられている的に向かって、弓弦《ゆづる》を引いた。

乾いた弓音がする間もなく、放たれた矢は十間（約十八メートル）先の的の中心を貫いた。

「衰えておらぬ。いつにても敵を射倒すことはできる」

光義は再び矢を射る。心が躍るせいか、いつもより多くの矢を放っていた。

「もう、戦に出るような歳《とし》ではありますまい。我らにお任せ下され」

嫡子《ちゃくし》の光安《みつやす》が諫《いさ》めるが、光義は聞く気がない。

「まだまだそちたち青二才に任せてはおけぬ。こたびは久々に我が弓を唸《うな》らせる」

言いながら光義は弓を射る。矢は先に刺さっている矢を弾《はじ》くように的を捉《とら》えた。

「四十二歳の光安様を青二才と呼べるのは、この世で殿ぐらいでございましょう」

総白髪となった従者の小助《こすけ》が矢を渡しながら告げる。

「父上から見れば、命ある者全《すべ》てが青二才に見えるのじゃ」

説得は無理だと思っているのか、片頬を上げて光安が言う。

「まあ、そんなところじゃ。こたびが最後の出陣になるやもしれぬ。それゆえ、我が弓の力、敵味方を問わず、見せつけておかねばの」

鉄砲全盛の時代に弓で挑むのだから、光義は稽古《けいこ》に余念がなかった。今でも負ける気はしない。

慶長五（一六〇〇）年六月、光義は九十三回目の夏を迎えていた。

「まこと、参陣されるおつもりですか? 光安様が仰《おお》せのように、お任せしてはいかがでしょう。最近では射る矢の数も減ってきているではありませんか」

小助が気遣う。

嘗《かつ》ては一日一千本の矢を射たこともあるが、稽古で射る矢の数が減っている。当然のごとく、歳を重ねるごとに連続して矢を放つ腕力がなくなってきたからである。

「若き日は、射られなくなるまで矢を放ち続けるも修練のうちじゃが、今は要点を押さえて射ればよい。年相応の修行の仕方はあるもの。先日、そちは儂《わし》が若く見えると申したであろう」

答えながら光義は一つずつ動作を確認するように矢を射る。基本の手順を常に新鮮な心で行う。それが歴戦を生き抜いてきた光義の哲学であった。

「九十歳が七十歳に見えても世間の目には、さして変わらずに映りましょう」

「九十三歳じゃ。惚《ぼ》けたか」

「目くじらをたてるほどの数ではありますまい。卒寿《そつじゅ》（九十歳）を越えた翁《おきな》を止める某《それがし》が惚けたならば、隠居を忘れた殿は大惚けでございます」

小助が言い返すと、光義は眉間《みけん》に皺《しわ》を寄せて弓につがえた鏃《やじり》を小助に向ける。

「ご勘弁を。されど、老いた言い訳をしているように聞こえますが。体も細くなりましたぞ」

嘗ては鋼《はがね》のような筋肉を身につけていた光義ではあるが、さすがに筋肉もおちている。それでもまだ腰は曲がらず、杖《つえ》をつく必要もなく、矍鑠《かくしゃく》としていた。白髪頭もかなり薄くなっているが、まだ髷《まげ》は結えた。弓を射る姿は、風雪に晒《さら》された老木のようであり、さざれ石のごとくでもあった。

謝罪の言葉を聞いた光義は的に目を向ける。

「誰でも老いるもの。老いることは悪ではない。ただ、思案できなくなること、体が動かなくなることは、儂にとっては非常にまずい。戦場で死ねぬゆえの」

「冨美《ふみ》殿との約束ですか？　なにも戦場で死なずとも、美味なものをたらふく喰って畳の上で往生するほうが、どれほど幸せでしょう」

冨美は光義の幼馴染《おさななじ》みにして将来を誓った女性である。

「なにが幸せかは人それぞれ。老いたからといって無為に過ごすことには堪えられぬ。異国の地で戦えなかった儂にとって、こたびが戦陣に立つ最後の機会になるやもしれぬ。これを無にできようか」

狙《ねら》いを定めた光義は再び矢を射た。朝鮮出兵にあたり、高齢を理由に光義は肥前《ひぜん》の名護屋に在駐させられ、渡海することはできなかった。これが心残りでならない。

（ひとたび戦場に立てば、老いも若いも関係ない。戦う前から勝負は始まっておるのじゃ）

光義の気構えは変わっていない。

「諸将は餓鬼の様相で帰国したではありませぬか。食い物が尽きた中で戦うなどとんでもない」

「儂は弓で生きてきた。こののちも変わらぬ。戦場は命のやりとりをする場ではあるが、もはや儂は敵の首取りには趣きがない」

「されば、なにゆえに？　敵は弓ではなく、大半が鉄砲ですぞ。しかも今の鉄砲は工夫されてござる」

日本に鉄砲が伝わって以来、短期間に国内で製造されるようになり、時代を経るごとに改良され、玉は大きく、より遠くに飛び、命中率も上がっていた。弓が鉄砲に勝るのは連射が利《き》くことと、雨の影響を受けないこと、全ての材料が国内で賄《まかな》えることであった。

「そちは、長年儂に仕えていて、まだ判《わか》らぬのか。命を賭《か》けた場でなければ真の弓は極められぬ。その最中に戦場で死ぬも運命《さだめ》として受け入れよう。武士にとって戦場とは左様なところ」

言うや光義は箙《えびら》に残る最後の矢を放ち、出陣前の調整を終えた。

屋敷の中に入って身支度を整えると、光義の前に三方《さんぼう》が運ばれた。上には干し鮑《あわび》、勝ち栗《ぐり》、結び昆布が載せられている。鮑は打ち鮑と呼ばれ、それぞれ討って、勝って、喜ぶという験《げん》に因《ちな》んだもので、武士の出陣には欠かせない。

圧倒的に優位と言われる合戦であっても、武士にとって戦場は命を賭けて戦う場所。出陣する者にとって目に見えぬ力は是が非でも欲しい。

（これが最後の鮑になるやもしれぬの）

柔らかく煮込んでいるわけではないので、決して美味ではない。それでも口に入れやすいように切れ目を入れてあるので手で簡単に裂けた。まだ歯は丈夫である。

光義は干し鮑から順に一摘《ひとつま》みずつ口に入れ、熱心に嚙《か》み、酒で流し込んだ。

嚥下《えんげ》し終わった光義は床几《しょうぎ》から腰を上げ、勢いよく盃《さかずき》を床に叩《たた》き付けると、周囲に破片が放射状に飛び散った。より多くの破片が拡散すると、戦を優位に運べると言われている。

「大島家の武威を天下に示す。いざ出陣じゃ！」

「うおおーっ！」

光義の命令に家臣たちは鬨《とき》で応《こた》え、屋敷を出ていった。

家臣たちは皆、具足に身を固めているが、高齢の光義は萌黄《もえぎ》色《いろ》の肩衣《かたぎぬ》姿のまま、栗毛の駿馬《しゅんめ》に跨《また》がり、鐙《あぶみ》を蹴《け》った。

会津討伐に向かうため、まずは徳川家康の江戸城を目指す。

（最後となるであろうこの戦で、我が弓を極めたいものじゃな）

光義は人生の集大成を築くべく、馬脚を進めた。念願叶《かな》うと信じているせいか、老将の双眸《そうぼう》は初陣《ういじん》の少年のように爛々《らんらん》と耀《かがや》いていた。

第一章　敗北、無禄、再仕官

一

遡《さかのぼ》ること四十年の永禄《えいろく》三（一五六〇）年六月二日。梅雨の小雨が降る中、信長率いる織田軍一千五百が美濃《みの》の墨俣《すのまた》に兵を出してきた。

東から木曾川《きそがわ》、西から長護寺川《ちょうごじがわ》（犀川《さいかわ》）、五六川《ごろくがわ》、糸貫川《いとぬきがわ》、天王川《てんのうがわ》が全《すべ》てこの付近で長良川《ながらがわ》に合流しているこの地は、あたかも洲《す》の俣《また》のようであり、これが変化して墨俣と呼ばれている。

美濃の国主は家督を継いだばかりの齋藤義龍《さいとうよしたつ》で、家臣の丸毛《まるも》不心齋《ふしんさい》ら三百余の兵が墨俣砦《とりで》を守っていた。不心齋らは即座に稲葉山《いなばやま》城の義龍に救援を求めた。

齋藤義龍は重臣の長井《ながい》隼人正《はやとのしょう》道利《みちとし》に出陣を命じた。道利は一千の兵を率いて出立した。

「大丈夫でしょうか。織田は勢いがございますぞ」

両肩に箙《えびら》を一つずつ担《かつ》ぎ、横を駆けながら従者の小助が心配そうに言う。

半月ほど前の五月十九日、信長は尾張《おわり》の田楽狭間《でんがくはざま》で駿河《するが》、遠江《とおとうみ》、三河《みかわ》の太守・今川義元《よしもと》を討ち取り、勢いに乗じての美濃侵攻であった。

「治部大輔《じぶのたいふ》（義元）を討ち取った織田上総介《かずさのすけ》（信長）。楽しみではないか」

五十三歳になる大島甚六光吉《おおしまじんろくみつよし》は進みながら笑みを作った。

墨俣砦は堅固な造りではないので、籠《こも》って迎え撃つことは困難。齋藤勢は湿地を利用して砦の外で矢玉を放ち、敵を追い払うしかなかった。

光吉らの長井勢が北から墨俣に到着すると、齋藤勢は多勢の織田軍に圧《お》されていた。

織田軍は半里ほど南の森部《もりべ》の浅瀬を渡り、次々に兵を投入してきていた。

「射甲斐《いがい》があるの」

光吉は近づく敵を見据えた。

織田軍は池田恒興《いけだつねおき》、坂井政尚《さかいまさひさ》らが先手となり、水飛沫《みずしぶき》をあげて兵を進めてくる。

「今少し前に出ぬとな」

「危のうございます。敵は飛ぶ鳥を落とす勢いの織田ですぞ」

小助がたしなめるが、光吉は聞かない。

「儂《わし》とて飛ぶ鳥を射れるぞ」

「左様な意味ではありませぬ。これは言葉の文《あや》にございます」

「されば敵を射よと申せ」

光吉は左手で弓の握節《にぎりぶし》を握り、敵に向かって肩から水平になるように突き出し、一息吐《つ》いた。光吉が戦う前に必ず行う儀式である。これをすると心が落ち着き、五体に力が漲《みなぎ》る。

「判《わか》りましたゆえ、決して敵の矢玉が届かぬようにしてくださいい」

主《あるじ》が戦闘態勢に入れば、なにを言っても聞かない。小助は諦《あきら》めて箙から矢を取り出した。

小助から矢を受け取った光吉は弓弦《ゆづる》につがえ、弓の中に自身の体を入れるように軽々と引く。

「我らは今川とは違う。美濃武士の矢を躱《かわ》してみよ」

叫ぶや光吉は弓弦を弾いた。矢は味方の頭上を飛び越え、二町（約二百十八メートル）ほど先の織田兵を射倒した。周囲の者たちは、どこから矢が射られたのかと、慌《あわ》てている。

「お見事」

新たな矢を手渡しながら小助が称賛する。

「ほれ、まごまごしていると、誰に射られたかも判らぬまま死ぬことになるぞ」

右往左往する織田兵を揶揄《やゆ》し、光吉は味方の頭上を飛び越して矢を放ち、次の敵を射抜いた。

織田軍も光吉らの存在に気づいて矢を放つが、光吉まで遠く及ばず、矢はかなり手前で地に刺さる。鉄砲は小雨が降っているので火薬が湿気《しけ》り、単発の音しか聞こえなかった。

長井勢が援軍として到着し、光吉らの弓衆の活躍もあって織田軍の勢いも弱まった。劣勢を打破しようということか、掲げられた黄色に黒の『永樂通寶《えいらくつうほう》』の本陣旗が近づいてくる。その二、三間後方には阿古陀形兜《あこだなりかぶと》をかぶり、色々威胴丸《いろいろおどしどうまる》を身に着けた栗毛《くりげ》の駿馬《しゅんめ》に跨《また》がる武士の姿が見えた。織田信長である。

「かような砦に仕寄《しよ》（攻め）るにも本陣旗を掲げるとはのう。余裕のつもりか」

おそらく今川義元を討った時、寡勢《かぜい》の信長は本陣旗を立てていなかったに違いない。

（信長は警戒しておらぬ。ちと旗が邪魔じゃが、今が好機じゃ）

敵の総大将を矢で倒していいものか、という素朴な疑問があるものの、光吉は気にせず構えた。

「信長、我が矢を避《よ》けてみよ！」

言い放った光吉は弓を引き絞るや、全身の闘志を込めて矢を放った。気力が充実しているせいか、先ほどよりも弦音《つるね》の弾《はじ》ける音が大きく、矢の勢いも増している気がした。

矢は大気《たいき》を引き裂きながら上空を進み、吸い込まれるように本陣旗の柄に突き刺さった。

「止まれ！」

信長が大音声《だいおんじょう》を発し、本陣の進軍が停止した。勿論《もちろん》、光吉に信長の声は聞こえるよしもない。

「殿！　殿の矢が織田本軍を止めましたぞ」

小助は上擦った声で絶叫する。

（信長を狙《ねら》ったのじゃが、本陣旗に邪魔されるとはのう。二町の間合いではあんなものか）

目標を外したのだから、結局は失敗である。

本陣旗を射られ、即座に旗本たちが信長の周りを囲んだ。その中から牛角の兜をかぶった侍が現われて矢を放つ。のちの太田牛一《おおたぎゅういち》である。思いのほか矢は飛び、光吉の足元に突き刺さった。

(敵にも一廉《ひとかど》の者はいるようじゃ。手合わせできるか)

楽しみにしながら光吉は矢を放つが軍勢の中に呑《の》み込まれた。

光吉の矢が信長の足を止めたことで、結局、信長はそれ以上前進しなかった。そこへ西美濃三人衆と言われる稲葉良通《いなばよしみち》(のちの一鉄《いってつ》)、氏家直元《うじいえなおもと》、安藤守就《あんどうもりなり》が到着すると、織田軍は柴田勝家《しばたかついえ》を殿軍《しんがり》として退却を余儀無くされた。

敵を追い返したので齋藤軍の勝利と言える。雨空の中、鬨《とき》が響き渡った。

(次こそは討ち射てやろう)

鬨を聞きながら、光吉は闘志を燃やした。時に永禄三(一五六〇)年六月二日のことであった。

(あれから七年。当家も遂《つい》に居城に仕寄られるようになったか)

大島甚六光吉は肚裡《はらのうち》でもらした。

小望月《こもちづき》の蒼《あお》い光が辺りを照らしているので、遠くまでよく見える。昼間は汗ばむ陽気となるが、山の上にいるせいか夜はかなり涼しく感じられた。

「我らも舐《な》められたものじゃ。かような晩に仕寄られるとはの」

眼下を見下ろしながら光吉は吐き捨てた。

光吉は齋藤義龍の子、龍興《たつおき》の重臣を務める長井隼人正道利に属し、百余の兵とともに美濃国、稲葉山の頂きに近い東の土塁を守備していた。光吉はこの年、六十歳になるが、腰は曲がらず矍鑠《かくしゃく》としている。中肉中背の体つきで、未《いま》だ腕は太く、胸板も厚いものの、鬢《びん》には白いものが交じっていた。日焼けした丸顔は染《し》みだらけであるが、本人は気にしてはいなかった。

墨俣の戦いから七年経《た》った永禄十（一五六七）年八月十四日の夜半、織田軍の先鋒《せんぽう》数百が夜襲を試みるために、西山を迂回《うかい》して稲葉山の東から堂々と山道を登ってくる。

金華山《きんかざん》とも呼ばれる稲葉山の山頂には櫓《やぐら》を備えた詰めの城があり、山の西麓《せいろく》には若き国主・齋藤龍興の居館《きょかん》があり、これを合わせて稲葉山城と呼んでいた。

「元来、夜討ち（夜襲《ようう》）は夜陰《やいん》を衝《つ》くもの。明るい晩に仕寄るとは、敵に焦《あせ》りがあるか、あるいは余裕のあらわれでしょうか」

煎《い》り豆を口に運びながら、従者の小助が問う。三十半ばで顔もどこか狐《きつね》に似ているせいか、身のこなしが軽い。戦場でも緊張感に欠ける男であるが、なかなか気の利《き》く男でもあった。

「表（西）で楽に勝つためであろう」

敵を見据えて光吉は言う。

尾張を統一した織田信長は、万余の軍勢を率いて美濃に攻め入り、稲葉山城の西の城下を焼き払い、龍興に重圧をかけている。龍興は城に籠り、徹底抗戦の構えを見せていた。

山頂の城を失えば、龍興は逃げ場を失い、討死か降伏するかしかなくなるので、信長は家臣に夜襲をかけさせたに違いない。

「西美濃の家老衆の姿が見えませぬが、内応したというのは真実《まこと》のようですな」

小助が指すのは西美濃三人衆のこと。三人とも織田方の調略を受けて齋藤家を離反していた。

永禄三（一五六〇）年から美濃攻めをするたびに何度も排除された信長が、本腰を入れて大軍を投入した理由も、稲葉良通らが離反して稲葉山城を攻略できると踏んだからに違いない。

「背信、返《かえ》り忠《ちゅう》（裏切り）は乱世の倣《なら》い。お屋形様に将来を託せぬと判断したのであろう」

そっけなく光吉は告げた。その間にも敵は迫っている。

「されば、我らも義理立てすることはないのではありますまいか。殿は齋藤家三代にわたり、十分に忠義は果たされたはず。命あってのものだねでございましょう」

逃げるならば今のうちと、小助は勧める。

齋藤家三代と言った小助の言葉には、些《いささ》か不満を覚えるが、光吉は口にも顔にも出さなかった。

「そちの申すことには一理ある。返り忠をされるのは大将が悪い」

戦国の世では、江戸時代のように朱子学《しゅしがく》は広がっておらず、忠義のために命をかけるという発想は少ない。鎌倉時代以来のご恩と奉公に基づき、所領を安堵《あんど》し、恩賞をくれる主のために一所懸命、戦うのが常識であった。戦乱が百五十年続いたのは土地の領有が理由である。

「されば、早《はよ》う」

釣り上がりぎみの細い目を見開いた。

「応、と言いたいところじゃが、戦の最中の離反は、我が武心が許さぬ。旗幟《きし》は戦う前に明確にするもの。こたびは、齋藤の兵として戦うゆえ左様に心得よ」

平然と光吉は告げる。

「はあ……」

劣勢間違いなし。戦線から離脱できると喜びかかっていただけに、小助は落胆の溜《ため》息《いき》を吐いた。

「気落ちしている暇があれば、自《おの》が闘志を沸き立たせよ。さもなくば……むっ、あれは」

従者をたしなめていた時、光吉は敵勢の中に見覚えのある者を発見した。

子供かと思うほどの矮軀《わいく》で猿のような顔をした男。美濃の武士にもかなり有名になっている。織田信長の草履取りから出世した木下藤吉郎秀吉《きのしたとうきちろうひでよし》である。

二年前の夏、木下秀吉の軍勢が稲葉山城から四里（十六キロ）ほど南東の鵜沼《うぬま》城へ攻め寄せてきた。同城から三里（十二キロ）ほど北の関《せき》に所領を持つ光吉は、長井道利と共に、木下勢を迎え撃ち、押し返したところ、秀吉の弟の小一郎《こいちろう》に側面を突かれたので、最前線で指揮を執っていた秀吉をとり逃がしてしまった。勿論、小一郎の攻撃は秀吉の指示である。

秀吉は、なかなか巧みに兵を采配《さいはい》するものだと、光吉は感心したものである。その秀吉は猟師を先導役にしているため、獣道のような山道であっても、迷うことなく進めていた。周囲が明るいのも功を奏しているようだ。

「織田は草履取りでも侍大将になれる家でございますぞ」

「そちも出世できると申すか？　さればまず、その草履取りを追い返す戦功をあげよ。さすれば齋藤家でも所領が増え、他家からも声がかかるというものじゃ」

光吉は弓の張り具合を確かめながら言う。

「お屋形様から、何処《いずこ》の地を得られることか」

こぼした煎り豆を勿体無《もったいな》さそうに拾いながら、小助は皮肉をもらす。夢の所領よりも、現実の煎り豆のほうが大事、とでも言いたげな仕種《しぐさ》には苦笑させられる。

一度は木下秀吉らの軍勢を排除した光吉らの関《せき》・加治田衆《かじたしゅう》であるが、その年の堂洞《どうぼら》合戦で圧倒的な兵力の織田軍に敗れた。その結果、光吉の寄親《よりおや》の長井道利が関での戦いを諦めたので、織田方の齋藤利治《としはる》によって関周辺は制圧された。光吉らの所領はかろうじて守られているものの、いつ略奪されてもおかしくない状況にあり、敵から奪い返さねば加増は望めそうもなかった。

加治田は光吉が在する関の東隣に位置し、その兵とは行動を共にすることが多かった。

「敵は大きい。勝利した時の恩賞は思いのままではないのか」

「勝利できればいいですが」

小助が他人事《ひとごと》のようなことを口にした時、一緒に土塁を守る長井道利麾下《きか》の兵が眼下の木下勢に向かって矢を放った。

「今少し引き付けてからでもよかろうに。まあ、致し方ないか」

木下勢との距離はおよそ一町(約百九メートル)。なんとか弓の有効殺傷距離内に入るが、大概の者では敵を仕留めるにはやや遠い。具足、甲冑《かっちゅう》などを身に着けていればなおさらである。光吉が仕方なく納得したのは、下方に放たれれば矢は多少とも威力が増すと考えてのことであった。

守兵の意思が一つになっていないのは、離反が続く齋藤家にあって、山頂に守将を配置できない現状ゆえである。指揮命令系統が定まっておらず、思い思いに戦うしかなかった。

気づいた木下勢は樹木を楯《たて》に鉄砲の筒先を上に向け、轟音《ごうおん》を響かせた。鉄砲は誰が放っても、一町は有効殺傷距離となる。火縄に灯す胴の火と呼ばれる携帯用の火種を鉄砲足軽が各自、持参しているようである。

国内で製造されるようになっても鉄砲は高価なもので、この頃、一挺《ちょう》の値段は足軽働き三年分と言われていた。

信長が領国とする尾張の国は一国で五十七万石を収穫でき、陸奥《むつ》、近江《おうみ》、武蔵《むさし》に続く全国四番目となる穀倉地。さらに流通が盛んな商業地を財政基盤にしているので、信長は財政的に豊かであり、入手に困難な鉄砲を多数所有し、木下秀吉らの夜襲部隊にも持たせていた。

美濃も五十四万石を収穫できる豊かな国ではあるが、梟雄《きょうゆう》と恐れられた道三《どうさん》の死去後、義龍、龍興と相次いで当主が変わったせいか、和泉《いずみ》の堺の商人とは疎遠《そえん》になっていた。齋藤家は決して鉄砲を蔑《ないがし》ろにしてはいないが、体制が整わぬうちに信長に攻め込まれた、ということになる。

「愚かな奴《やつ》らじゃ。夜中に鉄砲とは有り難い。火種を狙え」

同じ関・加治田衆の弓衆に指示を出した光吉は小助から矢を受け取り、敵を見据えた。

夜襲が露見したことで、木下勢は慌てて引き金を絞り、筒先から火を噴く。下からの射撃なので、玉は土塁に当たって守兵を倒すことはできなかった。鉄砲は少し訓練すれば誰にでも扱えるので、脅しにはなるが、難点もある。一発放つと、銃身の中を掃除し、玉と火薬を詰め直さねばならない。熟練した者でも装塡《そうてん》には二十秒ほどがかかり、連射がきかない。

「その点、弓は違う」

光吉は弓の中心より少し下の握節を左手で握り、まずは敵に向かって真っすぐに差出し、数秒停止した。邪念を捨てて一心不乱に戦いぬくために気持を切り替える儀式であった。

(やれる)

光吉は、弓弦に右手で摑《つか》んだ矢の筈《はず》(尻《しり》)を当てがった。続けて矢柄《やがら》(箆《の》)を左手の親指の上に載せ、頭の上に持ち上げる。胸を張り、右手で弓弦を引き絞れば丁度、矢が口の辺りで真一文字となり、狙いが定まる。敵は眼下にいるので、光吉は下に鏃《やじり》を向けながら、この作業を流れるように行った。

「頭隠して尻隠さずとはこのことじゃの」

敵は樹《き》を楯として身を隠しているが、火縄の火で居場所は明らかになっていた。

「我が前に仕寄ってきたこと後悔致せ」

言うや否《いな》や、光吉は弓弦を弾いた。トン、という乾いた弦音《つるね》を残し、矢は夜の大気を引き裂き、吸い込まれるように鉄砲足軽の喉《のど》を貫いた。

「ぐあっ」

小さな呻《うめ》きをもらし、敵の鉄砲足軽は倒れた。

「お見事にございます」

主に矢を手渡しながら、小助は喜んだ。

光吉が右手の肘《ひじ》を返すように頭の高さに上げると、小助は人差し指に矢の尻の筈巻《はずまき》が当たるように巧みに渡す。光吉は確認しなくても親指で挟んで弓につがえられるので、自ら担いだ箙の中から手探りで矢を取り出すよりも効率的ではあった。

「世辞を申している暇があれば矢を放て。そちにも教えたはず」

矢を受け取った光吉は弓弦に筈を備え、次の敵に目を向けながら言う。

「某《それがし》が弓を手にするよりも、一矢《いっし》でも多く殿が放てるように手助けするほうが味方のためです」

「それでは戦功を得られぬではないか」

言いながら矢を放つと、三枚羽根の矢は糸で引かれたかのように敵の目を串刺《くしざ》しにした。

「殿から戴《いただ》きますゆえ、存分に敵を仕留めてくだされ」

新たな矢を渡し、小助は身を屈《かが》めた。

途端に木下勢の鉄砲が轟《とどろ》き、土塁に当たって土埃《つちぼこり》を上げた。

「臆病者《おくびょうもの》は、それなりに鼻が利《き》くの」

頬を緩めた光吉は、鉄砲を放った敵に向かい、弓弦を弾いた。矢は真一文字に飛び、玉込めをしている敵の胸元に突き刺さった。

「さすが殿」

「阿諛《あゆ》はよい。早うよこせ」

光吉は奪うように矢を取り、土塁から身を乗り出して放つ。射るたびに敵は呻いて倒れた。射た矢はほとんど外さぬ腕前であるが、活躍しているのは光吉だけ。光吉は一人で何人もの敵を倒しているが、朋輩《ほうばい》の腕前は並程度で、樹の陰から覗《のぞ》き見する敵を射る技を持ち合わせていない。足留めもままならぬ状態であった。

「手練《てだれ》は一人しかおらぬ。恐れず進め！　恩賞は思いのままぞ」

木下秀吉は察し、配下に命じた。下知《げじ》を受けた者は果敢に山道を登りだした。

「討てずとも構わぬ。矢の雨を降らせよ」

なんとか敵を釘《くぎ》づけにすれば仕留めることは容易《たやす》い。光吉は怒号する。

光吉が叫ぶものの、迫る敵に臆し、味方の射矢は散漫で当たらない。木下勢は恩賞をぶら下げられていることもあり、死を恐れず接近するばかりであった。

「このままでは遠からず、押し切られますぞ」

「逃げたくば止めぬぞ。儂はもはや還暦、死ぬ覚悟は参陣前にできておる。この期《ご》に及び、逃げて臆病者の汚名を残すわけにはいかぬ」

続けざまに矢を放ち、光吉は不退転の決意を示した。

（こたびが最後となるやもしれぬのに、逃げてなんとする）

初陣《ういじん》の時から、出陣する際には常に死を覚悟している。光吉が高齢であることは事実ではあるが、死に急ぐつもりはない。せっかくの働き場所を失うつもりはないというのが本音だ。

（儂は還暦じゃが、まだ技は衰えておらぬ。体力も二十歳の若者の頃とほとんど変わらぬ。六十歳からが真実の戦い。高価な鉄砲がいかほどのものか。熟練した我が弓の足元にも及ばぬではないか）

己の力を最後の最後まで出し尽くし、披露したいというのが光吉の本音である。

「殿を死なせれば、某は無禄になります。某のため、敵を全て射倒してくだされ」

餅搗《もちつ》きの添え手をするかのごとき間合いで矢を渡し、小助は懇願する。

「そちのためでは、敵も浮かばれまいの」

笑みを浮かべた光吉は、弦音を小さく響かせ、寄手を射倒した。

光吉が矢継ぎ早に弓弦を弾き、敵に重傷以上の傷を負わせても木下勢は臆せず山頂を目指す。

「これほど殿が奮戦しているにも拘《かか》わらず、敵は減りませんな」

「へらず口を叩《たた》くな。そちが傍観しているからではないか」

と言った時、北側の二ノ丸にある米蔵から火の手が上がった。

「伏兵を廻していたか。北の者たちはなにをしていたのじゃ」

光吉は悔しがるが、もはや後の祭であった。

木下秀吉の寄騎《よりき》を務める蜂須賀小六正勝《はちすかころくまさかつ》の配下には、川並衆《かわなみしゅう》という忍びのような技を持つ集団がある。おそらく川並衆が忍び込み、米蔵に火をかけたに違いない。

「二ノ丸が、あのような有り様では、刻《とき》を経ずして本丸も落ちましょう。さすれば我らは挟み撃ち。今を逃《のが》しては退く機会を逸します」

「お屋形様の下知は土塁の死守。逃れたくば早う逃れよ」

小助の助言には従わず、光吉は矢を射た。光吉は齋藤龍興というよりも、龍興の補佐をする長井道利に恩義を感じているので、道利の名誉のためにも退くわけにはいかなかった。

「なんと頑固な。かように優れた腕があるのです。仕官先には困りますまい。家臣を守るのは主君の務め。支援できぬ主君にこれ以上の忠節は無用にございます」

呆《あき》れた顔で小助は諫言《かんげん》する。周囲では二ノ丸の火を見て逃げだす味方が続いていた。

「そうじゃの。またの機会に考えよう。次の矢じゃ」

光吉は催促する。敵は十六間（約三十メートル）ほどにまで接近していた。

「またの機会は、あの世になりそうじゃ」

　愚痴をもらしながら、小助は矢を渡す。小助が持つ箙の中の矢も残り少なくなっている。予備の箙は一つしかなかった。一矢必中のつもりで放つ必要に迫られるかもしれない。

（あの世か。いかに優位な立場にあろうとも、一本の流れ矢で命を失うのが戦場。この際《きわ》どい状況の中で戦う面白さが、此奴《こやつ》には判らぬか。あるいは儂が異質か）

　決して人殺しが趣味ではないが、戦場は出世欲や恩賞目当て、義理や人情、自尊心などさまざまなものを背負い、己を賭《か》けて戦う場である。光吉は無上の緊迫感の中で、矜持《きょうじ》のために戦えることを喜んでいた。

　米蔵が焼ければ籠城《ろうじょう》することは不可能。二ノ丸を守っていた斎藤家の城兵は、我れ先にと大手道を滑り落ちるように下り、麓《ふもと》の居館にと逃亡していった。

　二ノ丸が占拠されたことを知った本丸の城兵もこれに倣い、麓に逃げだした。木下秀吉は朝を待たずに本丸を占拠、瓢簞《ひょうたん》を逆さにして鑓《やり》に刺して大きく振り、周囲から松明《たいまつ》を当てて遠くからも見えるようにし、奪取したことを城下の信長に報《しら》せたという。

　月が明るいので土塁からも瓢簞が振られる様子がよく見えた。

「本丸も落ちた様子。我らは孤立しましたぞ」

東の土塁には光吉らのほか十人ほどが残っていた。ほかは逃亡している。東は大きな樹木もなく開けているので敵の様子が判りやすい。西となる背後は崖《がけ》の壁。右側となる南には光吉を隠す太幹の樹があり、反対の北は崖続きであった。

「らしいの。これからが誠の戦じゃ。油断するな」

「四方も上下も皆敵。裸で敵の前にいるようなもの。油断どころか用心のしようもありませぬ。我らの魂を得られると、その辺りで地獄の鬼どもが喜んでおりましょう」

後方を見上げて小助はもらす。光吉らがいる場所は岩陰になっているので、横からの攻撃はされにくいものの、頭上はがら空きで、二ノ丸から丸見えであった。

「されば地獄の鬼どもも一緒に仕留めてくれるゆえ、安堵致せ」

周囲に目を配りながら光吉は言う。光吉らが逃げ遅れたことを木下勢も察しているらしく、どのようにして討ち取ろうかと慎重に窺《うかが》っていた。

（様子を見ているのはこちらも同じ。少しでも姿を見せよ。さすれば射倒してくれる）

五感を働かせ、光吉は敵を注視した。

「どう考えても地獄の鬼どもは我らの首筋に張りついておりまするぞ。殿はこの危機をいかに脱するおつもりですか」

「ただ射るのみ。安堵せよ。上から鉄砲は使えぬ」

当時の鉄砲は、玉と銃身内の隙間《すきま》がかなりあったので、銃口を下に向けると玉が落ちてしまうことがあり、下に発射するのは不向きと言われていた。

「はあ、さすれば頭上は安心と……」

半信半疑の小助の表情は、無策と言っていた。

その刹那《せつな》、頭上から轟音が響き渡り、光吉らの足元で土が跳ね上がった。

「殿！ 上からも鉄砲は放てるではありませぬか」

狐のような細い目を見開き、引き攣《つ》った面持ちで小助は訴える。

「偶然じゃ。次はない」

と言っている間にも鉄砲の轟きは止まらなかった。光吉は頭を隠しながら瞬時に後方上《うえ》に身構え、矢を放つと、見事に敵を射止めた。

「あるではないですか」

「奇遇じゃの。頭上に気をつけよ」

小助に注意した光吉は、他の者に声をかける。

「弥五右衛門《やごえもん》、南を頼む」

これまで光吉は東の敵を射ていた。弓を射る者は自身の右側に壁があるのは窮屈。

北側の敵ならば壁は左側となるので射やすい。光吉は同じ加治田衆の若き横江《よこえ》弥五右衛門清元《きよもと》に告げた。

「承知しました」

鑓の得意な横江清元は場所を選ばない。細く狭い地なので、敵が迫れば一人ずつ順番に突き倒せばいい。まだ少年の面影を残す清元は笑みで応じた。

「されば」

背後に安心感を覚えた光吉は北の敵に対し、身を乗り出して矢を放ち、続けて頭上の敵に弓弦を弾いて激痛の悲鳴をあげさせた。

南の横江清元らは一列になって攻めてくる敵と火花を散らせ、仕留めていた。

鉄砲はそう上手《うま》く発射できないが、矢の雨は数多《あまた》降ってくる。光吉らの加治田衆はこれをかい潜りながらの戦闘で、刻を経るごとに具足のみならず体の傷も増えていった。

「弥五右衛門、生きておるか」

弓を射すぎた腕は鉛のように重くなっている。それでも光吉は弓、矢を離さず上下、北に目を配りながら横江清元に問う。

「勿論。かようなところでは死ねません」

全身に返り血を浴びながら横江清元は答えた。すでに辺りは白み、残っている加治田衆もさらに減り、生きている者はみな満身創痍《まんしんそうい》の様相であった。

疲弊しても光吉は闘争心を失わない。次の敵に狙いを定めた時、敵陣から声がかけられた。

「まずは武器を収められよ。某は木下秀吉が弟の小一郎。この者の申すことを聞かれよ」

木下小一郎の一言で、喧噪《けんそう》が静まった。

「大島殿ら加治田衆の方々に申す。某は長井隼人正（道利）の家臣の佐藤新介にござる」

聞き覚えのある声は、長井道利の近習《きんじゅ》を務める佐藤新介だった。

「お屋形様はご開城されることを決意なされたゆえ、これ以上の手向かいは無用にござる。早々に得物《えもの》（武器）を捨てて投降なされよ」

衝撃的な言葉がかけられた。安堵するとともに失意に苛《さいな》まれたのも事実。戦い抜いた満足感と、敗北感が心中で鬩《せめ》ぎあっている。緊張の糸が切れると、一気に体の力が抜けていく。

「ようございましたな。助かりましたぞ」

小助は、地獄で仏にでも出会ったような笑顔で喜びをあらわにする。

「そうか？　我らは多数の敵を仕留めたぞ。その朋輩、親、兄弟が黙って見過ごすと思うか」

光吉が告げると小助の顔はみるみるうちにこわばりだした。

「貴殿の命は某が保証致そう」

木下小一郎の声である。

「それは有り難いが、弓は我が命。捨てるわけにはいかぬ」

岩ごしに光吉は告げる。多勢を擁しながら夜襲を行う者たちの言葉は今一つ信用できなかった。

「左様でござるか。されば矢は置いていってもらう。よろしいな」

うまく切り返されたと、光吉は敵ながら感心した。

「承知致した」

告げた光吉は矢を取り、木下小一郎のいるほうに向かって放《はな》った。

「なにをする？　この期に及び、騙《だま》し討ちにする気か！」

木下勢のうちの誰かが激怒して叫んだ。

「左様ではない。よく見よ」

岩の向こうで木下小一郎が言う。光吉が放った矢は蜈蚣《むかで》を貫いて樹に突き刺さっていた。

「されば」

最後の最後に自分の技を見せつけた光吉は、威風堂々と投降した。

「大島甚六殿にござるな。木下小一郎にござる。貴殿の弓の腕には感服致した。美濃は織田が治めることになり申した。どうでござろう、我が兄に仕えられませぬか」

奇襲を企てる男ながら、なかなか人当たりのいい木下小一郎はこの年二十八歳であった。

「お声がけは嬉《うれ》しいが、今は左様な心境にはなれぬ。ご免」

軽く会釈《えしゃく》した光吉は生き残った加治田衆と共に下山をはじめた。

「百姓あがりに、殿が仕えると思っているとは片腹痛いですな」

大きく両手を上に伸ばし、生きている実感を嚙《か》み締めながら、小助は言っている。

「乱世ゆえ、百姓あがりでも城持ちになるやもしれぬぞ」

「されば、その気があるのですか」

「先ほどまで命を賭けて戦っていた敵に、そうそう膝《ひざ》を屈せようか。まずは長井殿に会う」

光吉は麓の居館に向かった。

到着すると、すでに長井道利は齋藤龍興とともに伊勢に落ちた後だった。井ノ口と呼ばれる稲葉山城下は戦勝軍の織田兵で犇《ひし》めきあっていた。

「致し方ない。まずは関に戻るか。戻れぬやもしれぬが」

主君に見捨てられ、落胆する光吉であるが、気持を切り替えて帰途に就いた。

二

十間（約十八メートル）ほど先には、稲藁《いなわら》を束ねた巻藁《まきわら》が台の上に置かれている。巻藁は二十五寸（約七十五センチ）の藁を直径十二寸（三十六センチ）ほどに強く縛りあげたものである。台の高さは三十三寸（約九十九センチ）で、的が丁度、人の心臓の位置につけられていた。

諸肌《もろはだ》を脱いだ光吉は左手に弓と矢を持ち、右手には弽《ゆがけ》という鹿革《しかがわ》製の手袋状のものを着用し、正面に対して左足を前に両足を外八文字（約六十度）に踏み開いた。

光吉はおよそ半世紀の間、弓を手にし続けている。当然、体調が悪い日もあり、気の乗らない日もあったが、ひとたび弓の握節を握ると、厳かな気持になり、活力が漲ってくる。五十肩で辛《つら》い時もあったが、不思議と弓だけは引けた。光吉にとって弓は神聖なものであった。

愛用しているのは関随一の弓職人の松蔵《まつぞう》に作らせた五本ひご弓の特注品。ほかの大弓よりも反発力が強い引き味であるが、一旦《いったん》引ききると絶妙な撓《しな》りが出る。

例のごとく、左手で弓の握節を握った光吉は腕を伸ばし、目標の的を見定める。

(いつもと同じじゃ。今日も射れる)

気力の充実ぶりを確認した光吉は、背筋を伸ばして矢を取ると矢の筈を弓弦に当てて息を整え、張り具合を改めて確かめながら弓弦を引く。弓が撓るに従って両腕は広がる。左腕よりも、右腕に負荷がかかり一本一本の筋が躍動する感覚が判る。右手をいっぱいに引き、形が決まり、楽に腹の力が八九分に詰ったところで光吉は矢を放つ。

弓弦が戻り、トン、と乾いた弦音が耳もとで小さく響き、僅《わず》かな風圧が頰を擽《くすぐ》る。矢を発した後も姿勢を変えず矢所を注視することを残心《ざんしん》という。矢筋をぶれさせぬために重要なことでもある。放たれた矢は真一文字に巻藁に突き刺さった。

(変わらぬな)

何事も最初の一本が大事。射終わったのち、光吉は安心した。体調や天候などにも左右される弓であるが、往々にして精神的なものが一番大きい。

「背中だけを見ておりますと、三十歳ぐらいの弓衆に見えますぞ」

背後から主の稽古《けいこ》を眺め、小助が言う。背中の筋肉を鍛えるのは胸や腕よりも困難。日頃のたゆまない鍛練がなければ維持することもできないものである。

「二十歳と言え。そちこそ歳《とし》相応に見えるよう稽古してはどうじゃ」

二本目の矢を放ちながら光吉は告げる。

「某《それがし》は殿に矢を渡す力があれば十分。こののちも役目に徹するつもりです」

厳しく自分を追い込むなどご免と小助は首を横に振る。

「戯《たわ》けめ」

ひょうひょうとしているが、役に立つのも事実。光吉は愛情を込めて叱責《しっせき》した。

主家の齋藤家は滅び、敗残の身を戦勝軍の織田家に預けねばならぬ光吉は、尾張兵や内応した美濃兵から身を隠すようにして関の所領に戻り、一夜が明けたところである。

関は二年前に織田軍に制圧された。以来、光吉は稲葉山城下に詰めていたので、これまで織田家に取り込まれることはなかった。織田軍が関の地を荒らさなかったのは、関は古くから絹と紙の生産、窯業《ようぎょう》が盛んだったからである。とりわけ窯《かま》で鉄を作るようになると、刀鍛冶《かたなかじ》が各地から集まり、南北朝時代には一大生産地となった。信長はそっくり関を掌握したかったからであろう。お陰で光吉の屋敷はそのまま残っていたので安堵している。さすがに関城は廃城となっていた。

光吉の妻子は周囲の者たちと長良川北の八幡神社に逃れていた。寺社はある意味聖域で、占領軍に敵対したり、追っていた武将を匿《かくま》ったりしなければ滅多に荒らされることはないからである。光吉の妻は武市右京亮通春《たけちうきょうのすけみちはる》の娘で、子には九歳の弥三郎《やさぶろう》と、五歳の弥四郎《やしろう》がいた。

矢筋が確かだということは平常心であり、いつでも戦えるということを示している。現状を確認した光吉は、腕が張って矢筋が乱れるまで、およそ一刻《いっとき》（二時間）ほど連続で射続けた。

光吉の大島家は土岐《とき》源氏《げんじ》の末葉《まつよう》で、七代前から大島姓を名乗っている。祖父の瑞信《ずいしん》は美濃の守護・土岐政房《まさふさ》の下で三奉行の一人を務めていたが、奉行は政《まつりごと》の実務を遂行する職務で、家中を主導するような力はなかった。

土岐家の家督は頼武《よりたけ》と頼芸《よりなり》が争い、永正十四（一五一七）年ついに戦場で衝突した。この時、大島瑞信は死去しており大島家の家督は息子の左近将監光宗《さこんのしょうげんみつむね》が継いでいた。光宗は仲の良かった長井長弘に誘われて頼芸派に加担したものの、討死してしまった。

大島家の家譜では、これを永正十二（一五一五）年としている。

八歳の光吉は父と僅かながらの所領を失って孤児となり、多芸《たぎ》郡にいる縁者の大杉《おおすぎ》弾正《だんじょう》の許《もと》に身を寄せた。大杉家も豊かではなく、弾正は光吉を喝食《かっしき》にしようと稲葉山にほど近い天衣寺《てんねじ》に連れていった。

（儂は武士。坊主《ぼうず》になどなれぬ）

落ちぶれたとはいえ源氏の血を引く光吉は僧籍に入るつもりは毛頭ないが、所領も家臣もない。さらに体もそれほど大きいほうではない光吉が、武士として生きていくには、人とは違う特技を持たねば家の再興のみならず、仕官すら叶《かな》わない。天衣寺の禅僧・隠峰紹建《いんぽうしょうけん》にそう教わった。

（小柄な儂が大きな敵に勝つのは難しい。鑓も力のある者のほうが強い。されば弓。弓ならば鍛練次第で遠間から敵を倒すことができる。合戦の主力は弓じゃ）

決意した光吉は大杉弾正に相談した。

「誰か弓の名人に小者として仕え、弓を習うことはできぬでしょうか」

上手くいけば厄介払いができると、大杉弾正は承諾し、土岐家で一、二を争う弓の名人・吉沢新兵衛に懇願すると、新兵衛は承諾してくれた。光吉は吉沢新兵衛の小者として納屋《なや》に住み込み、早朝から農作業を行う合間に弓を習い、修行を重ねた。

三年の間、欠かすことなく弓を引くと、ある程度形になり、十三歳の時に初陣を果たし、敵一人を射倒した。弓才があったのか、あるは上達を願う情熱と訓練のなせる技か、腕前は若くして卓越し、その後も樹に隠れる敵を僅かな隙間から射倒して、師匠に褒められた。一説には樹を貫通して敵を射殺したともいう。

大永元（一五二一）年、光吉は大杉弾正の許にいたところ、敵が攻め込んできたので二人を射倒し、さらに後続の敵も倒して、弓の光吉の名が広まった。

「我が麾下にならぬか」

声をかけたのは長井道利であった。

土岐家が二分して争う中、頼芸派の長井新左衛門尉基就《しんざえもんのじょうもとなり》、規秀《のりひで》親子が台頭して主家の長井家ならびに守護代の齋藤家を蹴落《けお》とし、遂には土岐頼芸をも追放し、美濃の国を簒奪《さんだつ》した。

美濃の国主となる過程で長井規秀は齋藤利政《さいとうとしまさ》と名を改め、その後、出家して道三《どうさん》と号した。長井道利は道三の長男であるが正室の子でないため、嘗《かつ》て道三が名乗っていた長井姓を受けることになった。一説には道三の最初の妻が長井氏の女《むすめ》だとも言う。

長井道利に認められた光吉は喜んで応じ、諸戦場で功名をあげ、関に所領を与えられる身分になったというのがこれまでの経緯である。

それも織田信長という異端児によって終わりを告げた。斎藤龍興は降伏して伊勢に落ちたものの、残された斎藤旧臣は無禄《むろく》となった。これを憂《うれ》え、城に籠《こも》って抵抗する者もいた。

光吉もその一人。数年前から、織田家との戦いでは多数の兵を射倒している。恨みを買っているのは当たり前。無事に関に戻ってこられたのが不思議なほどである。収入がなくなって前途を憂えている暇はなく、織田軍の熾烈《しれつ》な残党狩りに備えねばならなかった。

「敵を迎え撃つならば、山中に入ったほうがいいのではないですか」

従者の小助が勧める。

「一所懸命。所領を守ってこそ武士であろう」

信長に恨みがないわけではないが、山中で奇襲攻撃を展開する気は光吉にはない。甘い思案と言われても、戦うならば堂々と戦いたいというのが光吉の武心であった。

「守る地は全《すべ》て、織田に奪われているではありませぬか」

小助は顔を顰《しか》めた。

「まだ、この屋敷がある。狭くとも雨露を凌《しの》いでくれるではないか」

「ここで敵を待つより、出向いて仕官を求めたほうがいいのではないですか」

主家滅亡直後にも拘わらず、せっかく木下小一郎が誘ってくれたのに、断わって帰領し、敵に備えるという考えが理解できない。なんという石頭か、と小助はそんな顔をしている。

「長井殿はお屋形様と落ちられた。再起を期すつもりであろう」

「多くの家臣から見限られた御仁を、よもや追っていかれるおつもりですか？」

「判《わか》らぬ。それも道の一つ。昨日の今日じゃ。今しばらく休ませよ」

疲れているのも事実、光吉は警戒しながら暫《しば》し様子を見ることにした。

永禄八（一五六五）年以降、関の地は齋藤新五郎利治《さいとうしんごろうとしはる》に与えられている。新五郎利治は道三の八男とされている人物で、七男の玄蕃允利堯《げんばのじょうとしたか》ともども同七年頃には信長に内応していた。

光吉が帰館したことはすぐに利治の耳に入り、即座に使者が送られた。

「稲葉山城での活躍、我が殿は高く評価されてござる。殿に仕官してはいかがか。殿は道三様の血を引くお方。尾張者に仕えるより、美濃の主筋にあたる殿に仕えるほうがよろしかろう」

使者の佐藤膳右衛門《さとうぜんえもん》が説く。

（乱世の倣《なら》いとは申せ、道三殿の血を引きながら、主家を見捨てて敵に下る痴《し》れ者に

誰が仕えるか。しかも新五郎も、この関に兵を進めた張本人じゃ）

道三と義龍親子が争った時、長井道利は義龍側に与《くみ》したので、必然的に光吉も道三を敵とした。もともと大島家は土岐氏の奉行でもあったので、これを奪い盗《と》った齋藤家に、光吉自身それほど忠義心を持っているわけではないが、道利から関の所領を認められた恩は感じている。説得を聞くほどに、怒りで血が沸いた。

「お屋形様が他国に落ちたばかりにて、今は左様な心境にはなれぬと、伝えられよ」

誰が背信者になど仕えるか、喉元まで出かかったが、堪《こら》えた。

「よもや、他の武将に仕えるおつもりか」

「いや、儂《わし》も既に還暦。帰農するのも一つの道と考えてござる」

告げると、せっかくの話を無にしおって、と佐藤膳右衛門は不快そうな顔で屋敷を後にした。

「さすが殿、天秤《てんびん》にかけて禄高を釣り上げる策でござるか」

嬉しそうに小助が言う。

「新五郎づれに仕えるくらいならば、百姓になったほうがましというのは誠じゃ」

長年仕えて、まだ真意が判らぬのか、と怒鳴りたいところであるが、光吉は止《や》めた。

西美濃衆の稲葉良通の使者も光吉の許を訪れ、召し抱えたいと申し出てきた。

同じく安藤守就《もりなり》も光吉に誘いをかけた武将の一人。守就は永禄七（一五六四）年に稲葉山城を乗っ取った竹中半兵衛《たけなかはんべえ》重治《しげはる》の岳父であり、守就も奪取を支援した。

（皆、変わり身が早いの。遅いのは儂だけか）

信長に臣下の礼をとった美濃衆は、次の戦いで戦功をあげ、忠節を認められるために戦力の増強を図っている。乱世では節操がないとは言えない。光吉は己との違いを実感していた。

美濃衆のみならず柴田勝家、丹羽《にわ》長秀《ながひで》らの織田家譜代の重臣たちも使者を送ってきたが、光吉は丁重に断わっている。

（誘いは多い。騙し討ちはなさそうじゃの。仕官か）

いずれはしなければならないと思っているが、まだその気にはなれなかった。

使者の中で一風変わった武士が訪れた。

「齋藤家の旧臣で明智《あけち》十兵衛《じゅうべえ》（光秀《みつひで》）と申しております」

裏の弓場で矢を射ている時、小助が告げた。

「明智？」

一瞬思い出せず、光吉は首を傾《かし》げた。

「そういえば道三殿の御台所《みだいどころ》は明智の出であったか」

光吉は記憶を手繰り寄せた。明智氏は関の東の恵那《えな》郡と南東の可児《かに》郡に勢力を持っていたが、道三死去後、義龍に攻められて衰退していた。

訪問者を門前払いにできる身分ではない。光吉は座敷で明智光秀と対面した。

「お久しゅうござる。大島殿」

面長の顔ではあるが、顎《あご》から首にかけて肉が厚い。温厚そうな表情であった。

「わざわざのお運び、ご足労に存ずる」

そういえば、城中で何度か顔を合わせたことがある、光吉にはその程度の間柄であった。

「某、公儀《こうぎ》（幕府）、朝倉家を経て、今は足利義秋様にお仕え致してござる」

誇らし気に光秀は言う。

光秀の出自は諸説あり、土岐源氏の流れとなっているので、祖を辿《たど》れば光吉と同じということになる。通説によれば、光秀は美濃可児郡の明智城主・光綱《みつつな》（光隆《みつたか》）の嫡《ちゃく》子《し》として誕生した。『當代記《とうだいき》』の記述から逆算すると、光秀はこの年五十二歳になる。

「ほう、それはまた高貴なお方に」

さすがに光吉も足利義秋が第十三代将軍義輝の弟であることは耳にしていた。但《ただ》し、今のところ、無位無官で所領もなく、崇《あが》められるのは血のみという存在であった。

「某が美濃にいる時から、貴殿は有名でござった。その後の活躍も聞いてござる。仕官の誘いを断わっていることも。美濃や尾張の武将に仕えられぬとあらば、某が義秋様に取次ぎましょう。いかがか」

「取次、ということは、儂は貴殿の配下になるということにござろうか」

「最初は左様なことになるかと存ずる」

足利義秋の家臣ではなく、光秀の家臣に加えたいようである。

「今一つお尋ね致す。なにゆえ朝倉家を去られたか。由緒《ゆいしょ》ある大名と伺ってござるが」

「今や、世は鉄砲の時代。織田様も承知なされておるのに、朝倉家は軽く見ている節があり、某をただの鉄砲衆の一人としか見ておらぬ。繁栄するとは思えぬゆえ」

柔らかな口調ではあるが、光秀の言葉に光吉は頭に血が上った。

（弓が鉄砲に代わるだけ。衆の一人ではいかぬのか。汝《うぬ》は衆の一人ということに不満をもっているようじゃが、儂を誘うのは、あくまでも衆としてであろう。聞き捨てならぬの）

光吉は光秀に不快の目を向ける。

「鉄砲だけで戦に勝てようか。さらに、鉄砲の世なれば儂など必要あるまい」

「気を悪くしたら許されよ。決して貴殿を蔑ろにしたわけではない。まだまだ鉄砲に工夫は必要でござる。弓のように連続して放てぬ難点はござるが、弓よりも遠くから敵を倒せることは事実。こののちは弓に代わって主力になることは間違いない」

「されば儂は、鉄砲が整うまでの繋《つな》ぎでござるか」

愚弄《ぐろう》されたようで、光吉は不愉快この上ない。

「そうは申さぬが、まったく違うとは言えぬのではあるまいか」

「正直に申された貴殿の心意気には敬意を表しよう。されど、儂は些《いささ》か弓への思い入れは強くての。鉄砲より下と見られたとあっては、素直に応じることはできぬ。お帰り願おう」

「左様でござるか。否《いな》と申されては致し方ない。されど、こののち織田殿は義秋様を奉じて上洛《じょうらく》なされる。さすれば義秋様は征夷《せいい》大将軍となる。我が配下となれば、将軍家の直臣《じきしん》になる道に近づくというもの。気が変わられたら、いつでも申してまいられよ。某はいつにても胸襟《きょうきん》を開いてござるゆえ。されば、こたびはこれにて」

鷹揚《おうよう》に告げた光秀は光吉の屋敷を後にした。

(将軍と申しても、織田の後ろ楯がなくば起《た》つことも叶わぬ男ではないか。いずれ彼《あ》奴《やつ》に弓の恐ろしさを教えてやろう)

信長や足利義秋と敵対するつもりはないが、機会があれば光秀の鼻を明かしてやるつもりだ。

（それにしても、あの歳で公儀の再興に尽力する姿は見上げたものじゃな）

相容《あいい》れぬ人物ではあったが、光秀の積極性に光吉は刺激された。

（儂も老《ふ》け込むにはまだ早い。今一度、世に我が弓の力を示さねばの。まあ、それも仕官せねば始まらぬか。乞《こ》われているうちが華。次あたりは応じるか）

最後まで織田軍と戦った光吉として、光秀という他家に仕える者の誘いも拒み、一応、齋藤家への義理は果たしたつもりである。気持を切り替え前向きに思案することにした。

ある意味、光秀のお陰かもしれない。

数日後、興味深い人物が光吉の許を訪れた。

「某、織田のお屋形様に仕える太田又介信定《おおたまたすけのぶさだ》と申す」

温厚そうな有髪の僧といった印象の太田信定である。

半円を描く眉《まゆ》が特徴で、額に横二本の皺《しわ》があり、角張った輪郭が実直そうに見える。

初老の武士はこの年四十一歳になる。戦場で雄々しく鑓を振るう荒武者ではなく、落ち着いた奉行といった容姿の太田信定であるが、光吉の記憶にはしっかりと刻まれていた。

「おう、確か貴殿は堂洞の戦いでも功をあげた」

巧みに矢を放っていた織田方の牛角の兜《かぶと》をかぶった武士を光吉は心にとどめていた。

「弓の名手に覚えていて戴き、恐悦に存ずる」

太田信定は嬉しそうに言う。信定は尾張春日井郡安食《あじき》の出身で、初め僧籍にあったが還俗《げんぞく》して武士になり、柴田勝家の麾下から信長の直臣になった。のちに和泉守牛一と改名し『信長《しんちょう》(公《こう》)記《き》』などを書き残す筆まめで、弓三張《ゆみさんはり》に数えられる人物である。

織田家では堀田孫七《ほったまごしち》、浅野又右衛門長勝《あさのまたえもんながかつ》も弓三張の称号を得ていた。

「名手などとは遠く及ばず。いつも負け戦で矢を放つばかり」

「勝敗は時の運。主家に恵まれぬこともござろう。お屋形様は貴殿の腕を高く評価されておられる。これよりは自ら運を開き、我らと共に矢を射て、勝ち戦をなされてはいかがか」

元僧侶《そうりょ》らしく太田信定は快い言い方をする。

「有り難き誘いではござるが……。ところで、以前の戦いで貴殿が放った矢を味方の具足の袖《そで》から抜いたことがある。貴殿は四立羽《よったてば》の矢を使われておるがなにゆえか」

まず、矢羽の矧《は》ぎ方には三立羽《みったてば》と四立羽がある。

三立羽は羽三枚を半裁し、羽の表裏を揃えて鼎状《かなえ》に矧いだもの。これは矢を旋回して飛ばすための処置である。旋回には右回転と左回転があり、前者を甲矢《はや》、後者を乙矢《おとや》という。旋回力によって、現代の鉄砲の弾丸のように矢が回転して勢いを増し、遠くに飛び、対象物に深く刺さるのが特徴である。対して四立羽は旋回しないので平地で水平を保ちやすく、狩猟や流鏑馬《やぶさめ》などに用いられた。

「まっすぐ放てるからにござる。大島殿は三立羽を使っておられるな」

「左様。されど、戦では遠くから敵を射倒すことが大事。三立羽のほうが有効でござろう」

「某は貴殿のような名人ではないゆえ、確実に的を捉《とら》えることを第一としてござる」

三立羽は旋回するので矢の軸となる箆《の》が歪《ゆが》んでいたり、僅かな竹の節が空気抵抗となって狙《ねら》いを外すこともあった。

「いずれ、この議論を実戦の場で正したいものでござるな」

「それゆえ、織田家に」

ここぞとばかりに太田信定は勧める。

「それはそれとして、返答は織田殿に会ってからでよかろうか」

渡りに舟なのかもしれないが、光吉は一応、意地を通した。

「今なれば家臣として召し抱えられましょうが、直《じか》に会うことが叶えば、返答いかんによって斬《き》られるはめになるやもしれぬ。その覚悟がおありか」

「織田殿に会うのも戦。出陣に際し命を預けるのが武士。違ってござるか」

「その覚悟なれば、よろしかろう。お会いできる手筈《てはず》をつけましょう」

信定は頷《うなず》いた。

早速、光吉は信定とともに稲葉山城に向かった。

「おおっ……」

稲葉山の城下を目にした光吉は感嘆の声をもらした。

齋藤龍興を下した信長は、城下を焼き払ったこともあり、急速な勢いで新たな町の構築にとりかかっている最中である。何千にも及ぶ人が寸刻を惜しんで汗を流していた。麓にあった館《やかた》も取り壊し、新たに天守亭という巨大で豪華絢爛《けんらん》を予想させる平城形式の館を建築していた。

「新たな町造りをするにあたり、お屋形様は井ノ口という地名を岐阜と改めてござる」

「岐阜。うろ覚えじゃが、左様な名を聞いたことがござる」

信定の説明に光吉は頷いた。

岐阜で信長は天下布武を豪語した。これは武をもって天下を治めることを意味している。

信長は建造中の天守亭近くにおり、床几《しょうぎ》に腰かけて作業の様子を眺めていた。

信定が信長の近習に取次いだので、光吉は一緒に近づき、跪《ひざまず》いた。

「申し上げます。大島甚六を連れてまいりました」

頭を下げたまま信定は進言した。

「面《おもて》を上げよ」

かん高い声がかけられ、光吉は従った。まだ顔は見ておらず、萌黄色《もえぎいろ》の袴《はかま》を見ていた。

「もっとじゃ。遠間から蜈蚣《むかで》を射抜く、そちの目を見せよ」

信長は命じた。人も物も機能を重視するようである。

光吉は応じて信長を直視した。

日焼けしにくい肌は年中色白で、髭《ひげ》は薄く鼻の下に少し生えている程度。中肉中背だが野駆け、水泳などで鍛えた体は引き締まっている。織田の血を引く者の特長で、顔は細面で目鼻だちは整い、唇は薄く、眼光は鋭く、猛禽《もうきん》類のような視線を放っている。この年三十四歳。

嘗て信長は湯帷子《ゆかたびら》の袖を外し、半袴で、火打ち石などを入れた袋を数種類腰にぶらさげ、髪は茶筅髷《ちゃせんまげ》にし、髻《もとどり》を紅や萌黄の糸で結い、朱鞘《しゅざや》の太刀を差していた。人目を憚《はばか》ることなく栗《くり》、柿《かき》、瓜《うり》、餅を食べ歩き、人に寄り掛かり、肩にぶら下がるような歩き方をしていたので「大うつけ」と嘲《あざけ》られていたが、今では絵馬から飛び出した貴公子のように身を正している。

十九歳で家督を継いだ信長は、数年の間、血で血を洗う同族の家督争いを繰り広げ、自ら弟の信勝（一般的には信行）を殺《あや》めて騒動を終息。永禄三（一五六〇）年、尾張の田楽狭間で駿河、遠江、三河の太守・今川義元を討って、一躍天下にその名を轟《とどろ》かせ、尾張、美濃の二ヵ国を支配する大名になっていた。

「飛ぶ蠅《はえ》は射られるか」

「大うつけ、なれば」

答えた瞬間、周囲の者たちの間に緊張感が漲《みなぎ》った。

「ふん」

滅多に笑うことがない信長が鼻で笑った。

「数多《あまた》誘いがありながら、なにゆえこれまで仕官せなんだ」

信長の顔から笑みは消えていた。

「同じ弓衆の太田殿を遣わせた采配《さいはい》の妙により、こうして織田様に会うことができました」

「であるか。そちと又介、いずれの腕が優れておるのじゃ？」

勿論《もちろん》、弓の腕前のこと。信長は人の技術も道具の性能と同じ認識でいるのかもしれない。

「畏《おそ》れながら、左様なお尋ねはなさらぬほうがよいかと存じます」

「なにゆえか」

「某には自負がござる。太田殿も同じはず。さすれば織田様は競わせようとするのではありませぬか？　某は牢人《ろうにん》の身ゆえ、たとえ敗れても召し抱えられぬだけでしょうが、太田殿は歴とした織田様の家臣。後れをとれば腹を切るやもしれませぬ。思い付きの勝負で家臣の命を賭けるは愚かでございます。もし、比べたければご自身がなさるべきでございましょう」

臆《おく》することなく光吉は言ってのけた。

「大島殿、無礼でござるぞ」

さすがに信定がたしなめる。

「構わぬ。儂は常に戦を想定しておる。これまでより有能な者が現われれば、其奴に組頭を任せるが織田のため。無能な者が上に立つほど哀れなことはない。儂は織田家の当主。儂がそちと勝負するならば、家中の弓、鉄砲衆を総《す》べて揃えて勝負するが構わぬの」

「戦に掟《おきて》（規則）はありませぬ。さすれば某は織田家と戦うことになるゆえ、とても生き延びることはできますまい。されば某は織田様と刺し違えんとする所存。いつぞやのように」

覚えているか、と光吉は信長を試す。

「確か、義元を討った直後であったの」

信長は覚えていたので、光吉は感動した。

「さすが織田様にございます」

「そちに褒められても嬉しくはない。それより、なぜ返事を引き延ばした？」

阿諛《あゆ》に信長は反応しない。

「某は還暦。余命もそう長くはござらぬ。残りの命を賭けるに価《あたい》するお方か見極めるため」

「であるか」

怒るどころか、信長は満足そうに口癖を言い、続けた。

「近く儂は上洛する。そちの弓、天下統一のため、当家で射てみよ」

自信満々に信長は告げた。

(決まったの)

齋藤道三からも天下統一などという言葉を聞いたことはない。大法螺《おおぼら》かもしれないが、公然と言いきる信長に光吉は惹《ひ》かれた。

「有り難き仕合わせに存じます。命ある限り、御家の弓箭《きゅうせん》の士となりましょう」

畏《かしこ》まった光吉は平伏した。

これによって光吉は織田家の家臣となり、信長直属の弓衆の一人に加えられた。

「いつ貴殿が斬られ、某に累《るい》が及ぶかとひやひやしましたぞ」

信長の前から下がり、信定は安心した面持ちでもらす。

「首が繋がっていてようござった」

右手で首をさすり、光吉は信定に笑みを向ける。

「勝負を避けるように申し出られたこと感謝致す」

「ただ、某のためにも貴殿のためにも織田様のためにもならぬと思うてのこと。三立羽と四立羽の勝負は共通の敵に対してということに致そう」

「承知致した」

信定も光吉に笑みを返した。

織田家に仕官し、光吉の扶持《ふち》は旧領の関で、屋敷もそのまま認められた。但し、信長は岐阜城下に武家屋敷を築き、家臣たちの大半は城下に在することを強いたので、光吉も従った。

城下の屋敷が完成し、その一つが割り振られた。光吉は妻子を呼び、新たな暮らしを始めた。

織田家の家臣になった光吉は、気持を切り替えるため大島新八郎《しんぱちろう》光義と仮名《けみょう》を改め、諱《いみな》の字を変更することにした。

嘗ての朋輩《ほうばい》たちも信長に臣下の礼をとる中、栗山忠光《くりやまただみつ》が光義の許を訪れた。

「なにとぞ次男の弥四郎殿を当家の養子に賜りたい」

栗山忠光は美濃の加茂郡に居を置く土岐源氏の末裔《まつえい》で由緒ある家柄である。

「承知致した。よろしくお引き廻ししてくだされ」

嫡男の弥三郎よりも弥四郎のほうが弓の筋がいいので惜しい気もするが、裕福ではない大島家の次男でいるよりも、栗山家の当主に迎えられるほうが、弥四郎にとっても幸せ。いざという時は栗山家の協力も得ることができる。光義は迷うことなく応じた。

まだ童《わらべ》の弥四郎ではあるが、栗山家に入って忠光の娘と婚約した。のちに茂兵衛光《もへえみつ》政《まさ》と名乗るようになる。弥四郎は大島家を離れても、光義の教えを守り、毎日弓の修行を欠かさなかったので、周囲を驚かせるほど上達したという。

三

永禄十一（一五六八）年九月七日、満を持した信長は、足利義昭（四月に義秋から改名）を奉じて上洛の途に就いた。兵は尾張、美濃、伊勢、三河から動員され、三万七千の軍勢となっていた。これには弓衆の一人として光義も参じている。

「都に行けるとは幸運ですな。さぞかし美味なものが揃っているのでしょう」

箙《えびら》のほかにも荷物を担《かつ》ぎ、物見遊山《ゆさん》に行くような調子で小助は言う。

「そちには食い気しかないのか？　観音寺城の六角《ろっかく》（承禎《じょうてい》）は、未《いま》だお屋形様に従っておらぬゆえ戦は必定。六角を下さねば都を見ることは望めまい」

信長は一ヵ月ほど前、六角承禎・義治《よしはる》親子に上洛への協力を求めたが、拒否されている。

六角承禎・義治親子は三好《みよし》三人衆、松永久秀に与して足利十四代将軍義栄《よしひで》を擁立しているので、盟約を破棄して信長に協力するつもりはないようだった。ただこの時、三好三人衆と松永久秀は対立していた。

「嬉しそうですな」

歩を進めながら小助は問う。

「そうか？」

「六角のみならず、阿波の者どもも弓を競えるからにございますか」

長年、光義に仕えるだけあって、小助はよく見ている。

戦が殺し合いであることは理解しているものの、光義にとっては命を賭《か》けた競い合いという感覚に近い。というよりも残りの人生を、どれほど弓に費やすことができるか、楽しみである。

（そういった意味では天下に望みをかけるお屋形様は、儂にとっても恰好《かっこう》の主《あるじ》じゃの）

天下布武という大言は、足利義昭のためではないことが、誰の目にも明らかである。

「弓とは限らぬぞ」

「さればなおさら。お顔が晴れてござる。殿はもの好きにございますな」

小助は呆《あき》れた表情をするが、奇特な光義を主に持つだけに、もの好きは同じ穴の狢《むじな》であった。

信長はこの年のはじめ頃、美人で誉れ高い妹のお市御寮人を北近江の浅井長政《あざいながまさ》に嫁がせた。盟約を結んだことにより、進行道を確保していたので邪魔されることなく、同国の高宮《たかみや》で長政と合流。兵は四万にも膨れあがった。

（浅井か。まだおるかのう……）

光義は肚裡《はらのうち》で溜息《ためいき》を吐《つ》いた。光義に弓を教えた吉沢新兵衛は齋藤道三と反りが合わなかった。命の危機に晒《さら》された新兵衛は出奔し、近江の浅井家に仕官した。

吉沢新兵衛には冨美《ふみ》という娘がおり、若き日の光義が将来を誓い合った仲であるが、冨美も父に従って美濃を去ったので、以来会っていない。四十年以上も前の話である。

（浅井は織田と盟約を結びし間柄。運がよければ会えるかもしれぬな。生きておればじゃが）

戦場を間近にしながら、光義は懐《なつ》かしい気分に浸った。

六角承禎・義治親子は観音寺城に一千の兵を集めて本陣とし、和田山《わだやま》城や箕作《みつくり》城など周辺の十八の城に腹臣を配する万全の態勢で待ち構えた。

信長は軍勢を愛知川《えちがわ》沿いにまで進ませて威嚇《いかく》したが、六角親子は和睦《わぼく》を受け入れる態度を示さず、徹底抗戦の構えを崩さない。

「戯《たわ》けめ。明朝をもって踏み潰《つぶ》す」

しびれを切らした信長は、城攻めを決定した。

命令一下、安藤守就、稲葉良通、氏家卜全《うじいえぼくぜん》（直元の出家号）ら美濃三人衆は和田山城を包囲。

柴田勝家、池田恒興《いけだつねおき》、森可成《もりよしなり》、坂井政尚《さかいまさひさ》らは観音寺城への備えに廻る。

佐久間信盛《さくまのぶもり》、滝川一益《たきがわかずます》、丹羽長秀《にわながひで》、木下秀吉《きのしたひでよし》、浅井新八郎《あさいしんぱちろう》らは箕作城攻めと相成った。

信長になにか意図があるのか、あるいは申し出があったのか弓衆は木下秀吉に付けられた。

「木下勢とは不運でござるな」

太田信定が落胆した表情でもらす。

農民出身の木下秀吉は、いつも誰もが嫌がる陣場を命じられ、あるいは自ら望んで戦場に立つということを光義も聞かされている。出自が怪しい秀吉は、一番厳しい戦場で功名をあげなければ、信長が認めてくれない。秀吉はさらなる出世を望み、また も申し出たのかもしれない。

「やりがいがあるではないか」

過酷な陣ほど己の力を示す好機。光義は信定との競争心も湧《わ》き、期待に胸を躍らせた。

「ようやく同陣できるようになりましたな」

木下勢の陣に足を運ぶと、小一郎が柔らかな笑みを向ける。まだあか抜けない農民の面持ちをしているが、小一郎は美濃攻略後、長秀（のちに秀長）と名乗るようになっていた。

「こちらこそ、その節は失礼致した」

「大島殿、頼みにしてござるぞ」

体は小さいが声は大きい。皺くしゃな顔に笑みを浮かべて秀吉は声をかけてくる。一廉《ひとかど》の侍大将になっても秀吉は腰が低く、親しみがある。この気遣いが魅力の一つであろう。信長の草履取りから身を起こした秀吉は、定説ではこの年三十二歳とされている。

「尽力致す所存でござる」

戦は一人でするものではないが、勿論、全力を尽くすつもりの光義である。

九月十二日の早朝、織田軍は愛知川を渡り、六角氏攻めを開始した。

美濃三人衆は和田山城を包囲して城兵を一兵たりとも出さぬようにし、一方、柴田勝家、池田恒興、森可成、坂井政尚らは観音寺城への備えとして兵を進めた。

柴田勝家らに続き、箕作城攻めの佐久間信盛、滝川一益、丹羽長秀、木下秀吉、浅井新八郎らが愛知川を渡河した。それでもまだ信長は佐和山城から腰を上げなかった。

木下勢らが箕作城に到着したのは巳《み》ノ刻《こく》(午前十時頃)。東は丹羽長秀と浅井新八郎、西は佐久間信盛、南は滝川一益、北は木下秀吉と布陣した。

箕作城は清水山(標高三百二十五メートル)から南の箕作山にかけて築かれた山城で、重要箇所を石塁で固め、切岸、堀切を設けて山全体を堅固な要塞《ようさい》となしていた。

城に籠る兵は数百。対して寄手の織田勢は七千ほどであった。

「城攻めというより、山攻めでござるな。しかも北とは一番の難所ではないですか」

城を見上げて小助が不平をもらす。木下勢は損な役廻りなので嫌だ、とでも言いたげだ。

「突破すれば戦功第一。そちの実入りも増えると申すもの」

「そうではござるが、殿も還暦を過ぎてござる。防と攻では雲泥《うんでい》の差ですぞ」

山頂近くで待ち、登山して疲弊した敵を射るのと、登山する側は違うと小助は指摘する。

「儂を嗾《けしか》けるか。面白い。馬にも負けぬ我が体の力、今一度そちに見せてやろうぞ」

従者のたしなめは激励に感じる。光義は勇んだ。

「なんとかの冷や水にならねばよろしいが」

小助は本気で心配しているようだった。

光義らの弓衆は木下長秀や蜂須賀正勝らの先鋒《せんぽう》に組み込まれた。木下勢は北東から険阻な細い山道を登り、山頂の城へと向かう。木々は生い茂り、枝を手や武器で払い、時には潜り、倒木を跨《また》ぎ、樹木を躱《かわ》しながら進んでいく。口で呼吸をすると、吸い寄せられた虫が口腔《こうこう》に入り、慌《あわ》てて吐き出すことも珍しくはなかった。

二町半も登ると、さすがに汗が滴《したた》り落ちるが、樹《き》の間を吹き抜ける秋風が心地よく肌を冷やしてくれる。汗をかくものの、光義の歩調は鈍ることがない。小助は肩で息をしていた。

「鍛え方が足りぬようじゃの」

光義が頬を上げると、小助は顔を顰《しか》めた。

「なんの某《それがし》に山が合わぬだけにございます」

老いても衰えぬ光義の体力に小助は首を傾げた。

小助の表情を笑った時、頭上で轟音《ごうおん》が響き渡った。途端に樹木の皮片が飛び散り、葉は落ち、兵の何人かが呻《うめ》き声をあげながら倒れた。辺りには矢も突き刺さった。

疲れていても、瞬時に小助は小狐《こぎつね》のごとく飛び退《の》いた。臆病ではあるが、生き残るための危機察知能力は高いと、光義は従者の能力を認めている。

「一町か。やはり上から放てば矢は伸びるのう」

南西の上空を見上げ、光義は冷静に判断した。

「感心している場合ではありませぬ」

「判っておる」

木陰に身を隠しながら、光義は担いでいた弓を取り、改めて弓弦《ゆづる》の張り具合を確認した。

樹の隙間《すきま》から城を見上げると、土塁の中から矢玉が放たれ、城兵は姿を見せなかった。

「長秀殿、構わぬな」

確認をとると長秀は応じたので、光義は矢を弓弦につがえ、普段よりも少し上へ向けて放った。矢は弧を描いて宙を飛び、土塁に隠れる兵の頭上を襲った。

光義が反撃を開始すると、太田信定らの弓衆も矢を放ち、鉄砲衆も加わった。

突発的に始まる戦は珍しくはない。光義は気にせず敵に集中する。

「思いのほか、敵の鉄砲は正確ですな」

主に矢を手渡しながら小助は言う。

「近江は甲賀《こうか》者の巣窟《そうくつ》。敵に手練《てだれ》がいても不思議ではない」

弓弦を弾《はじ》き、光義は告げる。六角氏の配下には甲賀衆が数多いる。甲賀五十三家の一つ杉谷家は早くから鉄砲に目をつけて工夫し、精度の高い射撃術を身に付けている。一族の善住坊《ぜんじゅうぼう》はのちに信長の暗殺を試み、失敗するも信長の小袖の袂《たもと》を撃ち抜く腕を見せつけた。

互いに矢玉を放つ中、弓衆の浅野長勝が足を撃たれて負傷した。

（敵の弓はたいしたことがない。鉄砲を黙らせぬとな）

幸いにも鉄砲を放てば硝煙が煙るので、そこをめがけて光義は矢を射る。

（敵の矢の出所も判るゆえ、狙えよう）

城方は寄手のいる辺りに矢玉を降らせるが、光義は仕留めるつもりで放っている。

「こたびはどうじゃ」

硝煙が宙を染めた瞬間、光義は弓弦を弾く。射られた矢は煙を掻《か》き分けて土塁の中に到達した。その後、六十を数えても同じ場所から鉄砲が火を噴くことはなかった。

これを横目でちらりと見た太田信定が悔しそうな顔で矢を射た。

「当たったようにございますな」

信定の表情を見た小助が主を立て、強調する。

「当たり前じゃ」

手応《てごた》えを摑《つか》んだ光義は硝煙を狙い、あるいは矢の出たところを見定め、弓弦を弾いた。

（平地で風が吹かぬところでは四立羽やもしれぬが、城攻めや傾斜のある山中の戦いは、明らかに三立羽のほうが有利。されど、四立羽をあそこまで飛ばす太田もなかなかやりおるの。しかれどもこれは戦。場所を選ばずに敵を射られねば戦場では役に立たぬ）

光義は太田信定の力量を認めながらも、自身の思案が正しいことを確信した。

（いずれにしても、敵にも味方にも儂は負けぬ）

競争意識も高まり、光義が放つ矢にはいっそう勢いが増した。

光義らの弓衆が矢を放ち、鉄砲衆が筒先を咆哮《ほうこう》させる最中、秀吉は手鑓《てやり》を持つ兵を進ませた。半町ほども登ると深い堀切に遮られる。落ちれば城内から恰好の的となろう。秀吉は梯子《はしご》を架けて渡らせようとするが、上から矢玉の雨が降り、石が投げられ、岩も落とされて、とても堀切を越えることはできない。光義らが力の限り援護しても結果は同じだった。

夕刻になり、攻めあぐねた秀吉は一旦《いったん》退くように命じた。

「仕寄りきれなんだか」

全力を尽くしたものの、目的を達することはできなかった。無念さは拭《ぬぐ》えない。

「殿の働きは一番でございましょう」

「そちに褒められても、禄は増えぬ。せいぜい尻《しり》を撃たれぬようにせよ」

雪辱を誓い、光義は命令に従った。

追撃してくる城兵を待ち受け、これを撃退した勢いをもって城内に乱入する策も用意していたが、城将の一人、吉田出雲守《いずものかみ》らも熟知しているようで城を打って出ることはなかった。

四

陽が落ちたのち、織田勢は箕作城を遠巻きにしたまま食事をとっていた。既に兵が持参する腰兵糧《こしひょうろう》は喰いきっているので、主筋から支給される米、味噌《みそ》、塩を数人ずつが持ち寄り、鉄の陣笠《じんがさ》を鍋《なべ》代わりに、味噌粥《がゆ》にして芳《かぐわ》しい香りを立ち上らせていた。

「随分と敵を射倒されてござったな」

粥を掻き込みながら太田信定が言う。

「土塁の中までは見えぬゆえ判らぬ。貴殿こそ、かなり土塁の中に射ていたではないか」

「いや、硝煙を裂くような貴殿の矢とは勢いが違う。ちと弓を拝見してよろしいか」

童が新しい玩具《がんぐ》の話を聞きつけたような目で信定は頼み込む。

「小助」

大事な道具を他人に見せたくはないが、あまりの熱意に光義は応じた。

小助から両手で恭《うやうや》しく受け取った信定は、食事用の火を明かりとし、まじまじと見た。

「某《それがし》の弓よりも反発する力が強いようにござるな」

撓《しな》り具合を確かめながら信定は言う。

「どこにでもある合わせ弓にて、珍しくはなかろう」

縄文時代頃の弓は一本の木を削って作った丸木弓ばかりだった。これは製造し易《やす》いが、折れやすいという難点もある。瑕瑾《かきん》を克服するために撓る材質を求め、竹と木を合わせた。

当初は接着力が弱く、すぐに剝《は》がれてしまっていたが、時代を経るごとに接着技術が高くなり、反発力が強く、折れにくくなった。外竹と内竹の間に、側木《そばき》、竹、竹、木、竹、竹、側木を合わせたものを五本ひご弓と呼んでいる。この頃の弓の主流であった。

「いや、某の弓よりも硬いようにござるな。これはかなりの腕力が必要。それで勢いが増しているのでござるな。これは骨が折れる」

信定は納得すると同時に感心し、この齢《とし》でよくも硬い弓が引けると驚いてもいた。

「単に好みの問題。硬ければいいというわけでもなし。貴殿のように上背があれば、手も長く、引く間合いも長い。柔らかめの弓でも十分に遠くまで射れるはず」

中肉中背の光義が工夫を重ねて作らせた弓なので、褒められたことは満更でもなかった。道具にも、こだわりを持っていて、いつも同じ美濃の職人に依頼していた。

「矢を変える気はござらぬか」

「三立羽でござるか？　なかなか馴染《なじ》んだものを捨てるのは難しゅうござるな」

信定は新たなものを試し、今よりも命中率が下がることを懸念《けねん》しているようだった。

「なにかを変えなければ今のままにござるぞ」

「名人の言葉は奥深い。参考になりました。某はまだ工夫できるようにござる」

尾張の弓三張《ゆみさんはり》に数えられる信定は、考えを深めているようであった。

夕餉《ゆうげ》の間に、秀吉らは、城攻めに手間どれば面目を失う、と夜襲を決定した。

「夜討ちをするようです」

どこで聞いてきたのか、鼻が利《き》く小助が光義に伝えた。こちらもどこで手に入れてきたのか、夜食用の焼き米を入れた袋を持っていた。

「左様か」

稲葉山城攻めの時と同じ。またか、という思いに光義はかられた。

(木下殿は勝つためには手段を選ばぬ。これを許しているのが織田のお屋形様か……)

戦は遊びではない。まずは勝つことが大事。しかも味方の損害を可能な限り最小にするのは指揮官の義務。とすれば夜襲は常道。ただ、十倍以上の兵で囲む軍勢がとる策かは疑問である。武士として光義は白昼堂々と戦いたいというのが本心なので、不満だった。

小助が仕入れてきた情報どおり、木下長秀から夜襲決行の旨《むね》が伝えられた。

「夜討ちには貴殿の弓は必須《ひっす》。頼みましたぞ」

人のよさそうな顔で長秀が懇願する。

「承知致した」

　夜襲は意にそぐわないが、新参の身で断わるわけにはいかない。光義は応じざるをえなかった。

　弓衆、鉄砲衆は一足先に山を登り、昼間交戦した辺りで敵に備えた。

　秀吉はすぐに三尺の大松明《おおたいまつ》を用意させ、山の麓《ふもと》から中腹までの間数十ヵ所に積み置かせた。子《ね》ノ刻《こく》（午前零時頃）になった途端、一斉に火をつけ、士卒は銘々に松明を翳《かざ》して、振りながら城門を目指した。堀切には梯子が架けられたので昼間とは違う。蜂須賀《はちすか》小六《ころく》らが一息に城門に殺到した。

「敵じゃ。敵の夜討ちじゃ！」

　木下勢の侵攻を知った見張りは大声で叫び、仲間に報《しら》せた。

　城方は昼間、寄手を排除して警戒を怠っていたようである。また、圧倒的に兵数で勝る織田軍が、まさか夜襲を企てるとは想定していなかったのかもしれない。土塁で夜警をしていた城兵は、夜ということもあり、よく見定めて寄手を迎撃しようと身を乗り出していた。

「好機」

　すかさず光義は弓弦を弾き、城方の鉄砲衆の一人を射抜いた。これに弓、鉄砲衆が続く。

翌日は「後の月《のち》」(十三夜)と呼ばれるだけあって、周囲は明るい。その上、光義は夜目が利くので、少しでも土塁から姿を見せるだけで、十分に標的にできた。

逆に城兵のほうは、樹を陰にした光義が見えないようであった。

「気が引けるが、夜討ちも戦のうち。儂《わし》を恨むでないぞ」

僅《わず》かに罪の意識を感じつつ、光義は弓を引く。矢を放つたびに、城兵を射倒した。

「さすが殿。百発百中ですな」

いつものように、矢を手渡しながら小助が目を細める。

「まだ、百発も射ておらぬ。喋《しゃべ》っておると矢玉が口に飛び込むぞ」

城兵は茂みの中の光義らを正しく狙っているわけではないが、矢が枝を揺らし、幹に鏃《やじり》が突き刺さり、鉄砲の玉が樹に食い込んだ。

「そのうち、殿が鎮《しず》めてくれましょう」

他人事《ひとごと》のように言う小助の言葉に頬を緩め、光義は次々に射抜いた。

昼間は堀切の手前で寄手を押し返すことができたので、城方の弓、鉄砲衆にも余裕があり、光義らも苦労させられたが、夜は違う。よく見えぬ寄手の急襲だけに、木下勢に矢玉が当たらない。今にも城門が破られそうなので、注意は散漫。そこへきて、城方は城門真際《まぎわ》の木下勢を討とうと、身を乗り出して矢玉を放つので、光義らのいい的である。

「後手に廻った戦は厳しいの」

稲葉山城の時の自分と、箕作城の兵を重ね、光義は不憫《ふびん》に思いつつも弓の手を緩めることはなく、矢を放ち続けた。

寄手の猛攻の末、遂《つい》に城門が破られ、木下勢は城内に雪崩《なだ》れ込んだ。多勢に乱入されれば、あとは衆寡《しゅうか》敵せず。城兵は四散し、我先にと逃亡しはじめた。

木下勢の突入を切っ掛けに、城兵の弓、鉄砲衆の姿は見えなくなった。

「決まったようじゃの」

緊張の糸が切れ、光義は溜息を吐いた。どの籠城《ろうじょう》戦でも城方が城外に矢玉を放たなくなった時は陥落する時である。

「こたびは随分と貢献できましたな。殿の弓が味方を守り、城内に突入させたのです」

恩賞を期待して小助が笑みを浮かべながら告げる。光義には、そのように軍忠状を書いてくれという催促でもあった。軍忠状は戦における、自身の活躍や損害が生じた時の申告書であった。これが認められれば、感状という証明書が主君から家臣に発給され、恩賞が与えられる。

「一番乗り、一番鑓、一番首、大将首、それに首の数を多くとった者。儂らはその次かのう」

これまで弓衆や鉄砲衆の評価は低かった。鉄砲が出廻り出したのちも弓は合戦における主力であるにも拘《かか》わらず、軽く見られ冷遇されていた。このことは、光義としても不満であるが、糠喜《ぬかよろこ》びさせるわけにはいかないので、冷めた口調でたしなめた。

（弓を正確に遠くまで射る技は一朝一夕には得られぬ。お屋形様はこれを理解していようか）

信長に仕官して初めての戦。光義は信長からかけられた言葉を思い出し、期待した。

城内に入ると、首のない死体が散乱していた。木下勢は追撃を行い、二百余の首を討った。

「貴殿の弓のお陰で城を落とせた。まったく頼りになる男じゃ」

秀吉は上機嫌で光義を労《ねぎら》った。

一方、木下勢の夜襲を知った佐久間信盛、滝川一益、丹羽長秀らは慌てて箕作城に駆け登り、抜け駆けだと抗議するが、秀吉は笑みを返すばかり。

「なりゆきにて、かような仕儀となり申したが、方々が四方を遠巻きにしてくれたお陰で策は成功致しました。これは我が木下勢のみならず、皆様の勝利にござる」

周囲の怒りを煙に巻いて躱《かわ》す秀吉だった。

信長は十二日の月光を浴びながら、粛然と箕作城に入城した。すぐ近くで秀吉らが出迎えたが、光義らは後方から眺めるばかりであった。

「役目大儀」

労いを受けたのは秀吉らで、光義にはなかった。

翌朝、首実検が行われたが、弓衆の光義らが首を取るはずもなく、信長の前に跪く機会はなかった。代わりに軍忠状を奉行の武井《たけい》夕庵《せきあん》に手渡した。

「吟味の上、後日、沙汰《さた》があろう」

昔馴染みの武井夕庵は、親しみやすい顔で答えた。夕庵は美濃出身で、土岐氏、齋藤氏を経て信長に仕えた。信長は夕庵を重宝し、奉行から右筆《ゆうひつ》、外交交渉にと幅広く使用している。

光義は信長の評価を望んだ。

箕作城攻略の結果、他の支城将らは相次いで降伏。六角承禎・義治親子らは逃亡。これによって東近江の大半が織田家の支配下になった。信長は上洛《じょうらく》に向けて磐石の地を得たことになる。

信長は甲賀に逃れた六角承禎・義治親子の捕獲と六角旧臣の残党狩りをさせながら、二十二日、観音寺城から七町(約七百六十メートル)ほど西の桑実寺《くわのみでら》に足利義昭を迎えた。

織田の大軍を恐れた六角旧臣は甲賀の奥深くに逃げ込んでおり、信長らを襲撃する気配はなかった。これを確認した信長は桑実寺を出立。光義らも従っている。

二十六日、信長は遂に上洛を果たし、都を制圧した。

(これが都か……)

六十一歳にして初めて見る都。光義は万感の思いにかられた。

都は瓢箪《ひょうたん》のような形で上京《かみぎょう》と下京《しもぎょう》に分かれている。それぞれが「構」と呼ばれる土塀で囲繞《いにょう》された城塞《じょうさい》都市構造をなしており、釘貫《くぎぬき》・櫓門《やぐらもん》によって防衛されている。上京には天皇や将軍、公家衆《くげしゅう》や裕福な商人たちが住み、下京には職人や下層階級の者たちが暮らしていた。

「それにしても、人が多いですな。好《よ》き女子《おなご》も。美味《うま》そうな香りもしますな。京料理とやらを並べたて、端から順番に喰いまくってやる所存です。これが某の都での戦いです」

鼻を鳴らし、細い目を大きく見開きながら周囲を見廻し、小助が田舎者まる出しで言う。

確かに往来にいる人の多さは岐阜では見ることができない数である。

「また食い物か。まあ、確かにそうじゃの」

否定せず、光義は見廻しながら頷いた。

服装の華やかさ、路上に並ぶ珍品の数々、単なる屋敷だというのに瓦《かわら》を並べる屋根の多さ。至るところに見られる寺院。碁盤の目のように区切られた町割りに、所狭しと立ち並ぶ建物。米屋、酒屋、古着屋、武具の修理屋などなど……人の数に比例して同じような店が何軒も連なっている。周りからは耳慣れぬ都言葉が聞こえてくる。まるで異国にいるようでもあった。

「華やかなところだけでもないようじゃな」

一歩裏道に入ると、浮浪者が道の端に寝転がり、物乞《ものご》いをしている。中には生死が定かではない者もおり、腐敗した遺体なども転がっている有り様である。戦乱で焼け、復興、再建できていない寺院、公家、武家屋敷なども多々あった。

都を制圧した信長は、三好三人衆らに追い討ちをかけた。光義らも参じている。

「三好勢は覇気がありませんな」

ただ追い掛けるばかりなので、恩賞は望めない。小助は敵を蔑《さげす》んだ。

「三十六計逃げるに如《し》かず。強なればこれを避けよ。敵は兵法を心得ておるではないか」

光義は『南斉書《なんせいしょ》』、『孫子《そんし》』の一節を口にした。困った時は逃げることが最良の策である、手強《てごわ》い敵とは正面からぶつからず別の方法をとれ、というもの。

「追い掛けっこでは禄《ろく》は増えませんぞ」

「いずれ、阿波に仕寄る時が来るやもしれぬ。それまで楽しみにしておればよい」

「阿波は若布《わかめ》や縮緬《ちりめん》が美味いそうです。長生きせねばなりませんな」

小助の言葉に、光義は相好を崩した。

織田軍は隣国の摂津《せっつ》、和泉《いずみ》、河内《かわち》まで追討を行い、三好三人衆と足利十四代将軍義栄を阿波に追いやり、瞬《また》く間に周囲を席巻《せっけん》した。

(それにしても、戦上手の道三殿ですらたかだか隣国に攻め入るのが関の山であったが、どうであろう織田のお屋形様は。儂が仕えて一年少々だというのに、既に上洛を果たし、周辺を制圧した。阿波どころか天下布武はまこと達成するやもしれぬな。我が弓をもって)

摂津からの帰路、まだ信長からの評価を受けていないが、光義は都を制した信長に仕官してよかった、と実感していた。

十月十八日、義昭は参内《さんだい》して室町幕府十五代将軍に補任《ぶにん》され、信長は目的を果たした。

信長は義昭に副将軍か管領職《かんれい》に就任するよう要請されたが断わり、和泉の堺と近江の大津と草津に代官を置くことを願い、義昭から許されている。

「副将軍の座を蹴《け》るとは勿体無《もったいな》い」

小助が惜しむ。

「誰の風下にも立たぬということであろう」

信長らしいと光義には思えた。

二十六日、都には佐久間信盛、丹羽長秀、木下秀吉らを残し、信長は帰途に就いた。

岐阜に帰国したのち、光義は信長から感状を与えられた。

「こたびの働き、類《たぐ》い稀《まれ》なるものなり。こののちも励むように。右のとおりである」

評価はされたが恩賞はない。信長の思案が窺《うかが》えた。

「ただ働きではないですか。山ほど饅頭《まんじゅう》を喰おうと思っていたのに」

小助は顔を顰めた。

「もっと働けということであろう」

冷めた調子で光義は言う。内心は喜びと不満が入り交じり、複雑であった。

それでも、信長に仕えていれば、天下取りに関わる戦で弓を引ける。これを上洛戦で確認できたことは、光義にとって、なによりも嬉《うれ》しいことであった。

第二章　新たな試み

一

永禄《えいろく》十三（一五七〇）年二月三十日、信長は入京した。光義らも従っている。

「某《それがし》は、ちと都の様子を探りに行ってまいります」

移動の最中から、そわそわしていた小助は、荷物を降ろすや否《いな》や、宿を出ようとした。

「蕎麦《そば》屋の女中のところか」

表情を崩しながら光義は問う。小助は都に馴染《なじ》みの女がいた。抜け目ない男である。

「まあ、そんなところで。殿も少し羽を伸ばされてはいかがですか？　木下（秀吉）様などは、この世の極楽と都での日々を謳歌《おうか》しておられますぞ。奥方様には内緒にしておきますゆえ」

「戯《たわ》け。都には遊びに来たわけではない。とっとと去《い》ね」

いざという時に動くことができれば問題ない。光義は追い払うような口調で許した。

他の家臣たちのように京女と戯《たわむ》れることは、幼い子たちを抱えて留守を預かる妻の菜々《なな》のことを思うと気がひけた。扶持《ふち》も少ないので、いろいろ切り詰めているに違いない。自分だけ遊ぶわけにはいかない。

（小助にすれば、頼り甲斐《がい》がないと言うか。まあ、持ち合わせも少ないゆえ遊べぬのも事実。儂《わし》は儂じゃ。儂は京女よりも……）

若き日に別れた許嫁《いいなずけ》の冨美《ふみ》と話をしたい、というのが光義の願望であった。

翌日の午後、小助は宿に戻ってきた。

「儂がお屋形様でなくてよかったの」

主《あるじ》を抛《ほう》り出して、随分と楽しい一夜を過ごしてきたようだな。信長ならば職務怠慢と首を刎《は》ねるに違いない。宿で弓の反り具合を確かめながら、光義は嫌味を言う。

「お屋形様は某のような小者を召し抱えたりは致しませぬ。側《そば》に置くような人は未《いま》だ弓にこだわるお人しかおりませぬ」

お陰で楽しめましたと、頭をかきながら小助は言う。

「側におらぬではないか」

「美濃では某のような者が側にいるゆえ、解放して差し上げたつもりですが」

「慮外者《りょがいもの》め。して、都の世情はいかようなものじゃ」

小助を自由にさせているのは、情報収集も目的の一つである。

「公方《くぼう》(将軍義昭)様はたいそうお屋形様を憎んでおられるようにございます」

この一月二十三日、信長は義昭に対し、諸国に送る御内書には、必ず信長の書状を添えること、など五ヵ条の書状を送り、渋々承認させている。

「蕎麦屋の女が話しているとすれば、都中の者も知っていると見て間違いないの。まあ、致し方なかろうな。公方様はお屋形様の許可がなければなにもできないということを約束させられたわけじゃからのう。されど、そのぐらいは儂でも想像がつくぞ」

「本題はこれから。公方様は越前《えちぜん》の朝倉家と手を結んだという噂《うわさ》があります」

とっておきのねたです、と小助は嬉《うれ》しそうに話を披露する。

「よもや、左様なことはあるまい。お屋形様のお陰で、公方様は都におれるのであろう」

前年の正月、信長の留守を衝《つ》き、三好三人衆が都の義昭を襲撃。都に在する明智光秀や細川藤孝《ほそかわふじたか》らが奮戦して護衛に務めたので、義昭はなんとか命を失わずにすんだ。

報《しら》せを受けた信長は着の身着のままで騎乗して岐阜城を飛び出した。

光義らも主を追い、深雪《みゆき》を掻《か》き分けながら入京し、敵を排除したことがある。「お屋形様のお陰で」というのは、この時の戦を指していた。

「いずれにしても、もうすぐ明らかになるのではないですか」

五ヵ条の書状を記した同じ一月二十三日、信長は畿内《きない》を中心とした周辺二十一ヵ国の諸大名に対し、上洛《じょうらく》して幕府への従属を誓うことを要求した。表向きは義昭への忠誠であるが、実質的には信長に臣下の礼を取ることを意味している。

「朝倉が上洛を無視すれば、討つ口実を得られるか」

「だけではなく、挟み撃ちにございます」

小助は懐《ふところ》から三つ大福を出し、白大福を二つの黒大福で東西から挟み込んだ。足利家の家紋は白に黒の『二引両《ふたつひきりょう》』であった。小助は義景と義昭による信長の挟撃《きょうげき》を示唆《しさ》する。

「なるほど戦い甲斐があるの」

光義は東の大福を摘《つま》み、齧《かぶ》りついた。

三月になり、諸将は続々と上洛した。

中には遠く豊後《ぶんご》の大友義鎮《よししげ》（宗麟《そうりん》）も使僧を上洛させて表敬訪問している。信長は諸将を集めて前年に築いた二条御所の完成を祝う能興行を行った。同盟者の徳川家康は馬揃《うまぞろ》えを披露したりしながら、越前の朝倉義景の上洛を待っていた。

その裏で、信長は朝倉義景に対して上洛要請をしなかった。両家は百年ほど前から仲が悪く、義昭が正式な通達をしても背後に信長がいることは明白なので、義景は従わないと踏んでのこと。信長としては討伐の名目を得るため、義景の上洛は望んでいなかった。

四月になっても朝倉義景は上洛してこない。守護大名の朝倉家としては、斯波《しば》家の陪臣に過ぎない織田の命令など聞く謂《いわ》れはない。都の様子が伝わっても静観し続けた。他にも武藤友益《むとうともます》や浅井長政も上洛していない。長政は義景と誼《よしみ》を通じているが、妹婿《いもうとむこ》なので信長は大目に見ていた。

「やはり戦になるようでございます」

どこから仕入れてきた情報か、宿で弓の手入れをする光義に小助が言う。

「左様か。敵は朝倉か？」

「おそらく。上洛しておらぬ大名が三家ございます」

「浅井、朝倉、武藤か。浅井は親戚《しんせき》ゆえ、朝倉と武藤か。織田家とのことを思案すれば十分に考えられるの。お屋形様のこと、いつ陣触れするか判《わか》らぬ。用意を怠らぬようにの」

光義は戦を覚悟するが、心の中ではまだ浅井家とは争いたくなかった。

四月十九日、信長は参内《さんだい》して正親町天皇《おおぎまちてんのう》と誠仁親王《さねひとしんのう》に暇乞《いとまご》いをし、翌日、出陣することを伝え、了承を得た。

これにより、信長は幕府の上意と天皇の勅命を受けたことになる。

「某の早耳もなかなかのものでございましょう」

出陣の命令を受け、小助は誇らしげだ。

「また、どこぞのいかがわしい女子《おなご》を口説いたのか」

さして男前でもない小助が、すぐに女と親しくなるのが光義には不思議でならない。

「話上手と申してください。それに、好《よ》き女子でございます」

小助の愉快な反論に、光義は口の端を上げたが、すぐに戻した。

「なにもせず、都に多く兵をとどめておれば察しがつく。まあ、そういうことにしておくか」

戦を身近に感じ、光義は弓弦《ゆづる》を指で弾いて確認した。

葉桜が艶々《つやつや》しく照り輝く四月二十日、信長は三万の軍勢を率いて都を出立した。

この遠征軍には権中納言《ごんちゅうなごん》の飛鳥井雅教《あすかいまさのり》、左少弁《さしょうべん》の日野輝資《ひのてるすけ》らの公家衆《くげしゅう》が従軍している。両者とも天皇に仕えると同時に幕府にも仕える武家昵近《じっきん》公家衆なので、信長は公《おおやけ》の立場で出陣したことになる。

討伐の相手は若狭《わかさ》・石山城主の武藤友益である。

「どうやら、武藤を討つのは陽動にて、一乗谷《いちじょうだに》に向かうようにございます」

歩を進めながら、いつものごとく、収集してきた情報を小助が小声で告げる。

越前の一乗谷は朝倉氏の居館である。

「さもありなん。武藤を討つのに三万の兵は必要あるまいからの」

武藤友益は若狭武田氏四家老の一人で、石高《こくだか》にして僅《わず》か三千石。一族が守る加斗《かと》城領を合わせても五千石。動員できる兵は必死に掻き集めても僅か百五十ほどの国人《こくじん》である。

武田氏の当主は僅か九歳の元明《もとあき》で、一乗谷に幽閉され、同氏は朝倉義景の支配を受けていた。

「越前と言えば蟹《かに》ですが、もはや時期は過ぎましたゆえ、このの後は鯖《さば》が美味です」

「鯖は秋ではないのか」

「卵を生む鯖が近くに群れてくるそうです。これがまた舌を唸《うな》らせるそうにございます」

得意顔で小助は言う。まるで物見遊山《ゆさん》とでもいうような表情である。

「是非とも戦勝の肴《さかな》にしたいものじゃな」

朝倉義景は意地でも信長に屈しないであろう。光義は胸を躍らせた。

都を発《た》った織田軍は、琵琶湖《びわこ》沿いの西近江路《にしおうみじ》を北東に進み、和邇《わに》、田中、若狭の熊川、佐柿《さがき》を通り、同地の国吉城に宿泊した。

二十五日、信長は天筒山《てづつやま》城を、翌日には金ヶ崎《かねさき》城、疋壇《ひきたん》城を攻略した。信長は僅か二日間で敦賀《つるが》郡を占領したことになる。

光義らは信長の本陣にいたので活躍の場はなかった。

敦賀郡を攻略した信長は北東に目を向けた。

天筒山から一里半ほど北東に進んだ地にある木ノ芽峠を通過すれば、北国《ほっこく》街道は目の前で、あとは朝倉義景の一乗谷まで一本道である。信長は二日休養をとらせ、二十九日、越前に侵攻することを家臣に伝えた。

夕刻になり、小助はこわばった表情で光義の前に駆け寄った。

「浅井備前守（長政）は朝倉に与《くみ》してお屋形様に返《かえ》り忠《ちゅう》するようにございます」

「誠か⁉」

　さすがに光義も驚き、両目を見開いて問う。

「はい。細作《さいさく》（忍びの者）が戻り、報せたとのこと。お屋形様は信じておられぬようにございますが」

「さもありなん。お市様が嫁がれているのだからのう。とは申せ、浅井の背信が事実ならば、我らは南北から挟み撃ち。直ちに退《の》かねばなるまい」

「早急に。お屋形様の本軍でようございました。殿軍《しんがり》だけにはなりたくありませんな」

　殿軍は敵の追撃を受けながら本隊を逃す消耗部隊と言っても過言ではない。そんな恐ろしいことはご免だと、小助は首をぶるぶると振る。

　光義としても、細作の誤りであることを願うばかりだった。

　浅井長政を信じる信長ではあるが、少しでも疑念を持てば抛ってはおかない。改めて複数の細作を放ち、長政の裏切りを調べさせた。

　夜も深《ふ》けた頃、続々と細作が戻り、浅井家の裏切りは確実だと報告をした。そこへ浅井長政の妻、お市御寮人から陣中見舞いの品が届けられた。品は小豆の入った袋の両端を縛り、「袋の鼠《ねずみ》」を示唆していた。密書では無事に届く訳もないので、英俊な理解力に託した贈物だった。

小豆の袋を見た信長は、瞬時に浅井長政の裏切りを確信した。

信長がお市御寮人を浅井長政に輿入《こしい》れさせる時、浅井側からの要求は勝手に朝倉家を攻めないというもの。もし、攻める時は必ず事前に知らせるということが約束されていた。

このたびの背信について、長政とすれば、事前通告をしなかった信長が先に約束を踏み躙《にじ》ったので、裏切るという感覚はないかもしれない。

浅井長政が離反した本当の理由は、二年前の上洛戦ならびに前年の将軍救援で恩賞が得られなかったことにある。

同盟者であるはずなのに、家臣のようにこき使われている。このまま信長を野放しにすれば、朝倉氏を滅ぼしてしまう。そうすれば浅井領は織田家に囲まれることになり、抵抗すらできなくなる。盟約を結んでいても益なしと考えた。

信長に言わせれば、苦戦していた六角氏を追い、西からの脅威を取り除けただけでも十分に有り難いはず。戦で兵の損失がなくなるのは、利益も同じ。兵農未分離の浅井氏の兵は大事な耕作者でもある。戦続きで徳政令を出さねばならぬほど経済的にも困窮していたのだから、加増しなくとも、領国経営に専念できるだけでも十分の利益が得られるはず。天下を掌握した暁には、それなりの地位を約束しよう。それまで忠義を示すことが重要だというのが信長の思案である。

勿論《もちろん》、信長の思考を長政は受け入れられない。越前の難所で信長を討てば、信長が独占している東近江の旧六角領を掌握できる。この二年の只働《ただばたら》きの見返りでもあった。

即座に信長は主だった者を集め、撤退命令を出した。

「畏《おそ》れながら、殿軍は某が賜りますゆえ、早急にご退陣なさいますよう」

張り詰めた緊迫感の中、秀吉が過酷な役割を申し出た。

「いかな役目か判っておるのか」

「承知しております。この役目、某が適任かと存じます」

信長の問いに、秀吉は笑みで答えた。

「左様か。なにか欲しいものはあるか」

「鉄砲と弓衆をお貸し下さい。弓衆には大島新八郎を」

「よかろう。明智十兵衛（光秀）と池田筑後守（勝正）は藤吉郎を補佐せよ」

下知《げじ》した信長は駿馬《しゅんめ》に飛び乗ると、まっ先に退却にかかった。

秀吉には弓衆三十、鉄砲衆五十人が付けられることになった。

「大変にござる」

小助が血相をかえて走り寄った。

「なんじゃ、騒々しい」

光義は弓弦の手入れをしていた。弓弦の多くは麻でできており、切れた弦を編んで作った麻《ま》ぐすねで擦《こす》り、松脂《まつやに》と菜種油などを混ぜて煮溶かした天鼠子《くすねし》を染み込ませるのが一般的である。

「暢気《のんき》なことを申している場合ではありませぬ。木下殿が殿軍を申し出ると同時に、殿を殿軍に加えるよう名指しなされ、お屋形様は承諾なされたのですぞ」

唾《つば》を飛ばして小助は訴える。

「ほう。これはまた難儀な役目を志願するものじゃ。木下殿も物好きじゃな」

「他人事《ひとごと》ではありませぬ。殿もです」

「好かれたものじゃ」

厳しい状況で求められたことではあるが、光義は悪い気がしなかった。

「地獄の鬼に好かれたのでしょう。もう終《しま》いじゃ。まだ鯖も蟹も喰っておらぬのに」

この世の終わりにでも遭遇したかのように小助は嘆く。

「左様に殿軍が嫌なれば、先に退いても構わぬぞ。こたびは危《あぶ》なそうじゃし」

「それができておれば苦労はしませぬ。これが最後になるやもしれませんが」

仕える人物を間違えた、小助はそんな表情をしていた。

織田軍が慌《あわ》ただしく撤退する中、光義は改めて信長の近習《きんじゅ》を務める長谷川秀一から殿軍を命じられたことを伝えられ、秀吉の許《もと》に足を運んだ。

「大島殿、貴殿の弓、頼りにしてござるぞ」

本心であろう、秀吉は満面の笑みを浮かべて労《ねぎら》いの言葉をかける。

「矢が尽きるまで射続けましょう」

生き残るならば、それしかない。光義も本音で応じた。

信長が去ってからおよそ一刻《いっとき》（二時間）。金ヶ崎城の周辺十五町（約一・六キロ）ほどの間に、秀吉の木下勢一千二百余と、信長から預かった弓・鉄砲衆八十が構えた。

秀吉は兵を三段に構えた。

前備衆《まえぞなえしゅう》は金ヶ崎城に木下長秀、蜂須《はちす》賀《か》正勝《まさかつ》、前野長康ら四百六十余。

中《なか》備衆は城南の敦賀街道に秀吉本隊の四百二十余。

後《あと》備衆は本隊の西に桑山重晴、浅野長吉（のちの長政）ら四百余。

弓・鉄砲衆はそれぞれ分散して参じた。光義らは前備衆に配置されていた。

一千三百に近い兵が金ヶ崎城に籠《こも》れば二、三日の籠城《ろうじょう》は可能であろうが、引き付けられる兵は限られており、殿軍の役目は果たせない。前備以外は城の外に構えるしかなかった。

金ヶ崎城と天筒山城には信長が残していった旗指物《はたさしもの》が立てられており、篝火《かがりび》もそのまま燃やされていたので、遠目からはまだ在城しているように見えるはずである。

池田勝正ら三千は西の美浜辺りに備え、明智光秀はさらに西の若狭国境近くに兵を構えた。

城にとどまっている者の殆《ほと》んどは北に目をやり、浅井、朝倉軍の進軍に注意を注いでいた。

辺りは漸《よう》やく白み、静から動へと移行しようという時、ずっしりと地を踏み締める低音が北の方から聞こえてきた。地を這《は》うような圧迫感は多勢であることが窺《うかが》えた。

「来たようですな」

小助は唇を舐《な》めながら言う。

「さて、いかほどの敵を射ることができようか。楽しみじゃの」

ちらりと隣の太田信定を見て光義は告げた。

「望むところ」

信定も片頰で笑う。

攻め寄せる朝倉軍は山崎吉家《やまざきよしいえ》を先陣とした二万二千余にも達していた。一千三百余の木下勢が正面からぶつかれば、一揉《ひとも》みに捻《ひね》り潰《つぶ》されてしまうであろう。

城兵が戦々兢々《きょうきょう》とする中、遂《つい》に朝倉軍は金ヶ崎城から三十町（約三・三キロ）ほど南東の樫曲《かしまがり》に達した。天筒山城や金ヶ崎城に多数の旗指物が翻《ひるがえ》っているので、朝倉軍は一旦《いったん》兵を止め、様子を探りだした。

「旗が動いておらぬゆえ、半刻（一時間）とかからず、城に籠る兵は寡勢《かぜい》と見抜かれよう。皆で旗を動かしてはいかがか？　さすれば少しでも長く留めておけましょうぞ」

光義は木下長秀に助言する。

「よきことに気づかれた。出来うる限りのことはやり申そう」

長秀は即座に応じ、城内にいる兵に旗指物を動かすように命じた。

「これで、いかほど誤魔化せましょうか。少しでも引き付けていられればよろしいが」

無駄な努力、とでも言いたげな小助である。

「能書きを申している暇があれば少しは手伝え。その分、寿命が延びるぞ」

人数が少ないこともあり、光義も自ら旗を振った。

「難儀な殿に仕えたものじゃ。されば一息でも多くできるように、致しますか」

小助も渋々、旗指物を振り廻した。

二

光義の提案により、朝倉勢を足留めすることができたものの二刻が限界であった。巳《み》ノ刻《こく》（午前十時頃）になると一陣の山崎吉家から順番に大蔵《おおくら》を離れ、秀吉らが構える道ノ口と呼ばれる南西に向かって進み始めた。

「露見したようですな。いかがなされます？」

準備はできている。催促する口調で光義は問う。

二万二千余のうち、まだ二千の一部が動いたに過ぎない。木下長秀勢とすれば、朝倉軍の最後尾を突くことが、一番損害を少なくできるものの、それでは秀吉本隊が打ち砕かれ、信長への追撃を許してしまう。殿軍の役割を果たすことができないので、この策はとれない。

「敵を兄者《あにじゃ》（秀吉）のところにやらせては我らの名折れ」

朝倉軍を睨《ね》めつける長秀の鋭い眼差《まなざ》しは、玉砕覚悟で敵に突き入る、と言いたげである。

「兄思いでござるの」

「木下の家を開いたのは紛れもなく兄。儂は兄の代わりにはなれぬ」

「貴殿の心意気には感服仕《つかまつ》った。少しでも役立てるため、馬をお貸し戴《いただ》きたい」

軍隊には軍役というものがあり、馬を飼う経済力があっても、騎乗するにはそれなりの身分がいる。弓衆や鉄砲衆には許されることが少なく、光義もまだ許されていなかった。

「承知致した。替え馬ではござるが、某《それがし》のを使われよ」

笑顔で長秀は許可した。

厩《うまや》に行くと、漆黒の馬を使うように言われた。古いが鞍《くら》も置かれている。

「良き馬ではないか。命尽きるまで共に戦おうぞ」

首の辺りを撫《な》でながら、光義は駿馬に話しかける。

「殿はいいですな。某をおいてきぼりにしないでください」

徒《かち》で進まねばならぬ小助は、羨《うらや》ましがる。

「そちにとっては、おいてきぼりを喰らったほうが身のためやもしれぬぞ」

片頰を吊《つ》り上げた光義は六十三歳とも思えぬ身のこなしで軽々と騎乗した。

流鏑馬《やぶさめ》のように、平安の昔より、名のある武士は騎上で弓を射れるのが当然であった。

これが時代を経るごとに個人の武勇から集団戦闘に変わり、指揮官は馬上で号令をかけ、弓衆は馬を下りて射るようになったので、馬上の弓は廃《すた》れていった。それでも、弓術をもって戦場を駆けてきた光義は、武士の嗜《たしな》みとして当然のごとく馬術は心得ている。

「これより、敵の横腹を突く。我に続け!」

「うおおーっ!」

長秀の命令に応じ、金ヶ崎城に在陣していた木下勢は鬨《とき》をあげ、南の大手道を駆け下る。真直《まっす》ぐに進めば北から、敦賀街道を東西に移動する朝倉軍の側面に突撃することになる。

「走れ!」

遅れじと光義も鐙《あぶみ》を蹴《け》り、漆黒の駿馬を疾駆させた。

久々なので最初は馬との調子がずれていたが、少しずつ感覚を取り戻し、人馬一体となりだしたのは敵を目前にした時であった。

薄々予想していたようで、山崎吉家は敦賀街道で兵を止め、周辺に散開させ、木下勢に弓、鉄砲を向けさせた。両軍の間合いは二町(約二百十八メートル)ほどに接近していた。

金ヶ崎城から敦賀街道への道に遮るものはなく、周囲は畑が広がっていた。

迎撃しようと山崎勢が待ち構える準備をしていても、木下勢は馬脚を止めることなく砂塵《さじん》を上げる。その差はどんどん詰まっていく。木下勢の鉄砲衆は届かぬことを承知で、威嚇《いかく》として轟音《ごうおん》を響かせる。山崎勢は鉄砲の装填《そうてん》に手間取っていた。

味方が玉込めをする最中、光義は間を縫って前線に出た。

「我が矢を受けよ！」

山崎勢の筒先が火を噴く前に、光義は馬上で弓を引き、怒号と共に弓弦を弾いた。

放たれた矢は真一文字に敵に向かい、玉込めを終えたばかりの鉄砲衆の喉《のど》を射抜いた。

敵の鉄砲衆は光義らに鉄砲を放つ。玉に当たって倒れる者もいるが、掠《かす》っても光義には命中しない。気合いの差か、修羅場を潜り抜けてきた経験からか、光義に動揺はなかった。

「新たな武器で儂が討てぬのか。喰らえ！」

玉込めをしている山崎勢に光義は接近しながら、数瞬のうちに二の矢、三の矢と連射する。そのたびに敵は呻《うめ》き声をあげて倒れた。

「鉄砲では、かような真似《まね》はできまい」

休む間もなく光義は背に担《かつ》ぐ箙《えびら》から矢を抜いて弓弦を弾き、敵を血祭りにあげた。

太田信定らの弓衆も続けざまに矢を放つが、光義のように敵中に躍り込む勢いで近づきはせず、弓衆本来の戦い方どおり、遠間から山崎勢を狙《ねら》っていた。

「古き武器に臆《おく》しているのか」

大半の者が鉄砲は最新、弓は旧式の武器だと思っている。光義は朝倉軍の山崎勢と戦うというよりも、その概念と戦うかのように勇んで矢を射続け、敵を討った。

山崎勢との距離が半町（約五十五メートル）ほどに迫った時、数挺《ちょう》の鉄砲が咆哮《ほうこう》し、二発が光義の馬に命中した。

馬は断末魔の嘶《いなな》きをあげて横倒しとなり、光義は宙に放り投げられた。この頃はまだ柔術の受身というものが確立されていなかったが、周囲は柔らかい畑で、うまく転がったこともあり、光義に怪我《けが》はなかった。相応に打ち身はあるものの、気が張っているので痛みはない。

「くそっ！　大事な預かりものを」

光義は身を低くしながら絶命した馬の体に身を隠し、低い位置から敵を射た。

「弓はそち（鉄砲）たちの如《ごと》き、同じ構えでしか放てぬものとは違う。見よ」

言い捨てた光義は、左肩を地面につけて寝そべり、弓弦を弾いた。放たれた矢は砂塵を巻き上げて地を這うように飛び、鉄砲足軽の下腹を貫いた。

「今度はこうじゃ」

同じ姿勢で二本放った光義は体を起こし、射続けた。そのたびに敵を仕留めるものの、残る矢が少なくなってきた。転んだ時に二つ担いでいた箙の一つが体から離れ、矢が辺りに散乱してしまった。敵の恰好《かっこう》の標的になるので、さすがに拾いに行くわけにはいかない。

どうしようかと思っている時だった。

「殿、お待たせ致しました。地獄で菩薩《ぼさつ》とは某のことにございましょう」

通常の半分ぐらいの長さの竹束《たけたば》を抱え、小助が肩で息をしながら走り寄った。敵の矢玉をかい潜りながら近づく様は、野狐《のぎつね》のようなすばしっこさであった。

竹束とは一間（約百八十センチ）ほどの長さの青竹を円柱形状に直径一尺（約三十センチ）ほどに纏《まと》め、縄で縛りあげたもの。当時の鉄砲は銃身の中に螺旋《らせん》を切っておらず、玉も球形なので回転不足となり、竹束に当たると弾《はじ》かれてしまう。青竹は入手、加工しやすいので、諸大名は当然のように用意していた。

「遅いぞ」

切羽詰まっていたこともあり、光義流の労いであった。

「徒《かち》の身にもなってください。某をおいてきぼりにした因果で、殿も徒になりましたか」

息絶えた駿馬を見ながら小助は口にする。

「つべこべ言わず、早うよこせ」

光義は小助から矢を奪い取るようにして放ち、敵を倒した。

「殿軍でなくば、あの首、全部持って帰れたものを。さすれば恩賞第一になるのに」

矢を渡しながら小助は愚痴をもらす。

「生きて帰れねば恩賞も戦功もない。しっかり竹束で敵の鉄砲を弾け」

叱責《しっせき》しながら矢を受け取り、光義は竹束で身を躱《かわ》しつつ矢を射た。

「地味ですが、某の働きのほうが多いようですな」

割に合わない、と小助は唇を尖《とが》らせる。

最前線で光義が奮戦していることもあり、木下勢は徐々に前進し、光義らのところまで来た。長秀は騎乗したまま光義に声をかける。

「火急のことにて馬上から失礼致す。これより我らは突撃致すので、援護をお願い致す」

緊張した面持ちで長秀は懇願する。

「承知。されど貴殿らにだけというわけにもいくまい。我らも続きましょう。それと、預かった馬にござるが、かように潰してしまったことお詫《わ》び致す」

馬も鉄砲に劣らず高価なもの。光義は素直に頭を下げた。

「大島殿の働きは比類ない。気になされるな。されば」

敵に突撃、という言葉を省略したまま、長秀は太刀を抜いて鐙を蹴った。

光義は小助から箙を受け取り、矢を放ちながら前進する。小助は竹束を楯《たて》にして敵の矢玉から自身と光義を守るようにしている。

「小助、今少し早う進めんか。置いていかれるぞ」

矢を放ちながら光義は催促する。

「左様に申されますが、思いのほか竹束は重いこと、お判りですか？」

「若いのに文句を言うな。流れ玉など当てるでないぞ」

時折、敵の玉が竹束に当り、破片を飛び散らせていた。

「もう四十の背が見えております。某もそう若くはありません」

竹束に身を隠し、あちらこちらに目をやりながら小助は言う。

「儂より二十以上も若い洟垂《はなた》れ小僧じゃ。走れ、走れ」

後ろから尻《しり》を叩き、光義は追い立てる。小走りをする小助は今にも泣きそうだ。

光義らの援護と長秀らの猛攻で木下勢は山崎勢の中に突き入った。寡勢ながら木下勢は敵中を駆け廻り、攪乱《かくらん》する。あるいは攪拌《かくはん》するといったほうが正しいかもしれない。

周囲には敵味方を問わず、弓、鉄砲、鑓《やり》と武器を手にする者はさまざまいた。（乱戦の中で弓を放つのは難しいの）

同士打ちの可能性があり、背後や側面など予期せぬ方向から突如、攻撃されることがある。光義は四方八方に目を配り、警戒しながら矢を放った。

逆の場合もあり、味方と戦っている敵を討つこともできるが、木下勢は寡勢なので、今は考える必要はない。敵中にいるので、黙っていても山崎兵のほうから攻撃を仕掛けてくる。

「小助、竹束は捨てよ。動きが鈍くなれば討たれやすい。鑓でも奪って振り廻せ」

光義は鑓を繰り出してくる敵を至近距離から射倒した。

「承知」

小助はすかさず鑓を拾い、敵を近づけないように振り廻した。

光義は向かってくる敵にのみ矢を放って骸《むくろ》に変えた。

その刹那《せつな》、左横から鑓を繰り出され、光義の具足を掠った。

「おのれ」

即座に矢を放とうとするが、穂先が身を襲ってくるので構えることすらままならない。光義も当然のことながら太刀、鑓の扱いを心得ており、その辺りの兵に負ける気はしないが、弓に命をかける者として、ほかの武器で戦う気にならなかった。

「儂はお屋形様に弓の腕を買われて仕えておるのじゃ。鑓には負けぬ」

目前の山崎兵というよりも、弓以外の武器を持つ敵全《すべ》てに挑むように光義は叫び、左手で弓と矢を持ち、右手を空けた。

敵は鑓を突き出してきたので、光義は右足を軸にして左足を下げ、右手で鑓の柄を摑《つか》んだ。胡桃《くるみ》を握り潰す光義の握力は、そう簡単に離しはしない。

「うりゃーっ」

柄を摑まれた敵は全身を使って引き抜こうとしたので、光義は頃合を見計らって柄を離した。途端に敵は後方に倒れたので、光義はすぐさま弓を構え矢を放った。矢は見事に敵の喉を貫通し、血飛沫《ちしぶき》を上げて動かなくなった。

少数の木下勢は一箇所に留まらず、敵中に飛び込んで獅子《しし》奮迅の戦いをしたので、山崎勢は左右に割れた。

「退《の》け！　退きながら敵を討て！」

長秀は怒号し、山崎勢の頭を押さえる形で西に退却を始める。

（こうなると、小助に竹束を捨てさせたのは失態であったかのう）

追撃を行う山崎勢に矢を放ち、光義は少々後悔をしていた。

「これがいりましょう」

先ほど鑓を手にしていた小助は、目敏《めざと》く竹束を手に戻ってきた。

「臆病者め」

他人には愚弄《ぐろう》に聞こえるが、小助は光義の褒め言葉であることを理解しているようで、白い歯をこぼした。

「笑っている場合ではない。しっかり頭を隠せ」

命じた光義は自身も竹束を楯にしながら弓弦を弾き、敵を倒した。

金ヶ崎城に陣を布《し》いた長秀ら四百六十余は、ここまでで半数ほどになっていた。

「押し出せ！」

光義らの弓衆や鉄砲衆が放つと、長秀は大声で叫び、敦賀街道を東に戻るように兵を出して戦闘を行う。その間に鉄砲衆は玉込めを行い、光義は休む間もなく矢を放つ。

光義が持っていた三十本の矢は放ち尽くし、小助が担ぐ箙に入れてある矢も残り少なくなっていた。

「退け！」

少しでも山崎勢を押し返すと、長秀は号令をかけて兵を退く。敵はこの期《ご》とばかりに進めてくるので、光義らの弓衆や鉄砲衆が矢玉を放って山崎勢を撃退する。敵が追撃にかかると、再び弓を放ち、鉄砲を唸《うな》らせて敵兵の足を止める。

これを何度も繰り返すたびに、長秀が率いる兵は削られた。四町（約四百三十六メートル）ほども西へ退き秀吉本隊に合流した時には百を切るほどに減っていた。

「皆、よう働いた。弓、鉄砲衆は残り、ほかは後方に廻れ」

秀吉は満身創痍《そうい》の兵に、酒を配り、労いの言葉をかけた。

「あーっ、戦いの後の酒はやめられぬ。五臓六腑《ろっぷ》に染み渡るのう」

柄杓《ひしゃく》で酒を喉に流し込み、光義は感嘆の声を絞り出した。

「我らに休息はないのですな」

汗と血と土埃《つちぼこり》に塗《まみ》れた小助が、息も絶え絶えに酒を呑《の》みながらもらす。

「それが弓衆の役目。遠間から敵を倒し、鉄砲衆にできぬ連射が可能なのは我らだけじゃ」

「次は危うき場に廻されぬ侍大将に仕えるようにしましょう」

「長秀殿や蜂須賀殿も後方には廻らぬ。一緒じゃな。木下殿から矢を貰《もら》ってまいれ」

目を細めて命じた光義は小助から残りの矢を受け取り、改めて前線に出た。

「ようここまで防いでくれた。されど、これからがさらに熾烈《しれつ》な追い討ちがかけられよう」

東を睨《にら》み、秀吉は気持を新たにする。

「望むところでござるが、命を賭《と》して戦いはしても、敵と刺し違えるつもりはない。あくまでも敵を押し退けて帰国する所存でござる」

「よう申された。無論、儂も同じ思案じゃ。さもなくば京女の柔肌に触れられぬであろう」

ぎらついた顔で秀吉は笑う。欲こそ戦功を求める原点なのかもしれない。

「来た」

休む間もなく朝倉軍は押し寄せてきた。先鋒《せんぽう》を託美越後守《たくみえちごのかみ》に入れ替えている。無傷の兵たちなので勇気凛々《りんりん》。本隊には秀吉がいると知ってか、山崎勢よりも勢いがあるように見えた。

指揮する騎馬武者に続き、託美勢の鉄砲衆が一町（約百九メートル）まで接近して構えた。

「放て！」

託美勢が鉄砲の引き金を引くより早く、秀吉は筒先から火を噴かせた。鉄砲衆のすぐ後ろに備える光義はすかさず弓弦を弾き、太田信定らの弓衆も続く。味方の鉄砲衆が玉込めをする危険な間《ま》を埋めるのが役目である。

光義は繋《つな》ぎの役割以上に矢を射込み、敵の鉄砲衆の玉込めを邪魔して、木下勢を少しでも優位に立たせようと尽力する。

敵が轟音を響かせると竹束に身を隠し、音が小さくなると身を乗り出して矢を射た。暫《しば》し、遠間からの戦を続けていたが、数の多寡で木下勢は圧《お》され、ほどなく敵の鑓衆が砂塵をあげて向かってきた。

光義は阻止しようと必死に射るが、全てを倒せるはずもなく、遂に間近に迫った。

「退《の》け」

光義を押し退けて敵に向かうのは武藤彌兵衛《むとうやへえ》（舜秀《きよひで》とは別人）であった。彌兵衛は齋藤旧臣で、鑓《やり》一筋の武士。光義と同年代で髪は白く染まっているが、光義に負けず劣らず矍鑠《かくしゃく》としており、未《いま》だ前線で鑓を振う剛の者でもあった。

「彌兵衛か。汝《うぬ》こそ皆の足手《あしで》纏《まと》いになる。さっさと後方に下がれ」

元同僚で気心が知れているだけに光義も遠慮はしない。

「汝のように遠くからしか敵と戦えぬ輩《やから》とは違う。我が鑓の切れ味、よう見ておけ」

言い捨てるや彌兵衛は託美勢に向かい、地を蹴った。旧加治田衆の横江清元らも続く。その間に木下勢の弓、鉄砲衆は後退して敵の前進に備える。

敵と交差するや、彌兵衛は敵よりも早く鑓を繰り出して突き倒し、次の敵の鑓を弾いて喉を貫き、瞬《また》く間に二人を仕留めた。

「彌兵衛め」

判っていることであるが、彌兵衛の捨て台詞《ぜりふ》が耳に残り、光義は憤《いきどお》る。

古豪であっても、多勢に無勢は否《いな》めず、彌兵衛は三人の敵に囲まれた。そのうちの一人が彌兵衛の右斜後方から鑓を突き出そうとしていた。すかさず光義は矢を放って射倒した。

「遠くからしか戦えぬ者に助けられたの」

光義は半町ほど前で戦う彌兵衛に大声で叫んだ。

「余計なおせっかいじゃ」

彌兵衛は安堵《あんど》した表情で言い返すと、残る二人と火花を散らし討ち取った。

木下勢の鑓衆もそれぞれ奮闘するが、多勢には敵《かな》わずに圧された。

「早う退け」

秀吉の下知を受け、彌兵衛らは引き上げるが、戻ってきた兵は半分ほどであった。

「放て！」

味方を撤収した秀吉は号令をかけ、鉄砲の轟音を響かせた。光義は号令を待たず、独自に矢を放って敵を射抜いている。

「礼は言わぬぞ」

矢を放つ光義の横に来て、荒い息を吐きながら彌兵衛は言う。

「構わぬ。そちに礼など言われればお天道様《てんとさま》が西から上るわ。気が散るゆえ離れよ」

彌兵衛流の憎まれ口を光義は心得ている。

矢玉で敵の足を止め、足軽や鑓衆が敵と剣戟《けんげき》を響かせ、弓弦を弾き、引き金を絞る。これを交互に繰り返し、木下勢は兵を失いながら撤退していく。

後備衆の桑山重晴と合流し、一時、勢いを盛りかえすが、朝倉軍も新手を入れて追撃するので、猛攻の勢いは止まらない。

鉄砲衆も数を減らし、このままでは都に戻るどころか越前を出ることもできないと思っていた時、信長が残した佐々成政《さっさなりまさ》麾下《か》の鉄砲衆の精鋭が筒先を咆哮させて秀吉らを救った。

佐々勢が加わっても木下兵の減少は止まらず、あわやというところで池田勝正勢と合流して危機を逃れた。そのうちに、撤退することが伝えられず、おいてきぼりを喰らうはめになった徳川家康の一勢も合流して撤退戦を共にするようになった。

明智光秀が若狭国境近くに布陣していたので、朝倉軍の追撃は美浜の金山辺りで終息。はぐれた者もいるであろう。生き残った木下勢は二百にも及ばなかった。

「なんとか生き長らえましたなあ」

疲労困憊《こんぱい》した表情で小助は言う。全身泥まみれである。

「これよりは落ち武者狩りの者どもが我らを襲う。朝倉勢とは違い、名乗りをあげて仕寄ってはこず、茂みの中で息を殺し、獲物をじっと待ち構えておる。油断するな」

さすがに光義も汗をしたたらせ、肩で息をしながらたしなめる。

光義が口にしたように、鯖街道と呼ばれる都までの道は落ち武者狩りをする地侍や百姓らが茂みに潜み、通行する者たちを襲い、身ぐるみ剝《は》いでいた。獣のようである。

「そちは馬《め》（右）手《て》を注意しろ。儂《わし》は弓《ゆん》（左）手《で》を見る」

皆で協力しなければ難関は突破できない。光義は命じ、小走りで進んでいく。秀吉や蜂須賀正勝ですら既に馬を失っている。ほぼ全員徒《かち》であった。

「数万の兵で勇ましく出陣したというのに。帰りはこの体たらくとは」

こわばった表情で辺りを見廻し、小助は愚痴をたらたらもらす。

「帰りたくば話をするな。敵に知れるぞ」

光義は一喝し、先を急いだ。

数町（五百四十五メートル）進むと、道の左側に人の気配を感じた。

「気をつけよ。弓手にいるぞ」

注意した刹那、矢が茂みの中から数本飛んできた。一人が餌食《えじき》になった。光義はすかさず二本を射返した。樹木や草葉で遮られているので、仕留めたかどうかは判らない。

「おのれ」

横江清元が茂みに入ろうとする。

「構うな。死した仲間も打ち捨てよ。今は我が身のことだけを思案致せ」

光義はそう言って歩を進めた。

「某の場合も同じですか」

右側を見廻しながら小助が問う。

「左様。そちもそう致せ」

厳しい敗軍の現実である。いつ襲撃されるか判《わか》らず、戦場とは違う気遣いに神経がすり減りそうであった。

数町に一度ぐらいは落ち武者狩りの襲撃を受け、ようやく、都に辿《たど》り着いたのは五月一日の夕刻であった。

「生きているのですな」

鴨川に架かる三条の舟橋を渡り、十歳も老《ふ》け込んだような様相で小助は声を絞り出す。

「そちは悪運が強いようじゃ」

精一杯の冗談を言うのがやっとの光義であった。

皆は戦塵に塗れ、返り血を浴び、具足は引き千切れ、まさに満身創痍の出《い》で立《た》ちである。軍勢が隊列を整え、旌旗《せいき》を靡《なび》かせての帰京ではない。二人、三人、あるいは五、六人が鑓を杖《つえ》にしてばらばらに帰り着くといった惨《みじ》めな入京であった。姿を見せたのは六百人。まだ地獄の山中を彷徨《さまよ》っている者もいる。これが金ヶ崎の退《の》き口と呼ばれる撤退戦の結果であった。

織田軍全体として一千三百が討死したという。朝倉兵も同等の死者を出してはいるが、意気揚々と出陣していった信長が、這々《ほうほう》の体《てい》で逃げ帰ったので評価の下降は否めない。

信長は朽木元綱《くつきもとつな》の案内で難所の朽木峠を越え、都に辿り着いたのは四月三十日の深夜であった。この時、『継芥記《けいかいき》』には「従う者わずか十人ほど」と記されている。浅井長政の裏切りで信長の天下布武は十年は遅れたとも言われている。

五月七日、秀吉は退陣の活躍で感状を得ると同時に褒美《ほうび》として黄金三十枚が下賜《かし》された。

「我らにはなにもなしですか」

落ち着きを見せたので、小助が不満をもらした。

「負け戦ではなにも出ぬのが常識。こうして酒が呑めるだけでも感謝せねばならない」

秀吉から酒が振る舞われ、光義らはさっそく呷《あお》っていた。

「帰国そうそう浅井を攻めるようにございます」

「そうであろうな。童《わらべ》でも判る」

出陣は望むが、浅井領には冨美がいるかもしれないと思うと、光義は複雑な心境であった。

都に戻ると、元号は「永禄」から「元亀《げんき》」に改元されていた。

浅井長政への復讐《ふくしゅう》を誓う信長は五月九日、都を出立して帰国の途に就いた。途中の二十日、六角承禎《ろっかくじょうてい》の命令を受け、甲賀衆の杉谷善住坊《ぜんじゅうぼう》は近江、千草《ちぐさ》の山中で信長を狙《そ》撃《げき》。四発の鉄砲を放ったが、衣を掠めるに留まり、暗殺は失敗に終わった。

軍勢は停止し、すぐに暗殺未遂は全軍に伝わり、追手がかけられた。

（半町の距離を外したか。事前に露見してはおるまい。鉄砲放ち〈善住坊〉の腕が未熟なのか、あるいは手練《てだれ》にも拘《かか》わらず昂《たかぶ》ったのか。大将は簡単に討てるものではないということじゃの。はたや警告か。儂も外したであろうか。そもそも左様な下知に応じるであろうか）

あくまでも光義は戦場で自分の力を発揮することを望んでいる。そういった意味では、惨めな撤退戦となった金ヶ崎の退き口ではあるが、光義は尽力したので満足はしていた。

一方、無事、岐阜に帰国した信長は、眉間《みけん》に刻まれた皺《しわ》が消えることがなかったという。戻るや否や、信長は浅井攻めを命じた。

三

六月十九日、信長は浅井長政討伐のため、尾張、美濃、伊勢三州の軍勢一万数千余を率いて岐阜を出立した。既に四日には近江に在陣させてある柴田勝家、佐久間信盛らが南近江の落窪《おちくぼ》で六角承禎を破っている。

「浅井の城下は鮒寿司《ふなずし》が美味だそうです。独特の匂《にお》いがたまらんそうで」

干した里芋の茎を嚙《か》みながら歩を進め、小助が話しかける。進軍中だというのに、緊張感がまるでない。

「今喰っておるのに、もう次の食い物の話か」

「勿論。なにせ、こたびは背後を一掃しているので挟み撃ちの恐れはなし。浅井も終《しま》いですな」

今回こそは楽な勝ち戦で恩賞を貰おうという小助の腹である。

「どうかのう」

朝倉義景が援軍を出すので、三万を超える織田軍と数千の浅井軍との戦いにはならず、睨み合いが続く長対峙《ながたいじ》になると光義は予想している。それでも弓衆なので活躍の場は与えられるであろう。光義とすれば望みを持っていいはずであるが、あまり気乗りしていなかった。

「冨美殿のことでございますか？」

心中を察して小助が問う。

「埒《らち》もない」

「先年、漸く浅井と盟約を結びましたゆえ、調べはつきやすいかと思いきや、先の返《かえ》り忠《ちゅう》で再び敵と相なり申した。和睦《わぼく》がなるか、織田領にならねば探るのは難しゅうございます」

「余計なことに労力を遣うな」

気心が知れた仲でも立ち入られたくないことはある。心配りは嬉《うれ》しいが光義は言い捨てた。

それ以上介入すると叱責されるので、小助は口を閉ざした。

織田軍は中仙道を通って近江に入った。六月二十一日、信長は浅井長政の小谷《おだに》城の城下を焼き払い、同城から一里ほど南西の虎御前山《とらごぜやま》（標高二百二十四メートル）に本営を置いた。

光義らは山の麓《ふもと》に在しており、いつでも攻撃に参じられるように備えていた。

この日、信長は柴田勝家らに命じて付近を放火させ、周辺を焼け野原にした。

城下が焼失しても浅井勢は城から出陣してこなかった。

（富美が住む村でなくばよいが。まあ、生きていればの話じゃが）

光義の懸念《けねん》は消えなかった。

「朝倉の後詰を待っているのであろう」

真向かいの小谷山を見上げ、光義は告げた。

「城攻めの下知《げじ》が出されぬということは、お屋形様は野戦を望んでいるのでしょうか」

「おそらくの。矢の放ちがいがあるではないか」

「城攻めのほうが身を隠す場所があるので、某《それがし》は城攻めにして戴きたい」

小助らしい意見に、光義は頬を綻《ほころ》ばせた。

その日の夕刻近く、朝倉軍は虎御前山から二里（八キロ）ほど北の木之本《きのもと》に着陣した。

翌二十二日、野戦で雌雄を決したい信長は、敵に一番近い第一殿軍に梁田広正《やなだひろまさ》、第二殿《しんがり》軍に佐々成政、第三殿軍に中条家忠《なかじょういえただ》を指名し、本営を虎御前山から南に退かせた。

これを知り、浅井長政は馬廻《うままわり》を務める聞間敷組《きくまいぐみ》に追撃の命令を出した。

下知を受けた浅井新五郎ら聞間敷組の六百人は虎御前山を登り、南尾根の八相山《はっそうざん》（標高百四十五メートル）で、第一殿軍の梁田勢二百に襲いかかった。

梁田広正は鉄砲を放つが、深い茂みの中では樹木が邪魔になって平地ほど有効には使えない。

武勇で名高い聞間敷組は、樹木を楯にしながら肉迫して梁田勢を切り崩す。同勢の太田孫左衛門が奮戦したお陰で、命からがら梁田広正は逃れることができた。

「殿軍だけでは厳しいやもしれぬ。馬廻も加われ」

信長は追加で命じた。この中には弓衆の太田信定も含まれていた。

第二殿軍の佐々成政が救援に駆けつけたものの、勢いに乗る聞間敷組は弓・鉄砲を釣瓶撃《つるべう》ちにして佐々勢の足を止め、突き崩した。

佐々勢が後退するところへ信長の馬廻を務める織田順元《おだのぶもと》らが加勢し、一度は聞間敷組を押さえたものの、再び聞間敷組は勢いを盛りかえした。

第三殿軍の中条家忠も加わって排除しようとするが、阿閉彦六郎《あつじひころくろう》ら新手の聞間敷組が殺到したので中条勢も後退を余儀無くされた。出血を続けながらの後退は負け戦の典型である。

「ええい、彼奴《あやつ》らでも支えられぬのか！　大島新八郎をこれへ」

名指しされた光義は信長の前に罷《まか》り出た。信長の眉間には皺が刻まれていた。

「そちは残りの弓衆と共に敵の動きを止めてまいれ」

怒っているせいか、普段にも増してかん高い声で信長は命じた。

「下知あらば、何処《いずこ》なりともまいりますが、某、多勢の配下を率いたことがございませぬ。一兵として存分に敵を追い払うことで忠義を示しとうござるが、よろしいでしょうか」

「構わぬ。とにかく敵を討ち払え」

「畏《かしこ》まりました。されば」

信長の厳命に光義は無上の喜びを感じて下がった。

「こたびは殿軍の救援。窮地に追い込まれたのですぞ。それに見合う恩賞があって然《しか》るべきこと。せっかく侍大将になれるところだったのに、これを蹴るとは」

歩きながら、小助は言う。

「分に過ぎたることじゃ。失敗してみよ、儂程度の身分、いつにても首を刎《は》ねられよう」

「斬首《ざんしゅ》などとんでもない。難儀なことを命じられたのに、顔を綻ばせているとは。危うきことが左様に嬉しいのですか？　使い減らしにされるだけでしょう」

小助は首を横に振る。

「お屋形様直々のお声掛かりじゃ。武士としてこれ以上の名誉があろうか」

「名誉で食い扶持《ぶち》は増えません。割りに合わぬ下知ですな」

小助が口をへの字に曲げる。

「金ヶ崎では我らが助けられた。こたびは借りを返す番であろう。それに、織田家では新参の我らが、目をかけて貰えるだけ有り難いと思え」

佐々の鉄砲衆の援軍を受けたこと、光義は悔しくてならなかった。

「いつまで新参と申されるのでしょうな」

小助はやれやれといった面持ちである。

光義らの弓衆を含む数百の軍勢は半町ほど戻り、田川に架かる小橋に達したところで、押しまくられている織田の殿軍と遭遇した。中条家忠は疵《きず》を負って周囲に助けられる様相であった。ほかの味方は田川に追い落とされ、川中で奮戦していた。

「放て！」

思わず光義は大音声《だいおんじょう》で命じ、浅井勢に向かって矢を射た。これに呼応してほかの弓衆たちも田川沿いに並んで対岸に矢を打ち込み、忽《たちま》ち矢の雨を降らせた。

味方が弓を連射する中、光義は田川の小橋を渡ったところで立ち止まる。

「この橋は敵には渡らせぬ」

仁王立ちとなった光義は次々に敵を射倒し、不退転の決意を示した。

「そこは危のうござる」

わざわざ敵に身を晒《さら》すような光義に、しゃがんで矢を手渡しながら小助が諫《いさ》めた。

「敵の矢玉など当たらぬ。臆《おく》するでない。お屋形様が儂に与えた下知は殿軍ではなく、敵の排除。敵とてお屋形様を討てとは命じられておらぬ。これ以上、一歩も進めぬことを判らせれば、勝手に退いていく。それまで射続けるのじゃ」

小助にというよりも、ほかの織田兵に聞こえるように光義は叫び、弓弦《ゆづる》を弾いた。

時折、矢玉が具足を掠めるものの、光義は構わずに矢を放つ。光義の矢に敵も怯《ひる》み、矢玉の照準が定まらないようである。この姿勢に、光義と一緒に参じた弓衆や、殿軍として追い立てられた兵も勇み立ち、反撃を開始した。

光義の活躍によって息を吹き返した織田軍に、さしもの聞間敷組も進撃を停止した。こうなると多勢の織田軍が当然のように押し返す。ちょうど浅井長政からの退却命令が届いたようで、聞間敷組は退きだした。

「追い討ちはかけますか」

ものほしそうな顔で小助が問う。

「武士らしいことを申すではないか。左様なことは殿軍を命じられた者に任せておけばよい。儂が受けた命令は敵の排除。儂は帰陣する」

役目を果たした光義は満足の体で踵《きびす》を返した。

この撤退戦は八相山の退き口と言われている。

二十三日、徳川家康が五千の兵を率いて合流した。

その夜、織田・徳川連合軍は野営し、翌二十四日には本営を姉川の南岸に近い今浜の龍《たつ》ヶ鼻《はな》（標高百八十七メートル）に置いた。信長はすかさず、小谷城から二里と十町（約九キロ）ほど南東に位置する横山城を三方から包囲させた。

横山城将の三《み》田《た》村《むら》左《さ》衛《え》門大夫《もんたいふ》らは、すぐさま浅井長政に援軍を求めた。長政はこれに応《こた》え、八千の兵を率いて横山城と小谷城の中間地点にある大依山《おおよりやま》（標高二百五十二メートル）に布陣。二十六日、朝倉景健《かげたけ》率いる一万の援軍も同山に合流した。

浅井・朝倉連合軍は軍議の結果、すぐに横山城の救助に向かうことになり、二十七日の夜半、大依山より山麓《さんろく》を流れる草野川を越えて姉川の北岸に進み、浅井軍は野村、朝倉軍は西の三田村に移動した。

浅井の先陣は磯野《いその》員昌《かずまさ》ら一千五百。二陣は浅井政澄《まさずみ》ら一千。三陣は阿《あ》閉貞征《つじさだゆき》ら一千。四陣は新庄直頼《しんじょうなおより》ら一千。五陣は本陣となる浅井長政の三千五百。

朝倉軍の先陣は朝倉景紀《かげとし》ら三千。二陣が前波新八郎《まえなみしんぱちろう》ら三千。本陣は朝倉景健の四千。

総勢一万八千、決戦の火《ひ》蓋《ぶた》が切られようとしていた。

二十八日の未明、浅井・朝倉連合軍の移動を知った信長は、撤退だと勘違いをした。横山城の攻略に全力を入れようとしていた矢先に明け方となり、急報が齎《もたら》された。連合軍が姉川間近に迫り、北から渡河して背後を突いてくるというのだ。

「敵に川を渡らせるな。打ち払え！」

信長は怒号し、自ら床几《しょうぎ》を蹴って陣を出た。周囲の者は慌《あわ》ただしく後を追う。

徳川勢が後備をしていたので、これが先頭をきって移動しはじめた。徳川勢に信長本隊、美濃三人衆が続く。ほかは横山城を包囲していた。

「こたびこそ危ういのではないですか。我らのほうが少のうございますぞ」

織田軍本隊の一兵として小走りに移動する中、小助は顔をこわばらせている。信長がまっ先に駿馬《しゅんめ》を疾駆させているので、さすがに退こうとは言わなかった。

「最初は厳しき戦いになるやもしれぬが、横山城を囲む兵が合流するまでの辛抱であろう」

なによりも主君の目前で、己の技量を見せつけることができる。それは、信長との勝負でもあり、光義は胸を躍らせた。

信長本隊が川の南に着陣するより早く、朝倉軍が徳川軍に攻撃を仕掛けた。ちょうど卯《う》ノ刻《こく》（午前六時頃）のことである。徳川軍は先手の酒井《さかい》忠次《ただつぐ》が川中に突き入り、朝倉景紀と干戈《かんか》を交えた。

朝倉軍に負けじと浅井軍の先陣を務める磯野員昌は姉川を押し渡り、坂井政尚、池田恒興、森可成らが指揮する信長の馬廻衆に攻めかかった。

戦上手の磯野員昌は、織田軍の陣形が整っていないこともあり、次々に坂井、池田、森勢を蹴散らし、信長の本陣に迫った。

「お屋形様をお守り致せ！」

馬廻衆が絶叫し、信長の周辺を固めている。

光義らの弓衆や鉄砲衆は敵の攻撃から守るため、信長の前面となる北側に並んで備えていた。

「前回以上に厳しき戦いになるやもしれぬ」

接近する喧噪《けんそう》を感じながら、光義は小助に告げた。

「楯《たて》になられるおつもりですか」

「ただの楯ではない。仕寄ることができる楯じゃ。なんとしても踏み止《とど》まらねばならぬ。横山城を包囲する味方が参陣するまでの辛抱じゃ。一刻《いっとき》とかからず駆けつけるはずじゃ」

「一刻もてばよろしいが。もう、用意なされたほうがよいのではないですか」

小助が指摘するように、磯野勢は水飛沫を上げながら接近してきた。

既に磯野勢の先鋒との距離は一町半を切っている。織田軍の兵も入り交じっており、同士打ちを恐れて鉄砲衆も引き金を引けないで苛立《いらだ》っている。

「今こそ我が出番」

光義は弓に矢をつがえ、まっ先に弓弦を弾いた。矢は針の穴を通す正確さで味方の間をかい潜り、見事に磯野勢の一人を射倒した。

「おおっ」

通常よりも遠間から射たせいもあり、卓越した技を目にしたかは定かではないが、隣で弓を構え、躊躇《ためら》いを見せていた太田信定が感嘆の声をあげた。

(儂に挑むならば、味方に当てずに敵を射てみよ)

横の信定に見せつけるように、光義は弓弦を弾いて敵を射抜いた。犇《ひし》めく軍勢の隙《すき》間《ま》を縫って再び真一文字に矢が走る。

光義に触発され、信定も安全を確認しながら矢を放ち、敵を倒した。ただ、二人のような手練《てだれ》は数えるほどしかおらず、敵味方が入り交じった乱戦となっているので、殆《ほとん》どの弓、鉄砲衆が力を発揮できないでいた。お陰で織田軍は押されるばかりである。

「我に続け！」

後方から、かん高い声が聞こえたかと思うや否《いな》や、騎乗した信長が疾駆し、太刀を抜いて敵中に切り込んだ。いざ行動を起こす時は、必ず最前線に身を置く信長である。

「うおおーっ！」

主君を戦わせ、家臣が傍観しているわけにはいかない。馬廻衆は信長を守り、敵を近づかせないようにしている。即座に光義も信長の前面に出て、敵に矢を放つ。

末端の兵が信長を知っているかどうかは疑問であるが、騎乗して指示を出す騎馬武者は高い恩賞が貰える兜首《かぶとくび》。磯野勢は信長に向かって死を賭して波状攻撃をかけてくる。

「好機」

光義は水飛沫を上げ、怒濤《どとう》の突撃をしてくる磯野勢に向かい、矢を射続けた。

「新八郎、狩りがいがあるか？」

信長は満足そうに問う。喚声の中でも信長のかん高い声はよく聞こえた。

「お屋形様のお陰にございます」

応えながら弓弦を弾き、光義は立続けに磯野勢を骸に変えた。

「見事じゃ。何人狩れる？」

「矢の数だけ」

城内では滅多に顔を合わせることもない信長と、会話を楽しむことができるのは戦場ならではのことか。主君と話をしながらも、光義は敵を屍《かばね》にする。

「敵の大将は？」

「一町の内に入れば可能です。どうぞ引《ひ》き摺《ず》り出してくだされ」

「戯《たわ》け。目にできれば儂が斬《き》っておる。長政を引き摺り出すのは、そちの務めであろう」

「仰《おお》せのとおりにございます。お見逃しなきよう」

信長の目に己の弓を焼きつけるように、光義は矢を射続けた。

光義らが必死に敵を倒しているが、寡勢《かぜい》の織田・徳川連合軍は最後の線でなんとか踏ん張っているといった状況であった。

信長の命令を受け、横山城を囲んでいた織田軍の諸将が、順番に到着しはじめたのは一刻後のこと。信長本隊は当初の陣から二町（約二百十八メートル）も南に後退させられていた。

「味方じゃ」

柴田勝家らの旗指物《はたさしもの》を見た信長本隊の兵は歓喜の声を上げた。

横山城の監視には五千の兵が残り、ほかの全てが姉川の陣に着陣したのは巳《み》ノ刻《こく》（午前十時頃）。織田・徳川連合軍は総勢二万九千に膨れあがった。

信長から仕掛けた戦なので、どんな苦境に陥っても織田軍は歯を食いしばって戦うが、手伝いで参じた朝倉軍の闘志はそれほど高くない。半刻ほど耐えたものの、援軍を得た徳川軍が一部を迂回《うかい》させて朝倉景健本陣を攻めたてると、景健は躊躇《ちゅうちょ》せずに退却を開始した。

もはや逃れる兵を止めることはできず、長政も戦場に残っていることができなくなった。

「追い討ちをかけよ！」

信長は獅子吼《ししく》し、追撃させた。

織田軍は小谷城下まで攻め入り、散々に浅井、朝倉兵を討ち取った。『信長公記《しんちょうこうき》』には、浅井軍の死者千百余人とある。ただ、同等の数を織田軍も減らしている。激戦には変わりないが、浅井、朝倉軍が壊滅的な打撃を受けたわけではなかった。

戦勝の宴《うたげ》に光義は呼ばれた。

「こたびは天晴《あっぱ》れなる働き。こののちも励むよう」

直々に労《ねぎら》いの言葉を受けた光義は、信長から褒美として黄金を賜った。

「有り難き仕合わせに存じます」

光義は至極の喜びを嚙み締めて平伏した。

（儂はまだできる。こんなものではない）

黄金を握りしめ、光義は幸福感の中で己の能力が限界ではないことを感じていた。

四

岐阜城の弓場でひとしきり矢を射た光義は、汗を拭《ぬぐ》いながら館《やかた》のほうに足を進めた。裏庭を通過しようとしたところ、鑓衆《やりしゅう》が何人かで稽古《けいこ》をしていた。

織田家では鑓衆として戦に参じる兵は、長柄《ながえ》の鑓と呼ばれる三間半（約六・四メートル）柄の鑓を使用し、集団で上から叩《たた》くのを常としていた。

「新八郎か。また腰抜けの稽古か。あるいは、猪狩《ししが》りの訓練か」

愚弄したのは齋藤旧臣の武藤彌兵衛である。歳《とし》が近いせいか遠慮がない。口は悪いもののそれほど嫌味な者ではないが、光義としては黙っているわけにはいかない。

「近頃は鉄砲が蔓延《まんえん》しているが、それでもまだ弓は主力。我らが遠くから圧倒し、敵の足を止めねば、そちたちは干戈を交えることもできまい」

「儂《わし》は左様な意味のことを申しておるのではない。いくら弓の腕がよくとも、弓が折れ、矢が尽きた時、戦えまいと申しておるのじゃ。このことといかに」

「無論、代えの弓は用意してあり、矢もまた然り。万が一、尽きた時は刀槍《とうそう》で戦うわい」

判りきったことを聞くなとばかりに、光義は吐き捨てる。

「戦う相手が儂のような力量でないことを祈るばかりじゃの。あるいは、三十六計逃げるに如《し》かず、などと申すつもりか」

鑓に自信を持つ彌兵衛は、完全に光義というよりも弓を見下している。

「人はそれぞれ役目がある。鑓のそちと弓で勝負しても構わぬぞ。戦場では敵に得物を合わせねばならぬ法はない」

「所詮《しょせん》、その程度のことしか言えぬということじゃ。儂と刀槍で戦えぬゆえ、そちは弓を手にしておる。ゆえに腰抜けの稽古と申しておる。まあ、せいぜい励むがよい」

蔑《さげす》んだ目を光義に送ったのち、彌兵衛は再び稽古をはじめた。

膂力《りょりょく》の強い彌兵衛は長柄の鑓を扱っても柄が撓《しな》るほどの振りを見せる。老いを感じさせぬ鑓さばきには、腹立たしさを覚えつつも感心させられる。

（鑓か……。今の儂は遠間でしか戦ができぬ。鑓を手にするなど考えにも及ばぬ）

鑓の稽古場を離れても、彌兵衛に愚弄されたことが頭から離れなかった。

「殿らしくもない。殿はお屋形様に認められた弓の手練。対して彼奴は雑兵《ぞうひょう》の一人。末端の者の申すことを真《ま》に受けることはありますまい」

考え込む光義を小助が慰める。

「落ち武者狩りの百姓が突き出した竹槍《たけやり》であろうとも、大将の命を奪うことができる。こののち戦場で彌兵衛と同じ力量の兵と間近で相対した時、どうするつもりか？」

「逃げればいいだけです。危ういと判った時、お屋形様は退かれたではありませぬか」

　小助は金ヶ崎の退き口を指摘する。

「退けぬ時は刺し違えるか？　左様な時に備えるのが武士であろう。武という字は戈《ほこ》を止めると書く。弓を失った時、今の儂は戈を止めることができず、老い首を晒すことになろう」

「さればいかがなされるのですか」

「これから鑓の修行をするつもりじゃ」

　思い立つと光義はじっとしていられない性格である。

「弓はいかがなされるおつもりですか」

「これまで儂は弓で生きてきた。これからも変わらぬ。されど、こたびはしばらく弓《や》を止め、鑓の修行に出るつもりじゃ」

「左様なことが許されましょうか。殿は弓にて織田家に仕官なされているのですぞ」

　信長が許すはずがないと小助は主張する。

「妻子は岐阜におる。出奔するわけでもなし。織田家のためと申せば、許可はおりよう」

光義は自身の思案を疑っていない。

「仮に許されたとして、某《それがし》はいかがすればよろしいのです?」

「そちは、このまま、岐阜におればよい。修行は儂一人にて行うものじゃ」

物見遊山《ゆさん》にでも行くような口ぶりで光義は答えた。

小助は信じられない、といった表情で顔を横に振った。

届け出をした光義は、許可が出るより先に城下の屋敷を出立した。妻の菜々は、いつものことと呆《あき》れていたが、光義を信じているのか諦《あきら》めているのか止めはしなかった。

光義は志どおり弓は置き、一間半(約二・七メートル)柄の素鑓《すやり》を手にしていた。鑓の修行をするのに、弓に頼っていては中途半端《はんぱ》になる。自らを厳しい立場に追い込む覚悟であった。

「殿ーっ。お待ちください」

岐阜の城下を過ぎたところで声をかけられた。小助である。

「帰れ。付いてくるなと申したであろう」

「某あっての殿ではありませぬか。旅は道連れ世は情け、と申しますし」

出陣ではないので小助は楽しそうである。

「修行じゃと申したであろう。野宿は当たり前。雨風を防ぐことは叶《かな》わず、食うことすらままならぬ、悪いことは申さぬ。早う帰れ」

「姉川の戦いで下賜された褒美金が残っておりますゆえ、ご安心を」

戻る気は毛頭ない小助であった。

「戯けた輩《やから》じゃ」

諦めた光義は小助を伴い、中仙道を西に向かった。

信長は浅井、朝倉氏と敵対する中で、甲斐《かい》の武田信玄、伊勢長島の一向一揆《いっき》、近江の六角承禎、大坂の石山本願寺に包囲され、光義の行動に目くじらを立てている場合ではなかった。


光義らは近江には向かわず、伊勢、伊賀を経由して大和の奈良に達した。

延暦《えんりゃく》十三（七九四）年、京都に遷都《せんと》が行われたのち、古都となった奈良は、源平、南北朝後も争乱が絶えず、各寺では僧兵を組織し、寺領の防衛と勢力の拡大に努めていた。その最たる寺が興福寺《こうふくじ》であった。

嘗《かつ》て白河法皇をして、「我が意に従わざるものは、加茂川の水、双六《すごろく》の賽《さい》、南都

（奈良興福寺）北嶺《ほくれい》（比叡山延暦寺）の荒法師」と言わしめたものである。

「興福寺の門前町は、諸国から参拝者が集うので、美味な店が軒を揃《そろ》えているそうにございます。まずは奈良漬けですな。地鶏《じどり》はその場で絞めるゆえ生でも喰えるらしいです。少し炙《あぶ》って山葵《わさび》でもつければさらに美味。飛鳥鍋《あすかなべ》を頼んで一献、耳打ちすれば鹿肉《しかにく》も出してくれるとか。最後は葛餅《くずもち》で締めましょう」

満面の笑みで小助は誘う。

「そち一人で行ってまいれ。儂は当所《あてど》（目的）の地に向かう」

「もう目と鼻の先なのに……」

小助はがっくりと肩を落とし、項垂《うなだ》れたまま主に従った。

光義らは興福寺の東側に建つ宝蔵院《ほうぞういん》を訪ねた。

宝蔵院は興福寺の塔頭《たっちゅう》・子院の一寺で、院の僧は十町（約一・一キロ）ほど東の春日明神の社務を担当する清僧であった。そのかたわら、院主の覚禅房胤栄《かくぜんぼういんえい》は院内に道場を築いて武芸に熱中していたので、毎日のように腕に覚えのある武士が訪れ、勝負を挑んだ。

小助が院の北側にある入口で沙弥《しゃみ》に取次いだ。

「織田弾正忠信長が家臣・大島新八郎光義にござる。一手ご教授願いたく罷り越した次第」

「どうぞ」

信長の名を出したせいか、質問などもなく光義らは中に通された。東側に七間（約十二・七メートル）四方の建物が築かれており、幾つもの窓があった。ちらりと覗《のぞ》くと、木刀や木槍を打ち合う姿が見え、同時に木が叩き合う音と、気合い、悲鳴などが聞こえた。

「鑓の宝蔵院の名はだてではありませぬな」

中を覗きながら小助は言う。光義は頷《うなず》いた。

道場は六寸（約十八センチ）角の柱を建て、床は節のない檜《ひのき》を使用している。釘《くぎ》を用いない板は能舞台のような立派な造りである。

壁には槍が簾《すだれ》のように掛けられており、その最上段から天井までは二尺（約六十センチ）も余るほど高かった。上座には貴人が見物する場所があり、そこは床の間のある八畳で、後ろは通し縁。さらに御簾《みす》が用意され、畳は高麗縁《こうらいべり》で藺草《いぐさ》の香りを漂わせていた。

至極の道場には墨染めの衣を着た僧形の荒法師が二人、木槍を持って兵法に心得のある者を相手にしていた。今で言えば剣道や柔道の町道場の指導員といったところか。

上座には他に三人の法師がいた。中心の法師は敷物に座しているので師範。ほかの二人は師範代のようなものか。

左右の壁側には二十数名が床に腰を下ろし、仕合というか稽古というか打ち合う様子を眺めていた。おそらくは仕合をしにきた者や、見学などで浪人や仕官済の者まで身分は様々。宝蔵院を打ち負かして名を上げんとする者から、秘術を得んとする者まで多種多様であろう。

木槍を手にする荒法師たちは強く、二、三度、乾いた戟音《げきおと》を響かせると、木刀を持つ兵法者を突き伏せた。

何人かの武士が入れ替わり立ち代わり荒法師に挑んでは打ち倒されていた。

光義はしばらく見ていたが、荒法師のほうから声をかけてきた。

「貴殿は見学か」

歳は三十半ばで六尺（約百八十二センチ）にも及ぼう荒法師が小助に問う。

「いや、某は主の付き添いにて」

鑓合わせするなどとんでもない、といった表情で小助は首を横に振る。

「貴殿が⁉　失礼ながら、かなりの歳とお見受けする。当院は手加減せぬ。止められよ」

高齢の光義を見て、大柄の荒法師は驚くとともに、ひやかしか、と憤《いきどお》りを見せた。

「歳は六十三でござるが、お気に召されるな。武士たるもの屋敷を出る時には死を覚悟してござる。某は織田弾正忠信長が家臣・大島新八郎光義。一手ご教授願いたい」

光義は壁にかけられている一間半ほどの木槍を手にしながら、神妙に言う。稽古用の鑓は先端の金属が取り除かれ、替わりにたんぽあるいは牡丹《ぼたん》と呼ばれる布を丸めたものが括《くく》りつけられていた。安全への配慮であろうが、当たれば相応の痛みは覚悟しなければならない。

「左様なことなれば当方は構わぬ。拙僧は厳慶《げんけい》。されば、まいられよ」

厳慶には光義が軽い乗りでいるように見えたらしい。少し打ち据えてやろうと、厳慶は中央に近い位置に戻り、左足を前に半身となり、木槍を構えた。右手は腰の辺りで柄を握り、前に出す左手は添えるような形。槍先は光義の腹を向く、中段の構えである。

光義も同じく中段に構えた。互いの距離は二間半（約四・五メートル）ほど。

（できるの）

長年、戦陣を駆けてきただけに、構え合えば、相手の力量は大方判る。直感で勝てないと察したが、そこは兵法修行の長所でもある。光義は遠慮なく間合いを詰めて木槍を突き出した。

「未熟」

厳慶は木槍で光義の木槍を上から叩き落とし、丸腰になった光義の鳩尾《みぞおち》に突きを入れた。

「うぐっ」

さすがに手加減はしているであろうが、二寸（約六・一センチ）ほども鳩尾に食い込んだので息ができない。光義は苦悶《くもん》の呻《うめ》きをもらし、右膝《みぎひざ》をついて蹲《うずくま》った。

「意気込みは認めるが、体も動かぬ。このあたりで下がられよ」

促した厳慶は次の相手に目を向けた。

「まだ、まだ」

苦痛を堪《こら》えながら光義は木槍を拾い、再び構えた。

「左様か。されば、まいられよ」

打たれ足りぬならば好きなだけ打ってやる、といった表情で厳慶は構え直した。

先ほどは無警戒のまま突き入ったので、今度は策を講じた。

「えい」

光義はまず、相手の顔に突きを入れた。手練であっても顔に向かってくるものは嫌がるもの。防禦《ぼうぎょ》するために必要以上に動きが大きくなり、隙ができる。案の定、厳慶は前よりも早めに弾《はじ》こうと始動する。光義は途中で止めて再び中段を突く。上段は偽装だった。

「甘い」

踏み込みか、突きか、両方か、厳慶は言うや光義の突きを右に弾き、またも鳩尾を突いた。

「ぐっ」

同じところを二度も突かれ、光義は呻き、床に手をついた。

「もう、よろしかろう」

年寄りを虐《いじ》める趣味はない、とでも言いたげな厳慶である。

「今一度」

声を絞りだしながら光義は起き上がり、改めて身構えた。

「まだ懲《こ》りぬのか」

「貴僧はこの老人が恐ろしいか」

言うや光義は急襲して顔を突くが簡単に弾かれた。その後も足を払い、石突《いしづき》に近いところを持って振り廻すが、悉《ことごと》く受けられ、そのつど鳩尾を突かれた。

「負けんとする気構えは見上げたものじゃが、そのへんになされ」

立つこともままならなくなった光義に向かい、巌慶は諭すように言う。

「最後に一手」

ふらつく足で立ち上がり、光義は構えた。何度も鳩尾を突かれたので足腰に力が入らない。突き掛かれば打ちのめされるのは判《わか》っているが、闘争心だけは挫《くじ》けていなかった。

「うりゃーっ！」

残る力を捻《ひね》り出し、光義は中段を突いた。ただ、これまでのように馬鹿《ばか》正直ではなく、木槍を突き投げるようにし、最後は左手一本で摑《つか》んだ片手突きを見舞った。

（当たった）

痛みを与えるほどのものではなかったが、僅《わず》かに手応えを感じた。

「おっ」

受け損なった巌慶は驚くと同時に憤り、これまでよりも強く光義を突き倒した。

「ぐうっ」

光義の体はくの字に曲がり、もはや立つことはできなかった。

「巌慶、そちもまだまだじゃの」

上座の中央に座す僧侶《そうりょ》が声をかけた。巌慶に勝るとも劣らぬ体軀《たいく》で眉《まゆ》が太く眼光の鋭い顔。

「はっ」

巌慶が敬意を払う人物は覚禅房胤栄である。

胤栄は公家《くげ》の中御門《なかみかど》家の支流の出であり、武芸を志してからは、名のある者が近くに到来すると聞けば刀槍の種類は問わず、片っ端から入門して武技を習った。その師匠の数は剣聖・上泉伊勢守信綱《かみいずみいせのかみのぶつな》を含め四十人を数えるという。この年五十歳であった。

「さすが弓で名を馳《は》せた大島殿。最初の一突きで敵《かな》わぬと悟ったのちは、致命傷を避けて何度か突かれ、巌慶を油断させて相打ち覚悟の片手突きをなされるとは見事な手でござった」

思いがけず胤栄は光義を褒めた。

「いや、左様な熟慮ではなく、ほかにすることがなかったのでござる」

「敵わぬながら、なんとかせんと思考を巡らせることこそ武の道を深めていく神髄。貴殿は高齢ながら、鑓に慣れれば強くなられよう」

「忝《かたじけ》のうござる。そういえば、某の名をどこで？」

思い出したように光義は問う。

「弓士、弓士は多けれど、大島光義、一の弓。俗謡に聞いてござる。折角ゆえ、暫《しば》し当院に逗留《とうりゅう》なされてはいかがか？　拙僧には弓の教授を願いたい」

武技に優れた者がいれば、躊躇なく教えを乞《こ》う姿勢に変わりない胤栄であった。

「願ってもないこと。こちらこそ、よろしくお頼み致します」

研究熱心さには共感できる。光義は素直に頭を下げた。

こうして光義は宝蔵院で修行をすることになった。

さんざん突き倒された光義は、床に入っても体中が痛くて、なかなか寝つけなかった。

（彼奴は儂の体のほかを突くこともできたであろうが、針の穴を通すような正確さで鳩尾だけを突きよった。鍛練のなせる技か）

のちに宝蔵院を訪れたとも言われる剣豪の宮本武蔵は「千日の稽古をもって『鍛』とし、万日の稽古をもって『練』とす」と『五輪書』に記しており、古《いにしえ》より似たようなことが武道の世界では伝えられている。

厳慶はまだ三十年も修行していないであろうし、また、日々一万一千回も突いているとは思えないが、刻限の許す限り突いているのであろう。光義は突きのめされながらも感服していた。

光義らは沙弥《しゃみ》など身分の低い僧侶と雑魚寝《ざこね》し、まだ暗いうちに起床。即座に洗面、用便、着衣をすませ、お経を読んだのちに食事の支度。食事を終えたのちに、掃除、洗濯をする。春日明神に出向かぬ者は畑仕事や山での薪拾いなどの作務《さむ》を行う。

「出家したようですな」

愚痴をもらしながら小助は廊下に雑巾《ぞうきん》がけをしていた。

「ただで寝泊まりし、飯まで喰わせてもらっているのじゃ。文句を言うと罰が当たるぞ」

小助や沙弥と同じように光義も例外なく掃除を行う。

「精進料理では力が出ません。鳥や魚を喰いたいものです」

野菜と粥《かゆ》の食事では不満のようであった。

午後になって浪人や武芸者が道場に集まってくる。光義は胤栄に弓を教えるかたわら、厳慶らに稽古をつけてもらい、しこたま打ちのめされた。

稽古が終わると、体を水で流す。湯に浸《つ》かれる日は年に何度か限られているだけで、基本的には風呂《ふろ》に入ることはない。夕餉《ゆうげ》の支度をして食事をとったのちは就寝。一日中、動き廻っていたので、光義は泥のように眠り込んだ。

最初の五日間は、毎日打ち据えられて終わった。お陰で全身痣《あざ》だらけになった。

「一度ぐらい弓で射てやればいかがです」

濡《ぬ》れた手拭いで、胸の打ち身箇所を冷やす光義に小助が悔しげに言う。

「それでは鑓の修行になるまい。いいのじゃ。この五日間で五、六ある攻め方の型が判ってきた。あとは慣れじゃ。さすれば十分に対応できる」

光義はなんとなく、そう遠くないうちに負けぬ戦いをすることはできるという気がしていた。

五日が過ぎた頃から、光義は突かれる回数が減り、柄と柄の叩き合う音が増えた。

「貴殿は間の取り方が巧みじゃ。これは武道全《すべ》てに通じること。さすが弓の大島じゃ」

胤栄は讃《さん》する言葉をかけた。

「畏《おそ》れ入ります。されど、今のままでは厳慶殿には届くこと叶いませぬ」

鑓の穂先でもあり、技術でもある。

「左様、鑓を修行した年期では厳慶に長がある。されど、貴殿は厳慶以上に弓を修行なされておる。弓と同じように思案なされ」

笑みを浮かべて胤栄が言う。

（弓は矢を放つもの。鑓を放つのは最後の手段で一度しかできぬ。鑓を弓のように使

うか）

　謎《なぞ》をかけられた光義は、深く考え込んだ。

（戦場の弓は敵よりも遠くから射れるようにするもの。狩人《かりうど》の弓は、どれだけ獲物に悟られずに近づけるかという能力が大事で、それにより狩りの成功数が増える。遠間と近間か）

　胤栄の謎かけどおりかどうか定かではないが、光義なりの解答に向かいはじめた。

（体が大きくない儂は巌慶のごとく雄大に構え、敵を懐《ふところ》に呼び込んで仕留めることはできぬ。さすれば素早い動きで相手の懐に飛び込むしかないの）

　そこまではすぐに考えられるが、その先が一番の問題であった。

（相手より長い柄の鑓を持てば遠くから届かせることができるが、当然重いゆえ動きが鈍くなる。体の大きな敵と力比べをしても仕方ないゆえ、今の柄で戦うしかない。とすれば我が体、いや、体捌《たいさば》きを変化させるしかあるまいの。されど……）

　高齢でもあるので忍びのように飛んだり跳ねたりはできない。

（正攻法では勝てぬ。邪道でも我が形を作るしかない。弓でやらぬことは鑓でもやらぬはず。いずれにしても踏み込みの早さだけは絶対に必要じゃ）

　朧《おぼろ》げながら、光義は非常識な技を思考しはじめた。

光義は来る日も来る日も、これまでよりもより早く相手の懐に飛び込む突きを練習した。

「せっかく院主(胤栄)様からの助言を受けられたのに、もうお忘れか」

同じ形で何度も突き、そのつど弾き返されるので、巌慶は叱咤《しった》する。

「懸念《けねん》には及ばぬ。考えがあってのこと。まだ耄碌《もうろく》はしておらぬ」

痛み、苦しさを堪えながら光義は立ち上がり、再び巌慶に挑んだ。

光義は夕食後も一人で稽古を行った。夜、道場は使用できないので中庭に出て、ひたすら足の運び方、それに独自に思案した左から右への足捌き。いつしか鍛練の苦しさよりも、技の研究に面白さを感じるようになった光義であった。

(これを円滑に行えるようになれば、巌慶と相打ち以上の戦いができる)

自身を信じ、光義はひたすら足の動きを工夫した。

およそ一ヵ月が経《た》った。光義は毎日のように巌慶と稽古しているので、当初のように瞬時に突き倒されることはなくなった。但《ただ》し一度として突き込めたことはない。

(まだ未完成じゃが、試してみよう)

左足を前に中段の構えで巌慶と向かい合った光義は、相手の槍先を叩いて牽制《けんせい》し、懐に飛び込もうと機会を窺《うかが》った。研究に研究を重ねたせいか、なにほどかの自信が生まれていた。

　厳慶のほうも心得たもので、光義の思惑は察している。光義を突き放して、一気に突き倒すつもりで、足を払い、上から光義の槍を叩き、間合いを詰めようとする。

　光義は一歩、真後ろに後退した。これは相手にとって突きを出しやすい形である。案の定、厳慶は大きく左足を踏み出し、腰を入れて中段突きを見舞ってきた。

（好機）

　厳慶の突きに合わせ、光義は左足を小さく出し、これを軸に嘗てない速さで右足を前に踏み出した。今まで見せたことのない動きに厳慶は一瞬、戸惑い、突き出しが遅れた。光義は一気に深く踏み込み、右手一本の片手突きを行った。

　互いの木槍が伸びて交差する中、光義のほうが伸び、先に厳慶の腹を捉《とら》えた。

「うぐっ」

　鬼のような厳慶の顔が苦痛で歪《ゆが》んだ。

（やった！　ついに厳慶を突けた）

　光義は歓喜したが、次の瞬間、厳慶の木槍が光義の鳩尾を突いた。勝負は相打ち、二人とも腹を押さえて蹲った。苦しい最中《さなか》、光義は起き上がろうとする。

「それまで」

胤栄の声で停止させられた。継続すれば体力のある厳慶に打ちのめされるに違いない。院主の言葉に光義はほっとした。

「大島殿の右突き、厳慶も予想していなかったでござろう。しかも先の左突きよりも速め、厳慶の突きに交差させるなどは、まさに天賦《てんぷ》の才。短い間によくここまで上達なされた」

出した謎解きは解答どおりだったのか、胤栄は嬉《うれ》しそうに絶賛した。

「忝のうございます。されど、今の某には一度、相打ちにするのが精一杯」

「年期の差じゃ。致し方なかろう。あとは自身で修行を積み重ねていくしかない。そうじゃ、弓の教授のお礼もある。折角ゆえ、最後に拙僧がお相手致そう」

滅多に相手をしない胤栄から申し出てきた。これは幸運なことである。

「有り難き仕合わせ」

光義は痛みも忘れ、木槍をとって胤栄を待った。

胤栄は上段に掛けられてある十文字鑓を取った。同鑓は読んで字のごとく、刃に当たる部分が十文字型になっており、実戦では直撃を躱《かわ》したとしても、横に出ている諸《もろ》刃《は》の部分が斬るように工夫されている。

「突けば鑓、薙《な》げば薙刀《なぎなた》、引けば鎌《かま》。とにもかくにも外れあるまじ」

宝蔵院流の狂歌である。

他にも鎌刃と呼ばれる彎曲《わんきょく》したものが取り付けられているものや、片刃の鑓なども
あった。さすがに道場の中の十文字鑓は木製で先の部分にはたんぽがつけられており、
鎌刃も同様のものが巻き付けてあった。

「されば」

十文字鑓を手にした胤栄は左足を前に半身となるが、両手を万歳するような形で上
段に構えた。体の大きさを生かし、どこからでもかかってこいと、尊大である。まさ
に今弁慶である。

光義は基本どおり中段の構えを取った。

（隙などはない。儂はただやられるだけか。まあ、いかにやられるかこの身で確かめ
よう）

覚悟した光義は、厳慶と相打ちにしたように、小刻みに突きを出すが、胤栄は届か
ぬと判断しているので、微動だにしない。

これは、「一寸の妙」を実践したことになる。敵の穂先（切っ先）が、一寸（約三
センチ）以上離れていれば、無駄に動くことはない。自分の穂先（剣尖《けんさき》）も敵には届
かないので、無闇《むやみ》に動いて隙を作るなということ。これが、半寸になると、名人は打

ち合わせたりする。光義の穂先は二寸も間があったので、あえて躱す必要がなかった。一瞬で見切られたのである。

（されば致し方ない。一月《ひとつき》の工夫、篤《とく》とごろうじろ）

光義は左足を小さく出し、これを軸に右足を前に踏み出し、右手一本の片手突きを行った。

「おう」

小さく声を発した胤栄は上から光義の木槍を鎌刃で引っ掛け、手首を捻った。途端に光義の木槍は手から離れて床に落ち、カランと乾いた音を響かせた。

間髪を容《い》れず、矢にも似た速さで光義の顔に十文字鑓が迫り、半寸ほどのところでぴたりと止まった。実戦であれば顔を串刺《くしざ》しにされていたことであろう。

「参りました」

背筋に冷たいものを感じながら、光義は負けを認めた。

「まあ、こののち大島殿が戦場で鑓を振るわれるや否《いな》やは判らぬが、十文字鑓を持った敵と相対した時の参考になされよ」

鷹揚《おうよう》に告げ、胤栄は十文字鑓を壁に戻した。

光義は胤栄や厳慶に礼を言い宝蔵院を後にした。

「せっかくゆえ、興福寺の門前町に寄っていきましょう。奈良を喰いまくって勝利しましょう」

表情を崩し、子供のように求める小助の言葉に光義は頷いた。

(間合いと踏み込みか)

宝蔵院で修行したお陰で、鑓衆と身近に遭遇しても、光義は鑓で対処できる自信を得た。

(されど、今少し工夫が必要じゃな)

岐阜に戻った光義は弓の稽古を再開したが、それにも増して鑓の訓練に刻限を割いた。

(儂の鑓は踏み込みが大事。足腰を鍛えねばの)

どうしようかと思っていた時、大塚新八が土嚢《どのう》を担《かつ》ぎ、屈伸している姿を目にした。大塚新八は相撲取りである。信長は相撲好きなので、家中に多数の力士を召し抱えていた。

ほかにも大塚新八は、布団《ふとん》を巻きつけた樹木に瞬時に体当たりをしたり、手で突っ張りを何度も行っていた。相撲の立会いの稽古である。

(これじゃ! 立会いの足運びは我が鑓の片手突きにもってこいじゃの)

大塚新八の稽古に手掛かりを受け、早速、光義は取り入れた。

（儂は鑓を手にしても戦場で功名をあげられる）

光義の望みは一軍の将にあらず、終生、弓衆でいいと思っている。但し、戦国最強の弓衆たらんとしたのである。

第三章 鑓でも弓でも

一

光義が帰国して間もなく、阿波《あわ》に敗走していた三好三人衆が京都奪還に乗り出した。

これを知った信長は即座に討伐の陣触れをした。

「故《ゆえ》あって、こたびは鑓《やり》で戦う所存。それゆえ弓衆から外されますよう」

長柄衆《ながえしゅう》でもなく、一足軽として参じる、と光義は奉行の武井夕庵《たけいせきあん》に申し出た。

申請はすぐさま信長の耳に届き、光義は呼び出された。

「儂《わし》もなかなかじゃの」

一弓衆が尾張、美濃、伊勢半国、東近江を勢力下に置く太守に直々詰問《きつもん》されるのだから、光義としてはそれほど悪い気はしていない。

「なにを暢気《のんき》な。先の出国のこともあり、罰を受けるやもしれませぬのですぞ」

小助は不安そうである。

「大事ない。出陣前に兵を少なくするほどお屋形様は戯《たわ》けではない」

光義はまったく気にしていなかった。

信長は矢場で弓を引いていたので、光義は近くに跪《ひざまず》いた。

「大島新八郎光義、お召しに従い、罷《まか》り越しました」

「なにゆえじゃ？」

信長は多くを語らず、いつものように、かん高い声で問う。主《あるじ》の心中を察して解答しなければ織田家では、とりわけ信長に仕えることはできない。慎重に返答しなければならなかった。

「思うところがあって、しばし弓は手にしておりませぬが、鑓にても弓に負けぬ働きを致します。偽りであったならば、いつにてもお叱《しか》りを受ける所存でございます」

「であるか。我が弓の腕、どうか？」

射るところを見ていたであろう、と信長は聞く。放った矢は西に外れていた。

「矢が西に外れておるのは弓（左）手が下に動いているゆえ。お怒りのせいでしょうか」

制圧した京都が脅《おびや》かされるとあって、信長は不機嫌そうであった。

「畏《おそ》れながら、今一度矢を放ってください。口で申しても判《わか》らぬことがございます」

悪いところがあれば直してやる、とばかりに光義は進言した。

思いどおりの返答が戻らず、信長は不満そうであるが、向上心はあるようで一応従った。小姓から矢を受け取った信長は、無造作に矢筈《やはず》を弓弦《ゆづる》につがえ、一気に弓を引こうとした。

「まずはしっかり構えられよ！」

怒鳴り声にも似た光義の大声に信長の動きは止まり、場は緊迫した空気に包まれた。五間ほども離れた背後に控える小助は、光義が斬《き》られるのではないかと顔をこわばらせた。

一旦《いったん》、信長は弓から矢を外して光義に近づき、顔を一尺（約三十センチ）まで詰めた。

「我が構えがならぬと申すか！」

信長の声が雷鳴のように響いた。

「左様でござる。弓のみならず、全《すべ》ては構えにあり。的を射んとして、心が逸《はや》れば的を外すことは必定」

一息吐《つ》いて光義は続けた。

「的から目を離してはなりませぬ。的の中心に矢を射るという強い意志を持ち、的に刺さっている矢を手許《てもと》に引き戻すような考えで弓弦を引かれませ」

信長に睨《にら》まれても構わず、光義は説明を続けた。

「戯けめ」

京都は渡さないという強い意志を持て、とでも信長は解釈したのか、言われるままに背筋を伸ばして的を見定め、矢をつがえて引き絞った。

「弓手を動かさず、目と鏃《やじり》と的の一致を確認なされ。馬(右)手《めて》を押し出さず、矢を離すだけで十分にございます」

光義が言うとおりに信長は矢を離し、見事十間ほど離れた的の中心の白丸を捉《とら》えた。

「平常の心こそ弓の基本にございます」

怒っていれば正しい判断ができない。政《まつりごと》も戦も弓も一緒だと光義は匂《にお》わせた。

「痴《し》れ者め。戦場では儂を愉快にさせよ」

信長は憤《いきどお》りをあらわに弓弦を弾く。口こそ悪いものの、光義の助言に従っているせいか、信長の矢は次々に的を貫いた。

元亀《げんき》元(一五七〇)年八月二十日、信長は万余の軍勢を率いて岐阜を出立した。

「まことに弓は持たぬのですな」

歩を進める小助は、真実になるとは思わなかった、と不安そうな顔をして言う。いつもは複数の箙《えびら》を担《かつ》いで参じるが、今回は光義の替えの鑓を担いでいた。

「お屋形様にも申してある」

弓はいつでも引ける。弓のための鑓であると光義は強い信念を持っていた。

広言したからには後には引けない。初めて鑓での参陣なので、本来は重圧を感じて下腹の辺りに違和感を覚えそうなものであるが、それもない。光義は清々《すがすが》しい心持ちであった。

「初陣《ういじん》のようじゃ」

「五十年ほど前のことではありませぬか。まだ某《それがし》は生まれておりませんでした」

「左様か。あの時は昂《たかぶ》っていたものじゃ。今は新鮮な気持じゃ」

鑓を担ぐ光義は爽《さわ》やかな気分で、早く己の腕を試してみたくて仕方がなかった。

「足手《あしで》纏《まと》いになり、皆に迷惑をかけぬようにの」

隊列を整える背後から声がかけられた。武藤彌兵衛である。

「返答は戦場で示そう」

鑓での実績はないので、今はなにを言っても口だけになる。光義はそれだけ言い返した。

信長は二十三日に上洛《じょうらく》し、下京の本能寺を宿所とした。光義らは周辺の寺で夜露を凌《しの》いだ。

「まだ敵が都に入っていなくて、ようございましたな」

周囲の賑《にぎ》わいを見ながら小助は言う。

「策でなければよいがの。狭い都に押し込まれ、周囲から仕寄《しよ》られれば逃げられぬぞ」

光義には、三好三人衆の行動が遅いような気がしてならなかった。

「御上《おかみ》（天皇）も公方《くぼう》（将軍義昭）様もおるゆえ、敵も左様な暴挙は致しますまい」

「公方様こそお屋形様の真の敵とも言われておるではないか」

この頃、信長と義昭の関係には亀裂《きれつ》が入り、義昭は全国の大名に信長を討てという密書を送っていた。信長はこれを知りながら、表向き、忠節を尽くすふりをしている。

「されば、万が一の時のために、逃げ道を確保しておきましょう」

冗談とも本気ともとれることを口にする小助だった。

二十五日、織田軍は河内《かわち》に向かって出立、二十六日、信長は摂津《せっつ》の天王寺に本陣を構えた。

信長の本陣から一里（四キロ）ほど北には、一向宗（浄土真宗）の総本山石山本願寺がある。西と南はゆるやかな傾斜が続き、西の先は河内湾（大坂湾）。東は大和川、北は淀川《よどがわ》が流れる中洲《なかす》地帯で、自然がおりなす要害である。平地の城郭を建造するにも優れた地形で、淀川の入江にあって、交易港として栄える堺と兵庫の中間にもあたる地だ。

本願寺の北側に築かれた野田・福島両城に迫るよう、信長は麾下《きか》の軍勢を周囲に布陣させた。

野田・福島城に籠《こも》っているのは三好長逸《みよしながゆき》、三好政康《まさやす》、石成友通《いわなりともみち》ら三好三人衆の他、齋藤龍興ら八千ほどである。

「野田や福島城というよりも、本願寺を牽制《けんせい》してるようじゃの」

織田軍は三万。大和川の南に広がる本願寺を眺める信長を見て、光義はそう思えた。

「この辺りは出汁《だし》饂飩《うどん》と甘辛の烏賊《いか》焼きが美味だそうです。戦でなければたらふく喰えるのですが、店の者は皆、恐れをなして本願寺に逃げ込んだようです」

残念そうに小助がいう。本願寺にも門前町があるが、織田軍の侵攻で閑散としていた。

「食い物以外の報《しら》せはないのか」

「殿は味気ないお方ですな。それはそれとして、野田城には龍興様が籠っておられるようです」

先ほどとは違い、興味深い情報である。大方、饅頭《まんじゅう》屋の女中にでも聞いてきたのであろう。

「左様か。隼人正《はやとのしょう》（長井道利）殿も一緒か？」

「おそらく。討てますか」

「儂に穂先を向けてくればの。顔を合わせずにいられることを祈るのみじゃが」

長井道利には恩がある。光義の本音であった。

野田・福島両城は天険の要害なので、信長は力攻めはせず、使者を送った。調略は功を奏し、八月二十八日、三好政勝《まさかつ》、香西佳清《こうざいよしきよ》が投降し、細川昭元《ほそかわあきもと》が織田軍に寝返った。

九月三日には、出陣を渋っていた将軍義昭が摂津・中島に到着し、細川藤賢《ふじかた》の城砦《じょうさい》に入城したので、織田軍の士気は上がるばかりであった。

信長が一向宗の聖地、石山の略奪を企てていることを知った本願寺第十一代法主《ほっす》の顕如光佐《けんにょこうさ》は、九月六日、檄文《げきぶん》を各地の門徒に向かって発した。

「野田と福島城が落ちれば、大坂は滅亡する。己を捨てて、法敵信長と戦え。応じない者は破門する」

同じ内容の檄文が紀伊の門徒をはじめ、九月十日には小谷城の浅井親子にも届けられた。

すでに朝倉義景の娘・三位《さんみ》と、顕如光佐の嫡子《ちゃくし》・教如《きょうにょ》との婚約は結ばれている。

九月八日、信長は三好義継、松永久秀らに淀川南の海老《えび》江砦《えとりで》を攻略させる一方、翌九日には自ら同砦の北東に位置する天満《てんま》ヵ森《もり》に本陣を移した。さらに翌十日、各陣から埋め草を寄せ集め、本願寺周辺の江堀を埋めさせた。

十二日、信長は野田・福島城の塀ぎわに数多くの物見櫓《ものみやぐら》を築き、鉄砲を城中に撃ち込ませたところ、両城の籠城兵《ろうじょうへい》は恐れをなして和睦《わぼく》を求めてきた。

「逆らった者は撫《な》で斬りにし、本願寺への見せしめに致せ」

信長は申し出を許さず、攻撃の手を緩めなかった。

「やはりお屋形様の狙《ねら》いは本願寺か」

苛烈《かれつ》な信長の命令を聞き、光義は自分の思案の正しさを確認した。

本願寺も信長に対抗する戦略を用意していた。

顕如の呼びかけに応じ、根来衆《ねごろしゅう》や鈴木《すずき》孫一《まごいち》（重秀《しげひで》）率いる雑賀衆《さいかしゅう》、湯川、紀伊の奥《おく》郡衆《ぐんしゅう》ら二万の傭兵《ようへい》が馳《は》せ参じた。雑賀衆や紀伊の奥郡衆の中には熱心な門徒も含まれているので、ほかの戦場に参じるよりも思い入れは強いのかもしれない。

雑賀衆らの傭兵は遠里小野《おりおの》や住吉、天王寺に陣取り、織田軍に対して三千挺《ちょう》の鉄砲を撃ちかけてきた。夥《おびただ》しい轟音《ごうおん》が途切れることなく続く。

「なんという鉄砲の数じゃ」

諸戦場で敵の鉄砲とは何度も戦っているが、これほど多い数を見たのは初めてのこと。絶え間なく放たれる咆哮《ほうこう》を聞きながら、光義は愕然《がくぜん》とした。織田軍が十発放てば三十発は返ってくる。しかもかなり正確であった。

紀伊の雑賀、根来衆は種子島《たねがしま》に鉄砲が伝わった翌年から自前で鉄砲を生産し、地侍の多数が射撃術を工夫していたので、素早く玉込めを行い、命中率も高かった。

（紀伊の者どもとは弓で戦いたいのう）

鑓で参じた光義は、雑賀衆が放つ鉄砲に、闘争心が湧《わ》いて仕方がなかった。

雨が降る九月十三日には本願寺門徒衆が織田軍に夜襲をかけてきた。

先の傭兵の参陣もあり、瀕死《ひんし》状態にあった三好三人衆は本願寺挙兵で活気づき、足軽を動員して野田・福島城の川端の堤防を切断すると、織田陣に向けて水を流しこんだ。

大雨も重なり、淀川を逆流した海水は翌九月十四日になっても引かず、織田方の将兵は井楼《せいろう》に登って水が引くのを待つありさまだった。

容易ならざる劣勢の中、顕如の要請を受けた浅井長政・朝倉義景が三万の兵を出陣させた。長政らは十九日、近江の大津に築かれている織田方の宇佐山城を攻め、森可成など籠城兵の殆《ほとん》どを討ち取った。攻撃には比叡山延暦寺の僧・日承《にっしょう》が協力している。

勢いに乗る浅井、朝倉勢は二十日、大津の馬場、松本に掠奪《りゃくだつ》放火を仕掛け、翌二十一日には逢坂《おうさか》を越えて、山城の国に侵攻。醍醐《だいご》、山科《やましな》を焼き払い、都の周囲に迫った。

二十一日の夜半、急報が信長の許に届けられた。

「長政め！」

都を制圧されては一大事。信長は明智光秀、村井《むらい》貞勝《さだかつ》、柴田勝家ら五千の兵に上洛命令を出した。光義らは蒲生《がもう》賦秀《ますひで》（のちの氏郷《うじさと》）らとともに柴田勢に付けられた。

「夜中に移動とは、ただならぬこと。我らはいつも、かような役廻りですな」

夜陰に歩きながら小助は愚痴をもらす。

「それだけ重宝されていること。有り難いと思え」

紀伊勢と弓で戦えないならば、鑓で戦える地に赴くのは願ってもないこと。辺りは暗く視界が悪い中、光義は意気揚々と歩を進めた。

織田の上洛勢は夜明け前には入京を果たした。明智勢らは天皇の御所を、柴田勢は将軍義昭の二条御所を警護した。幸いなことに、浅井、朝倉軍はまだ入洛《じゅらく》はしていなかった。

「敵は逃げ足が早いようですな」

「最初から都を掌握せんとする気がなかったのやもしれぬ」

意気込んで都入りしただけに、肩透かしを喰らったようで、光義は少々落胆していた。

「陽動ですか」

「おそらくの。本願寺や三好衆と示し合わせたのであろう。お陰で我らは翻弄《ほんろう》されておる」

「まあ、あの鉄砲から逃れられただけめっけものです。暫《しばら》くは京料理と京女でも楽しまねば身がもちません」

小助はつるりと顔を撫でた。

浅井、朝倉勢が比叡山領に退いたという報せを受け、柴田勝家は都の警備を明智光秀、村井貞勝に任せ、自身は引き返して信長に合流する決断をした。

「摂津に戻るとは……。戦う前に移動ばかりで疲弊しそうですな」

小助は鉄砲の的にされるのはご免、と失意の念をもらす。

「移動では死にはせぬ。足腰が強くなってよかろう」

軽口を返す光義であるが、心中は穏やかではない。

(あの鉄砲衆と鑓で戦わねばならぬのか。弓を持ってくればよかったの)

石山に戻れば嘗《かつ》てない厳しい戦いを覚悟しなければならない。光義は気を引き締めた。

柴田勝家は昼過ぎには摂津に戻った。

都の様子を聞いた信長は即座に退却命令を出した。

「尻払《しっぱら》い(殿軍《しんがり》)は紀伊守と権六が致せ」

九月二十三日、信長は和田惟政《わだこれまさ》、柴田勝家を殿軍に命じ、野田・福島の陣を後にした。都へは中島から江口の渡しで淀川を渡河する道を取った。

「また殿軍ですか。完全に祟《たた》られておりますな。殿は前世でよほど、よからぬことをしたに違いありません。一度、お祓《はら》いでもしてもらったらいかがですか」

味方が退く様を眺めながら、小助が皮肉を口にする。

「生きて戻れればの。それより、敵が味方だと勘違いしてくれるやもしれぬゆえ、『南無阿弥陀仏《なむあみだぶつ》』でも唱えておれ」

右の六字名号は浄土真宗(一向宗)が唱える他力念仏で、悪人であっても、これを唱えることによって極楽浄土に往生できるとするもの。

「縁起でもない。されど、最悪の場合は、それもまた致し方ありませんな」

小動物のように小助は首をすくめて頷《うなず》いた。

信長は決断すると行動は素早い。先陣を切るように退いていった。主に引かれるように、織田軍は続々と後を追う。これを眺め、光義の身は緊張感で昂った。

軍勢の半数ほどが淀川を渡ると、周辺で本願寺の門徒衆が蜂起《ほうき》して渡し舟を壊し、撤退の阻止をしはじめた。いよいよ殿軍の出番である。

「宗徒どもを打ち払い、味方を無事に逃せ！」

柴田勝家は大音声《だいおんじょう》で命じた。

「うおおーっ！」

六十三歳の光義にとって鑓の初陣である。ほかの足軽と共に鬨《とき》で応じ、江口に向かい、退却の邪魔をする門徒衆の排除にかかる。弓をもって戦う時は冷めた感覚で矢を射ていたが、鑓一本を手に敵に突撃すると自然に大声が出た。

（儂もまだ青いの。この歳《とし》になって恐怖というものを感じているようじゃ）

とっくに超越しているものと思っていたが、どうやら違うらしい。新たな発見に光義は驚き、恥じ入ると同時に嬉《うれ》しさもこみあげてきた。

「敵は葦《あし》や茂みに隠れ、背後から襲いかかるのが常道。周囲に気を配れ」

光義は小助に助言する。川の周囲には葦が生い茂り、門徒衆が身を隠すには絶好の地である。

言うや否《いな》や、鉄砲の轟音が響いた。紀伊衆か門徒衆かは判らぬが、敵には間違いない。即座に織田方の鉄砲衆も咆哮し、味方の退却の掩護《えんご》をする。

「気をつけよ。敵は飛び出してくるぞ」

鉄砲は連続して撃つことはできない。玉込めをしている間に襲うことは誰でも思案できた。

案の定、十数人の敵が鑓を手に躍り出るや、背後や脇《わき》から突きかかってくる。敵は具足に身を包んでいる。臨時で駆り出された農民ではなく、地侍以上の兵であった。

危険であることこの上ないが、光義にとっては待ちに待った瞬間である。

「好機！　我が鑓を受けよ」

光義は二間柄の鑓を手に敵中に躍り込み、電光石火の突きを喰らわした。

「ぐえっ」

喉《のど》を抉《えぐ》られた敵は血飛沫《ちしぶき》を噴きながら呻《うめ》きをもらし、倒れた。

（いける。我が鑓は実戦で通じる）

手応えを感じた光義は歓喜し、次の敵も突き倒した。

(とにかく敵より速く、一気に間合いを詰め、突く、突く、突く)

宝蔵院での修行が正しいことを実感し、光義は新たな敵を求めて鑓を突き出した。

長柄衆に組織されれば、皆で揃《そろ》えて上から叩《たた》くのが常であるが、敵味方入り乱れた乱戦の中では、とにかく余計なことはせず、純粋に突くことが大事である。

「多少はできるではないか」

光義の戦いぶりを見て、武藤彌兵衛が叫ぶ。彌兵衛は返り血を浴びて朱《あけ》に染まっていた。

「当然じゃ。そちには負けぬ」

一瞬、目を離した隙《すき》に敵の鑓が伸びてきた。光義はこれを弾きながら貫いた。胤栄《いんえい》が新陰流の合撃《がっし》という技を鑓に取り込んだものである。突きの速さと腕力が要求される技でもあった。

「退け」

柴田勝家の命令が飛ぶ。もっと戦いたかったが、下知《げじ》には逆らえない。

退くと柴田勢の鉄砲が咆哮し、弓衆が矢を放つ。その間に足軽たちは退く。後退した鉄砲衆が玉込めをして放ち、下がった弓衆が矢を射る。敵の足軽が突撃してくれば光義らが応じる。

陽が落ちた頃には大半の織田軍が淀川を渡河し終えたので、柴田勢も続く。途端に、どこに隠れていたのか、門徒勢が湧き上がって襲いかかってくる。

「此奴《こやつ》らは蠅《はえ》のような輩《やから》じゃの。追い払っても追い払っても集《たか》ってきよる」

敵を抉り、串刺《くしざ》しにしながら光義は言い放つ。光義が敵を討っても、柴田勢の死傷者は続出した。

本願寺勢の追撃を受けながら、信長と義昭が都に到着したのは、日付も二十四日に変わろうとする子《ね》ノ刻《こく》（午前零時頃）であった。

光義らが属す柴田勢が這々《ほうほう》の体《てい》で入洛したのは既に夜明けとなった卯《う》ノ刻《こく》（午前六時頃）のこと。まさに満身創痍《そうい》で誰一人無傷の者はおらず、血と泥に塗《まみ》れた地獄からの生還で、光義も例外ではない。半数近くが討ち取られた。

「大儀じゃ」

無口な信長なりの最大限の称賛であった。

殿軍の鑓働きでも生き残れた。疲労で体が動かぬ中にありながら、光義は安堵《あんど》すると同時に鑓の修行の成果を確認し、心は十二分に満たされた。

一息吐く間もなく、信長は比叡山の麓《ふもと》に陣を移し、同山に籠る浅井、朝倉軍と対峙《たいじ》した。時折、小競《こぜ》り合《あ》いが行われるものの、姉川の戦いのような合戦には発展しなかった。

睨み合いが続く中でなんとか和睦が整い、十二月十四日、信長は兵を引いた。

帰国したのち、光義は信長からの感状を得た。

「まだ、戦に出るつもりか」

揶揄《からか》うように信長が問う。

「お屋形様が戦陣に出る限りは」

「此奴、口の減らぬ男よ。そちは、白雲をうがつような働きをした。天晴《あっぱ》れじゃ。これより雲八《うんや》と致せ」

と、信長は号を与えて賞讃《しょうさん》した。

「有り難き仕合わせなれど、某はまだ青二才。隠居する歳ではありませぬ。隠居の暁には雲八と称させて戴《いただ》きます」

「そちが青二才なれば、儂は襁褓《むつき》のとれぬ赤子ではないか。勝手に致せ」

信長は愉快そうであった。

二

野田、福島両城攻めから二年半ほどが経《た》った天正元（一五七三）年正月、光義の嫡男の弥三郎が十五歳になったので元服させ、次右衛門光安《みつやす》（のちに光成《みつなり》）と名乗らせた。

光安は光義が五十二歳の時にもうけた初の子だけに、青々とした月代《さかやき》を剃《そ》った額を見て感無量であった。妻の菜々《なな》は涙ぐんでいた。

「なにとぞ次は初陣を」

雄々しく光安は望んだ。

「判っておるが、そちの弓はまだ未熟。今少し修行を致すよう」

「畏れながら、某《それがし》は弓ではなく鑓にてご奉公致す所存でございます」

諭す光義に光安は反発する。鑓の腕は光義も認めるほど光安は長《た》けていた。

「お屋形様は当家に弓を望んでおる。弓が射れねば初陣はさせられぬ」

光義は首を横に振る。鑓に熱中する光安の弓は、弓衆に数えられるものではなかった。

「一番乗り、一番鑓、一番首こそ武士の功名でございましょう。それに父上とて弓ではなく、鑓を持って参陣しておられたではありませぬか」

身を乗り出して光安は訴える。

「お屋形様とて儂には鑓ではなく弓を所望していた。されど、もうその必要がなくなった」

「なにゆえでございますか」

「弓のための鑓だったということが判らぬのか」

「判りませぬな」

怒りをあらわに吐き捨てた光安は、大きな足音をさせて部屋を出ていった。

「お許しになってはいかがでしょう」

嫡子を心配して菜々は助言する。

「そちまで申すか。儂とて早う彼奴《あやつ》に初陣を果たさせてやりたい」

父親として当然の願望である。

「されど、彼奴は体が大きいこともあるが、弓や鉄砲を軽んじておる。戦は鑓を持つ足軽が前線に出る時は勝負が決しているもの。今の彼奴を連れていけば、血気に逸って討ち死にするばかり。まずは弓衆として戦を見させねばならぬ。そういう気持がなくば参陣させられぬ」

初陣で命を落とす若者を飽きるほど見てきた。光義は嫡子を失いたくなかった。

二月に挙兵した将軍義昭を鎮圧するため信長は出陣。光義も参じたが、光安を連れてはいかなかった。戦は都の将軍御所を包囲して威嚇《いかく》したのち、天皇の調停という形をとって義昭と和睦して乱を終息させた。

八月八日の夜中、信長が身一つで出陣したので、家臣たちは慌《あわ》てて後を追った。

光義も急いで身支度をする。

「畏れながら、某に初陣をお許しください」

光安が両膝《りょうひざ》をついて懇願する。

「こたびは、用意ができておらぬ。次に致せ」

可哀想《かわいそう》だとは思うが、事実である。光義は嫡子の初陣は許さず岐阜の屋敷を飛び出した。

「もはやお屋形様は天下人も同じ。いいかげん、かような出陣は控えて戴きたいですな」

夜陰に走りながら小助が文句をもらす。

「人の性《さが》（格）は変わらぬ。急の出陣が嫌なれば、織田家を去るしかない」

とは言うものの光義も少々疲労を覚えていた。

この三年間、信長を取り巻く周辺ではさまざまなことがあった。

元亀二（一五七一）年九月十二日、信長は比叡山を攻撃し、根本中堂《こんぽんちゅうどう》、山王二十一社、東塔、西塔、無動寺以下の諸堂社を焼き払い、僧俗三千とも四千とも言われる男女を惨殺《ざんさつ》。仏像、経巻、古文書などは全て灰とした。

同三（一五七二）年十月、信長最大の強敵である武田信玄が西進し、十二月二十二日には遠江《とおとうみ》の三方原《みかたがはら》で織田・徳川連合軍を撃破するが、翌年の四月十二日、信濃の駒場《こまんば》で死去した。

信玄の死を知らぬ将軍義昭は挙兵するものの、信長は七月十八日、宇治で破り、義昭を山城の国から追放し、足利尊氏《たかうじ》以来、二百三十五年続いた室町幕府を終焉《しゅうえん》させた。

その間に、光義は鑓働きで信長から感状を四通賜った。同時期、彌兵衛は二通しか得ることができなかった。一応、彌兵衛を上廻る活躍をしたことで光義は満足し、一先《ひとま》ず鑓を置いて、再び弓を手にした。

大島家としては元亀二年に長女の於蔓《おまん》が、翌三年には三男の弥七郎が誕生し、裕福な家庭ではないにしろ、ささやかながら順風満帆であった。

このたび信長が急遽《きゅうきょ》、出陣した理由は、浅井長政の重臣で山本山城将の阿閉貞征《あつじさだゆき》が織田家に降《くだ》ったからである。調略したのは羽柴秀吉であった。秀吉は幕府崩壊後に筑前守に任じられ、丹羽長秀の「羽」と柴田勝家の「柴」を一字ずつ取り、姓を羽柴に改姓した。

「こたびは弓で戦うのか」

一緒に信長を追う武藤彌兵衛が問う。

「そちの活躍の場を奪っては悪いゆえの」

「老人は直《じか》に敵と戦うのが億劫《おっくう》になったか？　まあよい、それぞれの持ち場で励もうぞ」

武藤彌兵衛が励ましてくる。互いに頬を綻《ほころ》ばせ合った。

「そちもの」

二人の蟠《わだかま》りは解けている。光義も応じた。

（こたびは弓で戦う。儂に空白などはない）

久々に弓で戦えると思うと、胸が弾んだ。

九日、信長は姉川北の月ヶ瀬城に入城した。同城は浅井長政の小谷城まで直線で一里（四キロ）ほど南西に位置している。すぐに光義らも駆け込んだ。

「幾つになった？」

弓を持つ光義を見て、信長は問う。働けるのか、といった疑念の目を向けている。

「六十六歳の若造にございます」

「弓が引けぬゆえ鑓に変えたのではなかったのか」

「鑓は敵の動きを知るため。今でも一町先で目にできるものならば射抜いてみせまする」

「であるか」

信長は満足そうに頷いた。

その後、続々と家臣は集まり、翌十日には三万を超えた。

浅井家は度重なる寝返りで五千を切るほどに減少していた。

八月十日、信長は、佐久間信盛と柴田勝家を小谷城から三十町（約三・三キロ）ほど北の山田山に移動させた。

浅井長政から矢のような催促を受けた朝倉義景は、漸《ようや》く近江に兵を進めた。義景は当初は小谷城に入城するつもりでいたが、山田山に織田勢が布陣していることを知り、北国街道沿いの余呉《よご》、木之本《きのもと》、田部山《たべやま》で兵を止めた。朝倉勢は兵一万。朝倉勢の先陣となる田部山は、山田山から一里ほど西であった。

要請を受けた朝倉義景は、夜陰に乗じて齋藤刑部少輔《さいとうぎょうぶのしょう》ら八百の兵を派遣した。齋藤刑部少輔らは佐久間信盛らの目を盗み、山中を進んで、小谷城の詰め城として同城から七町（約七百六十三メートル）ほど北西の大嶽山《おおづくやま》の山頂に築かれている大嶽砦《とりで》と、西麓《せいろく》にある丁野山《ようのやま》城に入城した。朝倉義景本隊は柵《さく》を立てて、織田軍への防衛に努めていた。

朝倉勢の後詰を受けても浅井家臣の離反は止まらなかった。大嶽山の麓に築かれている焼尾《やけお》城将の浅見対馬守《あさみつしまのかみ》が、内応を申し出てきた。これを受け、信長は許した。十二日の夜、信長は嫡子の信重《のぶしげ》（のちの信忠《のぶただ》）に虎御前山を守らせ、自身は焼尾城に入城。信長は雨にも拘《かかわ》らず、自ら馬廻《うままわり》を従えて山頂の大嶽砦を攻撃した。

「遅れるな」

光義は小助に命じ、雨で滑る山道を駆け登る。

雨であり、夜でもあり、さらに寄手は多勢ということもあって警備の兵は油断している。

「俄攻《にわかぜめ》（奇襲）は好きではないが、下知ゆえ仕方ない。乱世じゃ、気を抜けば命取り」

後ろめたい気持を吐き捨て、光義は半町（約五十五メートル）ほど離れた二ノ丸の城門の上で警備する兵に矢を放った。もっと離れた山の下からでも倒すことはできるが、一気に兵を雪崩《なだ》れ込ませる、との信長の命令があるので、できるだけ近づいてから射るためである。

光義が放った矢は雨にも風にも負けずに夜警の兵の喉に吸い込まれた。

「ぐっ」

射られた兵は小さな呻き声をあげて城門の外に落下した。

「おい」

光義は慌てる仲間の兵も一矢で仕留めた。

「敵じゃ。敵襲！」

さすがに二人がいなくなり、他の警備兵は夜襲を受けたことに気がついた。即座に城方の弓衆や鉄砲衆が身を乗り出して排除にかかる。

一町以内で敵が視界に入れば、光義にとって矢場に的が置かれたようなものである。

「わざわざ顔を出さずとも、狭間《さま》から放てばよかろうに」

狭間とは城壁に筒先や矢先を出して放つ最小の穴である。狭いので狙いづらいかもしれないが、城外の敵から弓衆や鉄砲衆の身を守るには恰好《かっこう》の攻撃場所である。

光義が弓を放つと、寄手の弓衆や鉄砲衆も続いた。太田信定も敵を射倒すが、光義のほうが仕留める数が多く、悔しげに顔を歪《ゆが》めていた。

敵を上廻る矢玉で、城方の反撃を圧倒した信長は、すぐさま梯子《はしご》を架けさせた。兵を二ノ丸の中に乗り入れさせると、中から城門を開かせ、多勢を雪崩れ込ませた。

二ノ丸を制圧した織田軍は瞬《また》く間に三ノ丸を破って本丸に肉迫すると、朝倉勢は為《な》す術《すべ》もなく、齋藤龍興、長井道利ら五百の兵が降伏した。

（我が弓で旧主を追い詰めることになろうとはのう）

感慨深いものがある。光義は二人の身を心配した。

「よもや龍興様らが籠《こも》っていたとは。お屋形様は斬られましょうか」

小助も少なからず、危惧《きぐ》している。

「判らぬ」

「龍興様らの助命嘆願をなされますか」

「無駄なこと。我らの言葉を聞くお屋形様ではない。龍興様らも覚悟していよう。叶《かな》うならば、斬首《ざんしゅ》ではなく切腹させてやりたいものじゃ」

信長は暫《しば》し齋藤龍興らを大嶽砦に止め置き、十三日の夜明けと共に小谷山の麓にある丁野山城を陥落させた。おそらく龍興は斬首だと、光義は覚悟していたが、予想に反して信長は解放した。

斎藤龍興らは命拾いをしたと一目散に田部山の朝倉本陣に帰陣した。

「ようございましたな。されど、なにゆえ解き放たれたのでしょうか」

小助は晴れた顔で言う。心情的には光義も同じである。

「両家を分裂させるためであろう。朝倉を帰国させれば浅井は孤立するゆえの。まあ、いずれにしても龍興様らが朝倉の禄《ろく》を食《は》んでいるならば、敵であることには変わりない」

再び戦場で相まみえることは十分に考えられる。

(その時は、味方に功を譲るか。左様な油断をすれば、我が身が危うい。率先して射るか?)

光義としては簡単に答えが出せるものではなかった。

一段落したのち、丁野山城内で信長と顔を合わせた。

「そちの弓、健在であったの」

朝倉兵を解き放ったのちに、信長は光義を労《ねぎら》った。光義には、当然、斎藤龍興、長井道利主従を討てような、と信長が言っているように聞こえた。

「お褒めに与《あずか》り、光栄の極みに存じます」

「浅井も朝倉も纏《まと》めて討ち取る。期待しておるぞ」

触れれば切れそうな緊迫感に満ちた信長を前にすると、甘い考えを改めさせられる。

「承知致しました」

万が一の時は覚悟を決めざるをえなかった。

救援が叶わぬと知った朝倉軍は夜陰に紛れて退却を始めた。これを予想していた信長は自ら物見台に登って監視しており、発見するや真っ先に追撃を開始した。

「お屋形様に遅れるな！」

側近の菅谷《すがや》長頼《ながより》が怒号し、周囲の者は信長を追う。光義らも即座に従った。

織田軍は近江、越前の国境をなす柳ヶ瀬山から半里（二キロ）ほど西の刀根山で朝倉勢に追い付いた。道は細く左右は樹木が生い茂っている。

（あれは⁉）

光義は、逃げる敵の中に『五三桐《ごさんのきり》』の指物を見つけた。齋藤龍興のものである。さらに『一文字に三つ星』は長井道利。逃げ遅れたのか、殿軍のような役目を命じられたのか定かではないが、すぐに接触できるところを駆けていた。朝倉義景は、おそらく新参者に一番、過酷な役目を押し付けたに違いない。

（他の者たちは逃げるに邪魔なので指物を畳んでいるというに。誇りは失っておらぬのか）

このまま半里も追えば射倒すことはできるが、光義にはとても旧主に鏃を向ける気にはなれなかった。代わりに他の兵を標的にすることにした。

「敵の背に弓を引く趣きはないが、お屋形様の機嫌が悪いゆえ、諦《あきら》めよ」

少々気が引けるものの、ここは心を鬼にし、光義は敗走する朝倉兵に向かって矢を放った。追撃ほど容易《たやす》く敵を討てる時はない。背に矢を受けた兵が次々に倒れた。

刀根山から敦賀までおよそ十一里（四十四キロ）。織田軍はこの間で三千余りを討ち取った。

疾風怒濤《どとう》の勢いで織田軍は朝倉軍を追撃し、若狭から木ノ芽峠を越えて八月十七日には朝倉義景の居城、一乗谷城下まで攻め込み、周辺を焼き払った。

八月十八日、信長は越前の府中に到着して陣を据えた。これを知った朝倉義景は一乗谷城を引き払い、北東に位置する大野郡の山田ノ庄方面に移り、東雲寺に逃れ込んだ。

「お聞きになりましたか？　龍興様は刀禰坂《とねざか》で氏家左京亮《うじいえさきょうのすけ》（直昌《なおまさ》）殿に討たれたとのこと」

小助が報せた。氏家直昌は美濃三人衆・氏家直元の嫡男である。光義がその気になれば討てたはずなのに、わざわざ功を譲ることもなかろうに、とでも言いたげだ。

「旧臣に討たれるとは、武士の倣《なら》いとは申せのう……。因果応報でもあるまいに」

光義はただ、ものの哀れを感じていた。

「長井隼人正（道利）様は不明のようです」

「左様か。いずれにしても、本拠を制圧されれば、もはや他国にでも逃れるしかない。朝倉も終《しま》いじゃの。越前では我らの出番は、もうないやもしれぬ」

せめて長井道利だけでも生き延びてほしいと光義は願った。

二十日、朝倉一族の景鏡《かげあきら》が信長に内応し、もはや、逃れることは出来ぬと判断した朝倉義景は悔恨の中で自刃《じじん》して果てた。享年《きょうねん》四十一。これによって越前の守護代から守護になり戦国大名となった朝倉氏は滅亡した。

長井道利は主の齋藤龍興ともども討たれたという噂《うわさ》が立ったものの、首実検で首は提出されなかった。ひとまず光義は安堵しながら、小谷城に歩を進めた。

信長が近江に戻り、虎御前山《とらごぜやま》砦に入ったのは八月二十六日のこと。織田軍は改めて小谷城を包囲した。

浅井家は孤立しているが、さすがに力攻めをすれば寄手にも多数の死傷者が出る。信長は浅井長政に降伏勧告を行った。

信長が返答を待っているところ、光義は太田信定と顔を合わせた。いつにも増して額の皺《しわ》が深く見えるのは、年齢を重ねただけではなさそうであった。

「何年経っても弓の腕は衰えませぬな。秘訣《ひけつ》をお教え下され」

神妙な面持ちで太田信定は光義に問う。

「いつにても戦場に立つという心構えであろうか。なにかお悩みか？」

「最近、矢が延びなくなった気がしましてのう」

溜息《ためいき》まじりで太田信定は言う。信定も四十七歳。自分の限界を感じているのかもしれない。

「鉄砲は日々進化し、玉薬（火薬）も多く入れられるように工夫されているゆえ、玉の飛ぶ距離も延びておる。最近では大筒などというものまで出てきたゆえ、これと比べても仕方ない。されど、弓は雨の影響もさして受けず、連続して放つことが出来、煙が出ぬゆえ敵からは見つかりにくく、音を立てずに敵を射ることが可能。鉄砲に出来ぬことも多々あるゆえ、利点はある。決して鉄砲に劣るものでもなく、廃《すた》れるものではないと思うが」

「大島殿の申されるとおりではござるが……」

稽古《けいこ》を怠りはしないが、体力の低下ばかりは補えない。そんな信定の口調である。

「よもや弓を置かれるつもりか？」

「思案しておるところでござる」

「確か貴殿は奉行のお役も下知され、重宝されてござったな」

思い出すように光義は言う。当事者ではないので強気である。

「奉行は腰抜けだと申されるか」

普段は優しげな眉《まゆ》を釣り上げて信定は声を荒らげた。今にも掴《つか》みかからんばかりである。

「左様なことはござらぬ。奉行も大事なお役目。ただ、役を替えられる方は羨《うらや》ましい」

「皮肉を申すか。貴殿に話したのが間違いであったようじゃ」

信定は不快感をあらわに光義の前を立ち去った。

「精進が足りぬのではないか、と厳しく申したほうがいいのではないですか」

話を聞いていた小助が言う。

「そうでもなかろう。他の弓衆とさして変わらぬ」

信定も矢の工夫はしており、四立羽《よつたてば》の中の二枚を長くして螺旋《らせん》を描くように改良しているので、以前よりも遠くに飛び、高地の敵を射ることもできるようになっていた。

光義も信定の努力を認めている。

「されば、殿と比べるからいけないということですな」

小助は軽く言うが、光義の思案は違う。

「なくはないが、それとも少し違う。儂《わし》は一時、鑓《やり》に専念していた時期があるゆえ、敵に近づくことにさして抵抗はない。儂の弓が人より遠くから倒す尽力をしていると同時に、儂は他の弓衆よりも数間も敵に近い位置から矢を放っておるのじゃ。遠間からしか放たぬ者は、近くに鉄砲衆がいれば、なおさら劣っているという気になる。これらを纏めた結果じゃ」

「されば鑓を修行しろと申されればいいものを」

「敵と直に戦うのじゃ。歳を重ねることにつらくなろう。人に言われてするものではない」

現状を打破しようという強い向上心がなければ、鑓を手にすることは難しい。光義は簡単には勧められなかった。

（衰えか。いずれ儂にもくる日があろう。それまではなにがあろうとも、戦場に出る）

光義は双眸《そうぼう》を光らせた。

二十八日、羽柴秀吉は京極丸を制圧し、長政の父・久政を北の小丸で自刃させた。

落城が近づき、浅井長政は正室のお市御寮人と三人の娘を信長の許《もと》に送り届けた。後顧の憂《うれ》えがなくなり、信長は浅井長政の籠《こも》る本丸に総攻めをするが、浅井勢の抵抗を受けて攻略できず、日没とともに兵を退かざるをえなかった。

翌二十九日、信長は自ら京極丸に乗り込み、改めて総攻撃を命じた。

「新八郎、目障《めざわ》りな輩を射倒せ」

「承知致しました」

信長直々の命令に光義も発奮する。大手の山道を駆け登り、弓、鉄砲を放つ城兵に狙いを定めて弓弦《ゆづる》を弾く。距離は一町と少し（約百三十メートル）。光義が優に敵を射られる距離であるものの、矢は手前でお辞儀して城門に突き刺さった。

（むっ⁉）

以前と同じように放ったつもりであるが、火を噴くような加速をしなかった。

（なぜじゃ。かような大事な時に。いや、失態をしたのじゃ）

同じように放ってみるが、やはり狙いの手前で失速する。光義は狙いを少し上に修正して放つと、今度は敵を捉《とら》えることができた。矢を受けた敵は城門の上から落下して絶命した。

（よもや、我が腕が衰えたのか）

一抹の不安が脳裏をよぎるが、ここは最前線。弓衆が悩んでいる場合ではない。

「小助、今少し前に出る」

言うや光義は敵の鉄砲を恐れることなく前進した。

「左様に近づかずとも、敵を仕留められましょう」

敵に接近すれば、敵の鉄砲の殺傷能力は余計に増すので、小助は諫言《かんげん》する。

「お屋形様の下知じゃ。勇まずにいられようか」

主君信長の期待を裏切るわけにはいかず、衰えを自ら認めたくもなかった。

信長の出撃で織田軍は矢玉を恐れず、嵐《あらし》のような勢いで本丸に殺到し、浅井勢を討ち取った。柴田勝家、羽柴秀吉勢は餓狼《がろう》が獲物に襲いかかるように敵を仕留め、遂《つい》に本丸を占拠した。

ほどなく浅井長政は本丸近くの赤尾屋敷で自刃した。享年二十九。

ここに北近江の雄・浅井氏は滅亡した。その日、織田軍は戦勝に沸いた。

（矢が飛ばぬ。なにゆえじゃ。太田殿に助言している場合ではない。なんとかせぬとな）

光義は一人、宴《うたげ》の席で酒盃《しゅはい》も干さぬままおし黙っていた。

気乗りしないものの下知なので仕方ない。光義らは小谷城下の北側を探索するように指示され、ほかの加治田衆と浅井旧臣を追った。索敵《さくてき》中は周辺の民家で雨露を凌《しの》ぐことが多い。その晩も百姓の家を借りた。

三

光義は他の者たちと囲炉裏を囲み、酒を酌《く》み交わしていた。

（今一度、腕を強化せねばなるまいの。それと弓の工夫もせねばならぬな）

自信が揺らいでいるのは事実。六十半ばにして体力を向上させるのは難しい。それでも、光義は戦場に出ることを志向していた。酒を呷《あお》りながらも、頭の中は弓のことばかりである。

戌《いぬ》ノ刻《こく》（午後八時頃）近くになり、別行動をとっていた小助が光義の許に到着した。

「朗報です。やはり富美殿は浅井領におられました」

いつものごとく、小助はどこで仕入れてきたのか、光義には重要な情報である。

もう浅井領で女子《おなご》と昵懇《じっこん》になったのか、と聞くつもりだったが、光義の声は出なかった。

なにかで頭を殴られたような衝撃が走った。思わず光義は酒の入っていた椀《わん》を落とすほどである。

「はい。伊吹山の南の麓に住んでおられるようにございます」

「左様か。冨美が……」

冨美は光義の弓の師匠の娘で、嘗《かつ》ては将来を誓い合った仲である。師の吉沢新兵衛は齋藤道三と反りが合わず、命の危機に晒《さら》された新兵衛は出奔し、近江の浅井家に仕官した。冨美も父に従った。以来、顔を合わせていない。もう半世紀近くも前の話である。

「明日、行ってみてはいかがです？　殿お一人抜けても大勢に影響はありますまい」

「儂がいてもいなくてもいいみたいではないか」

「左様なことではありません。されど、ここはまだ戦場、明日をもしれぬ身であれば、いかがなされます？　後悔先に立たず、と申します」

いつになく、小助は真剣な面持ちである。

（冨美は儂と同じ歳。いつ逝《い》ってもおかしくはない）

腕の衰え、年齢を感じていたところなので、小助の意見は切実なる現実であった。

「まことか⁉」

「彼奴は風邪一つひかぬじゃじゃ馬だった。病など無縁。気が向いたら、帰りがけにでも立ち寄ってみるか」

すぐにでも向かいたいが、足を運べば老いの妄念と周囲から愚弄される。光義は感情を抑え、平静を装《よそお》った。主《あるじ》の心中を察してか、小助は頬を緩めた。

冨美の生存を知ってからというもの、光義は冨美のことばかり思案していた。

十日ほどで残党狩りの命令が解除され、光義らは帰国することになった。

「これで胸を張って会えますな」

「戯《たわ》け。儂ではなく、そちが会いたいのであろう。相手は若い女子ではなく、婆《ばば》じゃぞ」

想像するが、光義の脳裏には、若き日の初々《ういうい》しい冨美の顔しか浮かばなかった。

「殿の顔が綻んでおります。冨美殿のことになると、お顔は殊《こと》の外《ほか》正直ですな。まあ、某が会いたいのは事実。奥方様の他に殿が将来を約束した女人が、いかようなお方か見ねば損でございますゆえ」

「見せ物ではないわ」

吐き捨てながら、光義は歩を進めた。

伊吹山の麓というには語弊があり、中腹というのが正しいかもしれない。人里を離れた茂みの中に、ぽつりと一軒家があった。光義らは人に聞きながら漸く辿《たど》り着いた。家の周囲には畑があった。樹木を開墾するのは、相当の苦労があったことが想像できる。

近づくと畑を耕す老婆《ろうば》がいた。麻の小袖《こそで》を身に着け、白く染まる頭には麻の手拭《てぬぐ》いを桂包《かつらつつみ》にして鎌《かま》を握る。ちょうど陸稲《おかぼ》の収穫時期であった。

小谷城の戦いがあったので、麓や平地の水田ではとっくに刈り入れが終わっているが、高地の陸稲は育ちが遅く、早刈りできなかったようである。お陰で侵攻してきた織田軍の刈田に遭わずにすんだようでもあった。

「冨美、冨美か」

姿形が変わっている。遠目ではとても判断できない。光義は声をかけた。

「左様な者はここにはおらぬ。他を当たれ」

振り向きもせず、農作業を続けながら老婆は無愛想に告げた。

「耄碌《もうろく》して自《おの》が名前も忘れたか？」

「しておらぬ。耄碌しておるのは、おぬしのほうであろう。背後の気配に気がつかぬのか」

言われた光義は、背筋に冷たいものを感じた。慌てて小助とともに振り返ったが、別に人らしきものは見当たらない。獣の影もない。

「なにもおらぬでは……」

再び老婆のほうを見て言いかけた時、老婆は弓を引く真似《まね》をしていた。少し左に傾いた構えには見覚えがある。まごうことはない。冨美である。瞬時に懐《なつ》かしさが心臓を鷲摑《わしづか》みにする。光義は熱い吐息をもらした。

「婆ゆえ油断したか？　皆が皆、織田に従うと思うておるが大間違い。こちらにその気があれば、おぬしは死んでいたのじゃ。仕事の邪魔じゃ。去《い》ね」

迷惑そうに老婆は言うが、嫌悪《けんお》した表情ではなかった。但《ただ》し、その真直《まっす》ぐな瞳《ひとみ》は老婆には似つかわしくない若い狼《おおかみ》のようであった。

「やはり冨美か。殺気がないゆえ警戒しなかっただけじゃ。なにゆえ儂を毛嫌いする」

「おぬしが耄碌して殺気に気づかなかっただけであろう」

的を射た冨美の言葉であるが、光義も負けてはいない。

「殺す気のない殺気などは、なきものと同じ。久々に遭《お》うたのじゃ。白湯《さゆ》でも吞《の》ませよ」

「敵地で施しを受けようなど、武士にあるまじきこと」

「毒味はおるゆえ、大事あるまい。安堵せよ。婆を押し倒したりはせぬ」

小助に笑みを向けた光義は、屋敷に向かって歩み出す。

「我が夫は小谷の城で織田と戦って死んだとのこと。ゆえにおぬしらは敵じゃ」

厳しい現実を突きつけられ、光義は立ち止まった。

「それは気の毒であった。されど、武家の娘ゆえ覚悟はしていたであろう」

「覚悟はしていたが、恨みは消えぬ」

本来は優しい面持ちなのに逆眉になっている。冨美は悔しげに言い放った。

「さもありなん。子はおるのか」

「おらぬ。おっても織田の者の前には出さぬ」

「左様か。まあ、立ち話もなんじゃ。稲刈りならば手伝うゆえ、少し休ませよ」

光義は、ちらりと小助を見た。

「へいへい。家臣は主の逢《あ》い引きの最中、稲刈りをするのが仕事でございます」

察した小助は冨美から鎌を取ると、陸稲の稲を刈りはじめた。

僅《わず》かに頬を上げた光義は警戒することなく屋敷に向かう。冨美も続いた。

屋敷は藁《わら》葺《ぶ》きで、入ったところは土間。奥は同じく土間の台所。西に板の間があり、その東が寝室であろうか戸が閉められている。半士半農の質素な佇《たたず》まいであった。

光義は備えてある桶《おけ》の水で足を洗い、板の間に上がった。ほどなく奥に行っていた冨美が椀を二つと、白湯ではなく、水の入った瓶《かめ》を持って現れた。

「裏の湧水《わきみず》じゃ。我《わ》れは慣れておるゆえ当たることはまずないが、おぬしは判《わか》らぬ。当たれば運が悪いと思え」

敵地の水が呑めるのか、と冨美は挑む。澄んだ水でも当たることは珍しくはなかった。

「体だけは丈夫での」

光義は一気に喉《のど》に流し込んだ。伊吹山の中腹まで登ってきたので汗みずくである。冷えた水は喉を潤《うるお》し、火照《ほて》った体を冷やすには格別であった。

「ああっ、うまい」

手酌で三杯も呑み、光義は漸く椀を置いた。その間、冨美は黙って光義を見ている。

一息吐《つ》いた光義も冨美をまじまじと見た。

嘗ては小麦色に日焼けしていた肌理《きめ》細やかな素肌は染《し》みだらけになっていた。黒眼がちの大きな目は変わらないが、目尻《めじり》の皺は年齢を頷《うなず》かせる。それでも端整な面差しは昔の名残りがある。多くを語る必要はない。互いに歳《とし》をとり、容姿は随分と変わったものの、瞳を見れば遠い日のことは、昨日のように思い出された。

冨美とは十歳の時から同じ敷地の中で寝起きした姉弟のようであり、幼馴染《おさななじ》み以上の関係として育った。当初は冨美のほうが弓の腕も上だった。

「前に傾くな。顎《あご》を上げるな。弓手《ゆんで》の肩を下げるな。矢先を上げるな……」

光吉と名乗っていた光義は師の吉沢新兵衛ではなく、冨美に習っていた時期もあった。

上達するに従い、二人で狩りに出かけることは生活の一部であった。光義は弓の訓練がてら、多くの獲物を得ようとするが、冨美は違う。

「鳥や獣も生きておる。射るのは喰えるだけでよい」

冨美は必要以上の殺生《せっしょう》をせず、よく光義を注意した。口は悪いが気立てがよかったので、光義が惹《ひ》かれるのには、さしたる日にちはかからなかった。

師の目を盗み、抱き合ったこともしばしば。光義は大島の姓をまっとうしていくか、吉沢家の養子になるかまでは決めていなかったものの、冨美と夫婦になるものだと思っていた。

吉沢新兵衛に齋藤家を出奔することを打ち明けられた時は、青天の霹靂《へきれき》だった。当時、台頭してきた齋藤道三と反りが合わず、新兵衛は命を狙《ねら》われたので出奔を決意せざるをえなくなった。

「冨美のこともある。一緒に行かぬか」

光義は真剣に誘われた。

「お師匠様の御恩には感謝致しますが、落ちぶれたりとは申せ、大島家は土岐家の奉行を務めた歴とした源氏の末裔《まつえい》。一族の命運は某の肩にかかっており、このまま美濃を離れるわけにはまいりませぬ」

考える刻《とき》がない中、光義は苦渋の決断をして師の誘いを断わった。

「冨美、すまん」

師の隣で落涙する冨美に、光義は詫《わ》びた。冨美は咽《むせ》び泣くばかりであった。

その晩、吉沢新兵衛と冨美は夜陰に乗じて美濃の多芸《たぎ》郡を出奔した。

居残った光義は吉沢家の一族ではなかったので、磔《はりつけ》の罪は免れたものの、早く出奔を報《しら》せなかったとの理由で咎《とが》を受け、暫し投獄された。

衣食住を与えられ、弓を仕込まれた光義としては、投獄を恨みになどは思っていない。二人が無事に逃れることを牢《ろう》の中から祈っていた。どこの大名家でも出奔は大罪。すぐに追手がかけられたが、新兵衛らを捕えることはできなかった。

弓の腕を見込み、光義を救ったのは長井道利だった。

沈黙の中、光義は口を開いた。

「お師匠様は長生きなされたのか」

「美濃を出た翌年、戦で死んだ」

遠い目をして冨美は言う。

「翌年と申せば齋藤との戦ではないのか？」

問うと冨美は静かに頷いた。

過ぐる大永五（一五二五）年八月、長井道利麾下《きか》の光義が浅井の軍勢と戦った時のことである。

吉沢新兵衛も浅井軍に参じているので、光義は好むと好まざるとに拘わらず師弟で相まみえることになった。この年、光義は十八歳であった。

「お師匠様の位牌《いはい》にでも手を合わせたいが、よかろうか」

視線を落とした冨美は頷き、奥の部屋に入った。そこには小さな仏壇があり、位牌には上平寺殿常射居士《じょうへいじでんじょういこじ》と記されていた。

（常に射るか、師匠には合った戒名じゃの。儂はなんとつけられるかのう）

生きているうちに決めておこうかと思っていた時、冨美は一本の矢を差し出した。鏃《やじり》は釘形《くぎがた》で篦《の》には蝶《ちょう》を思わせる羽の印。若き日に光義が射ていた矢である。弓衆は功を奪われぬため、独自の矢を使用するものである。

「これは儂が若い頃に用いていた矢。よもや、我が矢が師匠を？」

驚いて光義は問うが、冨美は否定も肯定もしなかった。

「一緒に戦った弓衆の話では、父は敵の矢が届かぬ地から弓を射ていたとのこと。射られた時は諦めたような顔をして、仕方ない、と申して逝ったそうな」

冨美はしみじみと言う。

光義は若い頃からほかの弓衆よりも半町以上も遠くの的を当てることができた。

（それは師匠も同じ）

もし光義の射た矢で討たれたならば、仕方ないと言い残したのか、光義に拘りなく、討たれたことを諦めたのか、もはや知るよしもない。

「さぞかし儂を恨んでいようの」

「戦に行くから死ぬ。戦に行く男どもは皆戯けじゃ」

光義の矢で吉沢新兵衛が絶命したならば当然恨み、罵倒《ばとう》の一つもすれば少しは気が晴れるであろうが、冨美は光義のせいにはしなかった。まだ、なんらかの感情があるのかもしれない。

詫びようがないので、せめて仏壇に手を合わせるしかない。改めて位牌に目をやると、横に木彫りの水子地蔵があった。上平寺殿光冨水子《じょうへいじでんこうふすいし》と記されている。

「子をもうけていたのか。不憫《ふびん》じゃの」

「こっちに来てすぐに流れた」

「なんと⁉」

二度目の衝撃は、最初の時よりも強烈。木槌《きづち》で頭を殴られたようである。

（戒名に儂と冨美の一字を使っているとは……）

これまでの人生の中で一番大切なものを失ったような気がする。これが切なさや悲しさ、というものか。さらに罪悪感に胸を強く締めつけられ、息苦しかった。

「……なにゆえ、美濃を出ようとする時に申さなかったのじゃ？」

今となっては遅すぎる。後悔してもしきれないが、聞かずにはいられなかった。

「おぬしは昔から気が利《き》かなかったゆえ」

光義は返す言葉がなかった。

暫し沈黙が続く。耳鳴りを振払うように光義は口を開く。

「老いた女子の身で一人暮らしは難しかろう。帰国してはいかがか」

「たとえ領主が織田の家臣になろうとも、この地は父が浅井様に与えられた地。捨てることはできぬ。土を耕すには向かぬ地ではあるが、丹精込めて耕してきた。これからも変わらぬ」

女の意地か、冨美は気丈にも断わった。

「とは申せ、女一人では物騒であろう」

「我れを妾《そばめ》にする気か？　笑わせるな。未《いま》だ弓の腕はおぬしには負けぬ。盗賊の一人や二人、いつにても射抜いてみせるわ」

豪気に冨美は言い返した。好いた光義の世話にならぬ、というのが冨美なりの自尊心なのかもしれない。しんみりした光義の心に、気合いを入れられたような気がした。

「誰がそちなど。妾ならば、若い女子を選ぶわ」

光義は、漸く憎まれ口をきけるようになった。

その後、暫し世間話をしたのち、光義は冨美の家を後にした。

光義はさまざまなものを感じ、心を洗われたようである。自分の過去にけりをつけることもでき、改めて師から学んだ弓を極め、戦うことを誓えた。

（八月はいろいろな命日じゃのう）

こののち一年一度、墓参りのつもりで冨美の許に行くことも決意した。

原点回帰。帰国の途に就く光義の気分は爽《さわ》やかなものであった。

四

夜通し降り続いていた雨は夜明け前には上がったものの、長篠《ながしの》城周辺は靄《もや》や霧が出て視界は極めて悪かった。

戦の気というものか、戦の風か、それらを凝縮した気配に光義は、まだ暗いうちに目を覚ました。

「今日はまたとない大戦になるぞ」

長年の嗅覚《きゅうかく》で光義は小助に告げた。

天正三（一五七五）年五月二十一日、織田・徳川三万四千の連合軍は三河の志多羅《したら》之郷《のごう》に布陣していた。

信長は武田軍に対し、長篠城から一里半（六キロ）ほど西に、南北に細長い陣城を築いた。

織田、徳川勢が布陣する少し東には南北に細い連吾川《れんごがわ》が流れている。これをまず第一の惣濠《そうぼり》とし、そこから少し西に二重三重の空堀を南北二十余町（約二・五キロ）に亘《わた》って掘った。

同時に丸太で格子《こうし》状の馬防柵《ばぼうさく》を築いた。半間（約九十センチ）の間隔で丸太の五尺（約一・五メートル）ほどを地の中に打ち込み、残り（約三メートル）の部分に三本の丸太を横に等間隔に縄で結びつける。倒れぬよう自陣に向かって斜めに添え木をし、五十間（約九十一メートル）、三十間（約五十五メートル）ごとに虎口《こぐち》を設けた。

堀を掘って出た土は、馬防柵の西側、織田・徳川軍側に盛り上げて土居《どい》とし、敵の攻撃を受けないようにした。土居には銃眼、城壁でいう鉄砲狭間も開けたので、鉄砲を固定して撃つことができる。

西の後方の山を削って切岸《きりぎし》にしている。切岸とは斜面を削って断崖《だんがい》とし、敵の侵入を防ぐために作られた防塁の一つである。削った土も土居に重ねた。

信長が陣城を築いたことを知ると、武田軍の大将の勝頼は長篠城の押さえとして春日昌澄《かすがまさずみ》ら二千の兵を残し、同城の南東に位置する鳶《とび》ヶ巣山砦《すやまとりで》を始め、姥《うば》ヶ懐《ふところ》、中山、久間山砦に武田信実《たけだのぶざね》ら二千の兵を配置し、残りの兵を率いて大雨の中、長篠城のすぐ西を流れる滝沢川を渡った。

織田・徳川連合軍の三万四千は連吾川、馬防柵の西に布陣した。南北に細長く織田軍が居並び、南の右翼に徳川軍。

徳川軍の後方、高松山八釼《やつるぎ》に徳川家康。松尾山に岡崎信康《おかざきのぶやす》。

中央のやや北に羽柴秀吉。

秀吉の後方、茶臼山《ちゃうすやま》本陣に信長。その南西の新御堂山に遊軍の織田信忠が陣を布《し》いた。

武田軍は連吾川を挟んだ東の八束穂《やつかほ》に対峙《たいじ》した。

夜は明けているが靄は消えておらず、両軍ともに相手の様相を明確に摑めなかった。

連合軍は馬防柵の西側に一千挺《ちょう》余の鉄砲衆を並べている。その合間に弓衆が配置された。光義らは羽柴秀吉の麾下とされ、いつにても矢を放てるように備えていた。

「多勢の我らが陣城に籠るというのも、不思議ですな」

小助が告げる。幾分顔が緊張しているのは、やはり相手が武田軍だということかもしれない。

「討って出ても構わぬぞ」

言うと、小助はとんでもない、と首を横に振る。

「よいか、そちは決して逸《はや》るでない」

光義は嫡子《ちゃくし》の光安にしつこく念を押す。十七歳の光安はこのたび初陣を迎えた。

「承知しております。そう何度も申されますな」

聞き飽きたといった表情で光安は答えた。光義には迷惑そうな面持ちをするが、東を見る双眸は闘争心に満ちているせいか、ぎらついていた。

「まあ、かような地なれば敵も満足に動けますまい」

季節は梅雨。連日の雨で、連吾川の東は深田のような泥濘《ぬかるみ》となり、鳥黐《とりもち》のような泥に足を取られて、とても進めるものではなかった。そこまで敵が攻めてくれば、陣城の中の織田軍は弓、鉄砲で案山子《かかし》を撃つようなものである。

「戦はなにが起こるか判らぬ。油断致すな」

六十八歳の光義は、衰える体力で織田軍の戦力となり、嫡子の初陣を無事に果たさせねばならぬ使命感を持っての参陣なので、いつになく緊張していた。

（叶うことなれば信玄を相手に矢を射てみたかったが、もはや叶わぬ夢。せめて跡を継いだ勝頼に試してくれる。戦国最強の武田、相手にとって不足はない）

光安を気遣いつつ、光義の闘志は滾《たぎ》っていた。

刻を経るごとに風が吹き、卯《う》ノ刻《こく》（午前六時頃）に靄が晴れると、赤備えと恐れられる武田軍の先陣、山県昌景《やまがたまさかげ》が怒号を上げながら前進を始めた。

それを大久《おおく》保《ぼ》忠世《ただよ》の鉄砲衆が迎え撃つ。

世に名高い設楽原《したらがはら》の戦いが火《ひ》蓋《ぶた》を切った。

竹束《たけたば》を「うし」と呼ばれる三角筒状の台に掛け並べ、矢玉避け用の急造防護壁を前面にして、武田軍は戦鼓《せんこ》、陣鉦《じんがね》を打ち鳴らして進むが、泥を撥《は》ね上げながらの進軍なので緩慢である。

軍旗の『風林火山』に印されている「疾《はや》きこと風の如《ごと》く」とは裏腹に鈍い武田軍であるが、「うし」の効果はあり、連合軍の鉄砲は弾《はじ》かれた。

(敵は遠いとは申せ、玉は飛ぶようになったの)

火薬の調合技術の向上、銃身の鉄が厚くなったことなどもあり、鉄砲の射程距離が延びている。対して光義の射程距離は短くなっている。光義は焦《あせ》りを覚えた。

羽柴勢には真田《さなだ》信綱《のぶつな》らの兵が攻め寄せる。敵が接近しても玉は「うし」に弾かれた。

「かような時こそ我らの役目」

光義は鏃を上に向けて放った。弓弦に弾かれた矢は山なりに弧を描いて飛び、頭上から武田軍を攻撃した。ほかの弓衆も光義に倣《なら》う。真田、土屋勢の速度がさらに鈍った。

「鉄砲は玉を曲げては放てまい」

光義は次々に矢を頭上から浴びせ、足を止めさせた。

光安も光義の隣で矢を放つ。若くて体も大きく腕力が強いこともあろう。光安が放つ矢は長年弓で戦ってきた光義と同等に飛ぶ。

「ほう」

元来、弓は腕力だけでは遠くには飛ばない。弓の撓《しな》りや弓弦の張りなどを掌握しなければならない。修行期間が短いにも拘《かか》わらず、光義に並ぶとは天賦《てんぷ》の才を持っているのかもしれない。軽々と矢を放つ光安を見て、光義は父親として感動を覚えたものの、別の感情も込み上げる。

(儂が衰えたのか。此奴《こやつ》の力が勝っておるのか)

嬉《うれ》しいことであるが、現役にこだわりを持つ光義としては、素直に喜べないところがある。

(五十年以上戦場に立ってきたこの儂が、初陣の若造に負けるわけにはいかぬ)

世代交代という言葉が頭の中をよぎるが、これを払拭《ふっしょく》するように光義は矢を射た。矢を遠くに飛ばす能力がある光安であるが、上手《うま》く敵の頭上に落とす技は未熟だった。

「弓は技じゃ。力だけではない。よう見よ」

ただ空に向かって放つだけではなく、光義は射る瞬間に左手を少し下げた。こうすると矢が勢いを失わずに弧を描いて飛ぶ。矢を受けた武田兵はもんどり打って倒れた。

「まだまだ」

光義は光安に見せつけるように弓弦を弾き、武田兵を屍《かばね》に変えていった。

思い思いに武田軍の諸将は攻め寄せるが、泥濘に足を取られて満足に進めない。これに連合軍は鉄砲で応戦する。さすがに一町を切ると、「うし」を結ぶ縄に玉が当たって切れ、束ねてある竹がばらけて役に立たなくなる。そうなると、武田兵は這《は》うように突進してくる。

なんとか銃弾をかい潜り、連吾川に達すると、普段は膝《ひざ》が濡《ぬ》れぬ浅い川は連日の雨で増水していた。幅は四間（約七メートル）ほどにも広がり、深さも胸まで浸《つ》かるほどである。

まごついていれば銃弾の的となるので、川に飛び込むと、予想以上に深く、流れも速い。具足も重くて泳ぎ渡れない。動きが止まった者に鉄砲衆が轟音《ごうおん》を響かせる。なんとか連吾川を越えても、三重の堀を越えることができず、武田兵は鉄砲に倒れた。

開戦から二刻（四時間）が過ぎると、鉄砲の銃身が過熱することによって膨張し、命中率が低くなる。それを見た武田軍が連吾川を越えて接近する。慌《あわ》てた鉄砲衆は玉込めがもたついている。これを補うのも光義らである。

「焦らずに玉込め致せ」

周囲の鉄砲衆を励ましながら、近づく武田兵を矢で射倒した。

「基本を思い出せ。心を鎮《しず》めて放て。敵を恐れるな。敵の矢玉も鑓も届かぬ」

光義は光安を安心させるように声をかけるのも忘れない。

雄叫《おたけ》びをあげて肉迫する敵を前に平常心で臨むのは難しいものの、光安は躊躇《ちゅうちょ》なく矢を射た。まるで鑓で戦えぬ鬱憤《うっぷん》を弓で晴らしているようであった。

多数の死傷者を出しても武田軍は突撃を止《や》めない。一対一の戦いならば絶対に負けないという自負があり、頑丈な堤防も針の一刺で崩れることを熟知している。数多《あまた》いる勇将が波状攻撃を仕掛けてくるが、馬防柵を突き崩す者はいなかった。

武田軍にすれば、脆弱《ぜいじゃく》に見えた陣城は思いのほか堅固だったに違いない。さらに増水した連吾川が士卒の足を鈍らせた。

未《ひつじ》ノ刻《こく》（午後二時頃）を過ぎると、武田軍の全体の三割ほどが討死した。前日の晩、徳川家臣の酒井忠次を大将にした夜襲隊が鳶ヶ巣砦群を陥落させ、長篠包囲部隊も敗走させたという報せが武田勝頼の許に届けられている。

このままでは挟撃《きょうげき》は必至。いくら強気の武田勝頼としても、これ以上の攻撃を続けることはできず、退却命令を出した。

敵の退き貝《の》の音を聞いた信長は、即座に怒号する。

「退き貝ぞ。追い討ちをかけよ！」

信長の下知を受けた連合軍は餓狼のように、背後から武田軍に群がった。

「父上、ようござるな」

明るい面差しで光安は言うと、光義の許可を得るよりもはやく鐙を摑み、柵の馬出口から飛び出した。敗走する兵を背後から襲う時ほど容易《たやす》く敵を討てる時はない。止める理由はないものの、逸って落命されては適《かな》わないので釘を刺す必要がある。

「深追いするではないぞ」

自身は弓を手にしながら光義は注意した。

「承知」

顔を綻《ほころ》ばせた光安は喜び勇んで疾駆する。

光義は遠間から逃げる敵を矢で仕留めるが、光安は駆けに駆けて敵に迫り、干戈《かんか》を交えるや否《いな》や突き倒す。戸惑うことなく敵に迫り、その戦いぶりは乱戦の中でもひときわ武威を見せつけた。

(儂とは質が違うが、武士として見込みは十分。大島家を任せられるかもしれぬが……)

才能があるのに、弓への執着心がないことが、光義には侘《わ》びしいばかりであった。

戦は連合軍の大勝利、勝鬨《かちどき》が設楽原で消えることはなかった。

連合軍の勝因は、信長があらゆる手を講じて設楽原に武田軍を引き摺《ひず》り出したこと。続いて鳶ヶ巣砦を落としたことである。

岐阜に帰城すると光義は信長から感状を与えられた。

織田家にとっての宿敵・武田家に勝利し、士卒は喜んでいるが、光義は同調できなかった。

(弓の家は儂一代で終わってしまうのか)

追撃をした時、光安は鑓で敵を討ち取ったこともあり、帰宅しても弓に関心を示さない。光義の悩みのたねである。さらにもう一つ。

(我が体の衰えは否めない。それでも鉄砲に勝つ行《てだて》を思案せねばの。他の者がどうであれ。弓こそ我が武器。弓なくして大島光義にあらず)

時代遅れになりつつある弓であるが、光義はまだ諦《あきら》めきれなかった。頑迷と言われようが年寄りの冷や水と嘲笑《ちょうしょう》されようが、己の人生は弓と共にある。

(これを信ぜずして、なにを信ずるというのか。老兵が時代に媚《こ》びてなんとする。たとえ織田の弓衆がみな鉄砲に持ち替えても、儂だけは柩《ひつぎ》に入るまで弓を捨てぬ。まだまだ弓は鉄砲には負けぬ)

光義は弓への熱い思いを肚裡《はらのうち》で吐き、向上を新たに誓った。

第四章　仇討ちの娘

一

「もう儂《わし》は終《しま》いのようじゃ。あれな大勝利にも拘《かか》わらず、拾い首一つ取れなんだ」

武藤彌兵衛は涙ぐみながら愚痴をもらす。

目の前の膳《ぜん》には光義が支度させた心ばかりの酒肴《しゅこう》が並べられているが、彌兵衛は一切箸《はし》をつけようとしない。まるで葬儀後の弔い席に座しているようである。

「そう気を落とすな。こたびの戦いは特別じゃ。次に活躍の場はあろう」

彌兵衛を慰めるものの、光義自身が気落ちしているので、他人を気遣っている場合ではない。

「そちは存分に敵を討ったゆえ、左様なことを申す。肚《はら》の内では儂を嘲笑《あざわら》っているのであろう。かようなことなれば、儂も弓を習うておけばよかった」

酒を呷《あお》り、彌兵衛は言い放つ。既に一升近く呑《の》んでいる。

（弓衆とて誰もが活躍できるわけではない。それに弓の腕は鑓《やり》と同じように衰えるのじゃ）

言い返したいのはやまやまながら、落胆の炎に油を注いでも仕方がない。

「戦は弓、鉄砲だけで勝てはせぬ。次の機会まで腕を研《みが》くしかない。そちの場合は足かの。今一度、戦功をあげたくば、酒をやめて毎日、天主（閣）まで米俵でも担《かつ》いで十往復してみてはどうか」

天主閣は金華山の山頂に築かれている。信長は天を守る閣とはせず、天の主の閣としていた。

足が弱れば戦い続けることができず、追撃も敵に追いつかない。

「左様なことまでせねばならぬのか。歳《とし》はとりたくないの」

もう一度、鍛え直すことに、彌兵衛は躊躇《ちゅうちょ》しているようだった。

嘗《かつ》ては反目し合っていた朋輩《ほうばい》の弱音に苛立《いらだ》ちを覚えながらも、心情は痛いほど判《わか》る。

光義には慰める言葉も見つからなかった。

戦国最強と謳《うた》われた武田軍に勝利した信長は、その年に織田家の家督と岐阜城を嫡《ちゃく》男《なん》の信忠に譲り、自身は茶道具ばかりを持って城下の佐久間信盛の許《もと》に転がり込んだ。天正四（一五七六）年正月、信長は普《ふ》請《しん》奉行に惟住《これずみ》（丹羽）長秀を任命し、琵琶湖南東岸の安土《あづち》に築城を始め、仮御殿が粗方《あらかた》出来あがると移り住んでいる。

前年、丹羽長秀は惟住姓を、明智光秀は惟任《これとう》姓を与えられている。

安土築城に際し、光義は矢窓《やそう》奉行を命じられた。これは城壁などに組み込まれる弓用の狭間《さま》を設ける役で、誰よりも巧みに弓を使う光義の腕が評価されたことになる。

当然、光義は妻子を安土城下に移し、奉行職に励んだ。寝る間を惜しんで働いたが、完成してしまえば、あとは毎日矢窓の点検でほかにやることはない管理職。戦場の武士から左遷《させん》された心境である。

（確かに名誉なことではあるが、まこと上様は弓というよりも儂を必要としておられようか）

これまでの戦功を考慮し、信長なりの恩情なのかもしれないが、もうお前は戦場では役に立たぬ、隠居しろ、と言われているような気がしてならない。光義は信長の人事を憂《うれ》えた。

この五月、信長は石山本願寺を攻めたが、光義は安土城の留守居の一人であった。

（儂を置いていくゆえ、上様は怪我《けが》をなされたのじゃ）

信長は本願寺に与《くみ》する雑賀衆《さいかしゅう》の銃弾を足に受けて負傷した。

（鉄砲と弓を巧みに使うことこそ勝利への近道であろう）

光義は憤懣《ふんまん》やるかたない。自身が矢窓奉行に任じられただけではなく、同じ弓衆の太田信定も奉行の一人として城や堤防の普請や事務作業に奔走していた。武田軍を破った信長は、鉄砲への造詣《ぞうけい》をさらに深め、弓に興味がなくなったような感じがしてならなかった。

他人との比較を好む光義ではないが、どうしても太田信定には聞いておきたいことがあった。

以前、喧嘩《けんか》別れしたようで少々気がひけるが、安土城の廊下で顔を合わせたので尋ねてみた。

「弓から離れ、貴殿はそれで構わぬのか」

思いのほか楽しげに奉行を務める太田信定に、光義は不快感を持っていたのかもしれない。

「上様は個の才を見極められ、これを適材適所に配置して使われる。我が愚才を認めて戴《いただ》き、感謝こそすれ不満などはござらぬ。弓の腕が落ち、このまま禄《ろく》を召し上げられるかと恐れていた時だけに、助け舟を出された心境でござる。励まねば罰が当たりましょう」

不満はなかろうが、太田信定は弓衆としての活躍を諦《あきら》めた口調である。この年五十歳になる。

「矢窓奉行も立派なお役にござろう」

お前もいい歳なんだから、奉行で満足したらどうだ。お前も儂と同じだ。仕事があるだけ有り難いと思え、光義よりも若い太田信定から、そう言われているような気がする。

「儂は弓衆。奉行はあくまでも一時のもの。死ぬならば戦場でと思っておる」

わざわざ質問し、同意できぬ返答を聞いて、言い返すのも妙であるが、反論せずにはいられなかった。

「左様でござるか。互いに織田家のため、励みましょうぞ」

頑固な男に異見を述べても無駄と、太田信定は冷めた口調で告げ、光義の前を立ち去った。

「儂が彼奴《あやつ》の歳頃は昼夜を問わず寝ずに戦ったものぞ。まだ老《ふ》け込む歳ではあるまい」

六十九歳になる光義は、安土城の輝く廊下で独りごつ。美しく磨きあげられた大廊下には、戦塵《せんじん》の匂《にお》いは微塵《みじん》もなかった。ただ、輝く床に老いた自分の顔が映り、光義は息を呑んだ。

本心は、「まだまだ儂らは実戦で戦える。上様の判断は早計である」と言い合いたかったが、太田信定は現実を受け入れていた。光義の寂寥感《せきりょうかん》は募るばかりである。

（よもや彼奴が上様に申し出て、儂を奉行に左遷したのではなかろうの）

普段は人を疑うような光義ではないが、憤懣から疑念を抱いてしまう。

（いかん。他人のことなど、どうでもよいこと。儂自身がしっかりせねばならぬ。結局、自《おの》がことは自で解決するしかない。改めて上様に我が腕を認めさせてやる）

光義は床を睨《ね》めつける。

（戯《たわ》け、偽りの姿を映すではない。儂はまだ若い。儂はまだ戦えるのじゃ）

床に映る自身の顔を踏み潰《つぶ》し、光義は城を下がった。

因《ちな》みに、前年、信長は大納言ならびに右大将に任じられたことで武家の棟梁《とうりょう》と認められた。これにより、信長は家臣たちから「上様」と呼ばれ、信長も自身を「余《よ》」と呼んでいる。信長は都での政庁となる二条御新造を造営し、本格的に天下の仕置にも乗り出していた。

光義が城壁の矢窓の点検をしていると、惟任日向守《ひゅうがのかみ》光秀が登城してきた。

「これは大島殿、ご無沙汰《ぶさた》してござる」

織田家の重臣として初めての城持ち大名となり、京都所司代を補佐して朝廷との折衝を行い、諸戦場での指揮を任される武将になっても、変わらず物腰の柔らかい光秀である。

「こちらこそ」

織田家に仕官する心の契機を作ってくれた光秀であるが、嘗て弓を軽んじられたことがあるので、光義としては、苦い気持を持っている。自然、他人行儀の挨拶《あいさつ》となった。

「役目、ご苦労に存ずる。太田殿も最近では奉行に専念なされているとか。大島殿も？」

現役を退き、後方支援に廻ったのか、と問われている気がする。

「奉行の役目を賜ってはおるが、役目は平素のもの。次は戦場に立つ所存」

「ほう、これは勇ましいお言葉。我が家臣たちに聞かせたいもの。されど、そろそろ厳しいのではござらぬか。いろいろと耳にしてござる」

光義の腕が衰えたことは、同陣した者ならば、すぐに察することができる。惟任光秀は先の長篠、設楽原《したらがはら》の戦いには参じていなかった。

「確かに年々鉄砲の玉は遠くに飛ぶようになってきた。しかれども、全《すべ》ての敵を遠くで仕留めることはできぬ。鉄壁を誇った設楽原の戦いですら、馬防柵《ばぼうさく》までの接近を許し、鉄砲衆は狼狽《うろた》えた」

「それを貴殿の弓が、近場で鎮《しず》めたことは聞いてござる。さすが大島殿。されど、弓は人の腕で引くもの。鍛えても遠くへ射るには限界がござろう。しかも人は歳を取る」

光秀は一息吐《つ》いて続けた。

「鉄砲は弓の延長線上にある。貴殿ほどの弓の腕前で鉄砲衆を指揮すれば、さらに織田の軍勢は強力となろう。切り替えてはいかがか。さすれば禄高ももっと増えましょう」

またも光秀は配下に加えようとする。

（今、上様の覚え目出たいのは筑前守〈秀吉〉と日向守。日向守の家臣になれば留居ではなくなり、再び陽の目を見ることができる。加増も然《しか》り。悪い話ではないが……）

心も持ちようではあるが、信長の直臣ではなくなるので、格下げになったような劣等感を覚える。代わりに失態があっても直《じか》に信長から叱責《しっせき》されることはなくなる。

（上様が儂を奉行に据えたということは、体制を一新しようという思案じゃ。後進の指導をしろということにもなる。日向守の家臣になれば、これを否定できるが、逃げることにもなろう。上様の直臣として、儂は戦場でこそ力を発揮する者ということを判らせねば儂の武士が廃《すた》る）

これが信長に対する光義の思いであり忠節でもある。

（加増は有り難いが、この男はかねてより弓を見下しておる。そこが我慢ならぬ）

信長を含めて、光義は光秀をも見返したいという思いが強かった。

「弓には鉄砲にない良さがあり、戦場でも弓にしかできぬ戦いがある。射る間合い（射程距離）の短さは否《いな》めぬが、些《いささ》か設楽原でも証明したつもりでござる。全てを鉄砲に切り替えてはならぬという思案が、上様をして儂に矢窓奉行を下知《げじ》なさしめたに違いない。お声がけは有り難きことなれど、ご期待には応じられませぬな」

「左様でござるか。某《それがし》には上様も鉄砲に切り替えるように思えるが」

光秀の才気走った目は蔑《さげす》んでいた。

「確かに新しいものは目を引くが、未《いま》だ鉄砲に欠点が多いのも事実。新しいものに飛びつき、出世ばかりを求めると、以外な落とし穴に嵌《は》まることもござるぞ。弓に生き、弓に死す。それこそ我が本望にござる」

腹立たしさを堪《こら》え、光義は挑みながら言い返した。

「言い訳に聞こえるが、そう申すならば励まれよ。ま、気が変わったならば申されるように」

軽くいなすように告げた光秀は、信長が在する荘厳な天主閣に歩いていった。還暦を過ぎた光秀は、柴田勝家や羽柴秀吉らと競い、武将としてさらなる高みを目指していた。

（腹立たしいが、彼奴は儂を認めてくれておるのじゃな。彼奴はいつも儂を刺激しよる。ゆえに負けるわけにはいかぬ。必ず見返してやる）

目指すところは異なるが、光秀との対話で光義の負けじ魂に火がついた。光義が目指す勝利とは、自が弓で功名をあげることである。

これが光義と光秀の最後の会話になろうとは、この時は知るよしもなかった。

惟任光秀に触発された光義は、久しぶりに故郷の関に戻った。

関には刀鍛冶《かたなかじ》や具足師などの職人町があり、周辺諸国から注文が殺到していた。他国の大名ならば敵対する勢力からの依頼を受けるなと国主が職人たちに厳命するであろうが、信長はむしろ他国の情報を得られると、規制しないので、町は繁栄していた。光義が立ち寄ったのは、町はずれにある屋敷だった。周辺よりも建物は傷《いた》み、門の脇《わき》には馬防柵でも築くかと思うような丸太や、竹、藁《わら》などが山積みとなっており、庭などは潰れている。

玄関に入ると、八畳ほどの広さの土間部屋はごみ山となっていた。その中心に老人がいた。小型の鉋《かんな》で細長い木を削っている。弓職人の松蔵《まつぞう》である。手は忙しく動いているが、体は動かない。小さな巌《いわお》のようである。

小柄だが長年弓を作り続けているので思いのほか腕は太い。太くなった指は道具かと見間違うほどくすんだ色をしている。仕事中に火傷《やけど》した頰を隠す髭《ひげ》も白く染まり、同じ色の髪を後頭部で束ね、皺《しわ》に埋もれるような目を開いてひたすら作業に没頭していた。

「繁盛《はんじょう》しているようじゃの」

懐《なつ》かしさを感じながら、光義は声をかけた。

「甚六か」

松蔵は目も上げずに答えた。昔の仮名《けみょう》で光義を呼ぶ。

「左様。息災でなにより。閑古鳥が鳴いているかと思えば、違うらしい」

悔しいが鉄砲全盛であることは光義も認識している。

「どこかのお偉方が堺を押さえておるゆえ、すぐに鉄砲が欲しくても手に入らぬそうな」

少し削っては確認しながら松蔵は言う。勿論《もちろん》、信長のことを指している。

「儲《もう》かっていいではないか。上様は商売上手でもあるようじゃ」

弓は時代遅れになりつつあるが、それでも需要があることを改めて認識させられた。

「お陰で忙しくて適《かな》わぬ」

と松蔵が言った時、奥から五、六歳になる童《わらべ》が数本の青竹を持ってきた。

「爺《じい》、これでいいの？」

「いい子じゃ。あとは婆《ばば》を手伝うてくれ」

松蔵が褒めると童はくったくのない笑顔をして、部屋を出ていった。

「孫か。よう懐いておるの」

「曾孫《ひまご》じゃ。孫は馬鹿《ばか》息子と一緒に追い出してやった。今は鉄砲の時代などと抜かしよって」

憤《いきどお》りをあらわに松蔵は吐き捨てる。長男は戦で討死しているので次男のことである。

「それで偏屈なそちが、おだてて使っているのか」

時代遅れの武器となりつつある弓作りは衰退の途を辿《たど》るかもしれない。もしかしたら松蔵は息子たちが、わざと出て行くように仕向けたような気もした。

「人のことが言えるか。あの童に我が技をどこまで伝えることができるか」

侘《わ》びしそうに松蔵は言う。

「左様か。うちは弓を軽視して鑓に力を入れておる。親不孝な輩《やから》じゃ」

「それで儂に愚痴をもらしにきたのか？　生憎《あいにく》、儂は忙しいゆえの、他の者に聞いてもらえ」

突き放すように言い、松蔵は削った箇所を鞣《なめ》し革で擦《こす》り出した。

「戯け、儂とて暇ではない。そちに新たな弓の注文をしにきたのじゃ」

「前のはどうした？　もう潰したのか？　かなりいい出来だったぞ」

松蔵は納得した弓でなければ依頼主にも渡さず、僅《わず》かな弓の曲線を出すため、時には何ヶ月も費やして作るような職人である。その言葉に間違いはなかった。

「まだあるが合わなくなってきた。もう半町、矢を飛ばす弓を作ってくれ」

「寝言は寝てから申せ。儂は忙しい」

一瞬、松蔵は作業を止めたが、呆《あき》れた表情をして再び始めた。

「寝言でも戯《ざ》れ言《ごと》でもない。今一度、皆に弓を認めさせるためじゃ。そちの息子たちが否定したとおりでいいのか？　弓が衰退すれば、儂のみではなく、そちが蔑《ないがし》ろにされたも同じぞ」

「儂をだしに使うな。そちの腕が衰えたゆえ、弓に補ってもらおうという魂胆であろうが」

すぐに松蔵は見抜いた。

「図星じゃ。それでも儂は今一度、弓の凄《すご》さを皆に知らしめたい。頼む、作ってくれ」

「よう考えよ。半町も遠くに飛ばせる弓は、それだけ反発する力が強い。年々衰えていくそちの腕力で、左様な剛弓を引けまい。弓衆の矢が飛ばなくなった時は、則《すなわ》ち身を引く時じゃ。悪いことは言わぬ。隠居しろ。醜態を晒《さら》して戦歴に瑕《きず》をつけるな。もう十分に戦ったであろう」

「まだじゃ。それゆえ、ここにおる。引けるように尽力する。それゆえ作ってくれ。頼む」

光義は親友に頭を下げた。初めてのことである。

「似合わぬことは止《や》めよ。出ていけ」

頑固な松蔵は簡単に已を曲げるような男ではなかった。

「今日のところは帰る。また来る」

しつこくしても喧嘩になるだけなので、光義はこの日は諦めることにした。

「何度来ても同じじゃ。無駄な努力をせず、のちの世に、そちの技を伝えよ」

背後から声がかけられた。

「そのためにも、皆を驚かせる必要がある。左様な弓を作れるのはそちだけじゃ」

光義も振り返らずに答え、松蔵の屋敷を後にした。

翌日も光義は松蔵の許を訪れて頼んでみたが拒まれた。

半月ほど通いつめた日のこと。

「これまで旧《ふる》い誼《よしみ》で黙っていたが、こたびは申させてもらう。殺傷する距離を半町延ばす弓を作る腕がないならばそう申せ。ほかを当たる」

茶黒く変色し、木彫りのようになった手で作業する松蔵を光義は愚弄《ぐろう》した。

「儂を怒らせて弓を作らせる魂胆か？　児戯《じぎ》なものじゃ。遠くへ飛ばす弓を作るのは容易《たやす》いが、それを引けるようになるには、相当の腕力、膂力《りょりょく》がなくてはならぬ。その歳で鍛えんがために厳しき修練を課しているうちに命を落とすことにもなりかねんから作らぬのじゃ」

腐れ縁の気遣いとでも言いたげな松蔵である。

「つまらぬ仏心こそ、そちには似合わん。落命、構わぬではないか。当所《あてど》のために命をかけるは武士の誉れ。その上で生き残ることが叶《かな》い、さらに生涯最高の矢を放てれば、この世に生まれたかいもあるというもの。そちは生涯最高の弓は作ったのか」

問うと松蔵は、ぐっと言葉を詰まらせた。

「そちこそ、そちの技を曾孫に見せて伝えたらどうじゃ。そちの傑作、儂以外に放てようか」

光義が告げると、暫《しば》し沈黙ののち、松蔵は口を開いた。

「鍋《なべ》、釜《かま》を作っているのではない。儂が作るのは人殺しの道具じゃ。依頼主の要望に応《こた》えればそれだけ多くの人が死ぬ。特にそちにはの」

「因果な生業《なりわい》じゃの。されど、そちは、今なお新たな弓を作っておる。そちの長男は武士に憧《あこが》れて戦に出たが、鉄砲に当たって死んだ。そちが弓を作り続けるのは、息子の仇討《あだう》ちか」

「弓職人は弓を作るだけのこと。仇討ちなど……くだらん」

松蔵は息子を出陣させたことを後悔しているようであった。

「違うのであろう。それは鉄砲のように誰が放っても同じ殺しの道具とは違い、人の技によって初めて可能になる道具だからではないのか？　そちも、そちの弓が鉄砲に負けるのが嫌だからこそ作り続けているに違いない」

「勝手なことを申しよる。腕が衰えると口が達者になるのか」

「まあ、そんなところじゃ。それで天下が鎮まれば、死した者も浮かばれよう」

「死者は死者。弓で死のうが鑓で死のうが変わらぬ。されど、我が弓が愚弄されるのは許せぬ。そちが、そこまで申すならば作ってやろう。されど、先が閊《つか》えておるし、そちが引けるように新たな試みもせねばならぬ。一年や二年先になるやもしれぬ。それでも構わぬか？」

松蔵は光義を通して己の技術を世に示す気になったようである。あるいは、新たな試みを、この半月、思案し続け、いい案が思いついたのかもしれない。

「構わぬ。そちの作る新たな弓を引けるようにしておこう」

光義は頰を綻《ほころ》ばせた。

二

松蔵を訪ねてから一年余が過ぎた。光義も七十歳になるが、まだ剛弓を手にしていない。

一日千秋の思いで待つ中、光義は剛弓を引けるように体力の増強に努めていた。毎日、一千本の矢を射るのを常とし、一俵の土嚢《どのう》の担ぎ降ろしを繰り返し、両肩に担いで屈伸を行った。

飯の量も増やし、肉や魚も以前に増して頬ばった。矢を正確に放つには、腕の力のみならず、足腰の安定は不可欠である。因みに当時の米一俵は約三十キログラムで、明治時代に六十キロに定められた。

ほかには薪割《まきわ》り、水汲《みずく》みなど下働きの者の仕事を光義は行った。安楽こそ敵なりである。

「疲れた」という言葉を禁じ、溜息《ためいき》も禁じた。登城の暁には安土城の天主閣への大手道の石階段を何度も往復したりもした。いつ松蔵の剛弓が届けられてもいいようにとの準備である。

老いた身にとって現状維持ですら大変な労苦を伴うが、光義は正真正銘、体力を増強するつもりだ。

「具足を新調せねばならぬのではないですか」

なっていた。
小助の揶揄《やゆ》は半ば的を射ており両腕や背肩の筋肉は厚みを増し、黒光りするほどに
ちょうど田植えも終わり、新緑が眩《まぶ》しい季節になっていた。光義が弓の千射を終え
て縁側で一息吐いている時、小助が近づいた。
「殿、百姓の娘が、殿に会わせろと申してきております。いかがなさいますか」
「百姓？　百姓に恨みを買う覚えはないが、とりあえず連れてまいれ」
記憶を辿るが思い当たる節はない。追い返すのも気が引けたので、光義は命じた。
小助に連れられて小柄な少女が光義の前に現れた。
歳の頃は十二、三歳。長い髪は背中で一本に纏《まと》められ、日焼けした丸顔。麻の小袖《こそで》
に細い紐《ひも》を腰帯とし、裸足《はだし》に草鞋《わらじ》。百姓の娘を絵に描いたようで、荷物の入った風呂《ふろ》
敷《しき》のような布を袈裟《けさ》がけに背負っていた。
少女は跪《ひざまず》きもせず、立ったまま大きな眼《まなこ》でじっと光義を値踏みするように見据えて
いた。
「これ、殿に挨拶を致せ」
小助が少女に注意する。
「本当に大島新八郎か」

ぶっきらぼうに少女は問う。こんな年寄が、といった表情をしている。

「これ、百姓の分際で殿に無礼であろう。殿にお詫《わ》び致せ」

礼儀知らずの少女に、小助は憤りながら促した。

「構わぬ。儂は大島新八郎光義じゃが、儂になんの用か？」

「おらは茂《しげ》。皆は於茂《おしげ》と呼んでいる。大島新八郎は弓の名人と聞いたゆえ弓を習いたくてきた。おらに弓を教えてくれ。教えてくれたら礼をやる」

村人どうしで話をするように於茂は頼む。

口のきき方を知らぬのか、と言おうとする小助を手で制し、光義は口を開く。

「弓を習いたいとは珍しきことを申す娘じゃ。弓を習ってなんとする」

鉄砲全盛の時代の中、弓に興味を示す於茂に光義は惹《ひ》かれた。

「仇討ちをするため」

「穏やかではないの。詳しゅう申してみよ」

「おらの村の男衆が戦に出ている間、茨組《いばらぐみ》が村を襲った。おっ父《と》うとおっ母《か》あ、それに弟たちは茨組の言うことを聞かなかったから殺された。おらは山菜をとりに行って家にいなかったので助かった。茨組は何年かに一度、村を襲う。だから今度来た時、皆の仇討ちをするんじゃ！」

目に涙を浮かべて於茂は訴えた。

茨組は「諸方浪々の溢《あぶ》れ者ども京都に徘徊《はいかい》し、この所、彼《か》の所に隠れ住み、徒党を組み、茨組と号して喧嘩を専《もっぱ》らとし、夜は盗賊強盗を生業として、往還の輩《ともがら》を悩まし、世間物騒なること限りなし」と『室町殿物語』に記されている。茨組の被害は都のみならず諸国でも報告されているので、各地に蔓延《はびこ》る盗賊などの総称なのかもしれない。

「茨組のう。そちはいずこの国か」

「飛騨《ひだ》の宮村じゃ」

宮村は高山の南に隣接する小さな村で、領主は一宮国綱《いちのみやくにつな》である。

「領主に訴えればよかろう」

「訴えたが、とりあってもらえなかった」

「不憫《ふびん》だとは思うが、茨組は一人、二人ではあるまい。悪いことは申さぬ。今一度、領主に掛け合うがよい。年貢《ねんぐ》を奪われれば、困るのは領主のはず」

「お殿さんがいる時は茨組は襲ってこねえ。だから、頼んでいるんだ」

両手を拳《こぶし》に握り、全身で於茂は主張する。家族を失った恨みが窺《うかが》えた。

「心中は察するが、女子《おなご》のそち一人では焼け石に水。それに、なにゆえ弓なのじゃ？」

「女子のおらが刀や鑓を持って男と戦っても勝負にならねえ。おらには鉄砲を買う銭もねえし、鉄砲一つで大勢《おおぜい》を倒すこともできねえと聞く。だけど、弓ならば一人で大勢を倒すことができると聞いた。お前様は、その名人と。だから安土にまで来た。頼む教えてくれ」

於茂は必死に哀願する。否とは言わせぬ真剣さがあった。

「女子がのう……」

初対面の少女を前に光義は深く考えさせられた。

(こののち松蔵の弓が届けられれば、己が引けるや否や判らぬ時、人に弓を教えている場合ではない。されど、鉄砲が全盛となってきた昨今、弓を学びたいなどと申す者はおらぬ。我が息子ですら鉄砲と鑓に力を注いでおる。儂が持つ智識《ちしき》や技を誰かに伝えずして構わぬのか。相手が女子であろうと、これほど真剣な者は他には現われまい)

光義の中で己の向上と継承が鬩《せめ》ぎ合っていた。

「そち一人で茨組に挑めば命を失うことは確実。死んだそちの親は、女だてらに仇討ちをするよりも、どこぞに嫁ぎ、幸せに暮らすことを願っているのではないか？ 己の分限《ぶげん》を守ることが一番の幸せに繋《つな》がると申すもの」

自分のことと重ねて光義は言う。

「おらも死にたくはないが、あの村にいれば、また悲しい目に遭う。誰も助けてくんねえから、おらが仇討ちをせねばなんねえ。仇討ちができたら、死んでも構わぬ。ただ安楽に長生きしても意味がないのじゃ」

「左様か。それほど申すならば教えてやろう」

光義は、純粋な於茂に打たれた。

「本当か⁉」

今まで挑むように光義を見ていた於茂の表情が初めて晴れた。

「誠じゃ。されど修行は厳しいぞ。男とて辛《つら》くて逃げ出す者は珍しくない。覚悟しておけ」

「馬鹿にするな。おら、絶対に逃げ出さねえ。必ず仇討ちをするんだ」

於茂は情熱に満ちていた。

（そういえば、儂と競っていた頃の彼奴も、こんな感じだったの）

応じた理由の一つは、於茂に若き日の富美が重なって見えたのかもしれない。

こうして於茂は大島家の下女として働きながら、光義に弓を習うことになった。

於茂の一日は忙しい。夜明け前に起きて大島家の食事の支度をし、洗濯、掃除、食物の買い出し、裁縫、風呂の用意など女房衆の仕事のみならず、荷物運びなど男の作業も行った。武家の生活に慣れるだけで大変であろうと、光義は最初の半月は弓の話すらしなかった。

光義は昼間、登城しなければならないので、自身の訓練は夜明け前から登城する間に行っている。不足している分は夕食ののちである。

「どうじゃ、少しは慣れたか」

炭を運んでいた於茂を見て、帰宅した光義が声をかけた。

「とっくに慣れておる。いつになったら弓を教えてくれるのじゃ」

約束が違うと言いたげな於茂である。

「慣れておらぬのは武家の言葉か」

思わず光義は頰を緩める。

「おらは武士になるつもりはねえ。弓を習いてえだけだ」

「それでよい。夕飯を喰ったあとで庭に来い。弓を教えてやる」

「ありがてえ」

喜んだ於茂は屋敷の裏に廻った。下女は大島家の者に食事の用意をしたのち、台所の隅でさっとすませている。大島家では光義の給仕は正室の菜々《なな》がしていた。

「なにやら楽しそうで」

椀《わん》に飯を盛りながら菜々が言う。

「そうか」

一言告げ、光義は飯を箸で掬《すく》って口に運んだ。これから人に弓を教えようとしていることに喜びを感じている。新たな発見だと光義は自分に驚いていた。

食事ののち、於茂は庭に来た。外は月の光でかなり明るい。光義らのいる位置から十間（約十八メートル）ほど先には稲藁を束ねた巻藁が台の上に置かれている。

「これより弓の射方を教える。何度も教えぬゆえ一度で覚えよ」

改めて光義が言うと於茂は黙ったまま頷《うなず》いた。

「まずは立ち方。的に向かって体を横一直線にし、足は矢幅に開く。そちの場合、手をまっすぐ横に伸ばし、喉元《のどもと》から中指の先それに二寸（約六センチ）を増やした間じゃ。だいたい二十六寸（約七十九センチ）のところ。人それぞれ体の大きさが違うゆえ、他人の間《ま》を信用するな」

光義は矢を使い、於茂が開く足の幅、つま先の角度を決めてやった。

「足のつま先は外八文字（約六十度）に開き、重心は体の中心に置く。忘れるな」

そのつど光義は注意する。

「足が決まったら矢を射るが、最初から弓を手にしてもまともに放てはせぬ。まずは正しき形を覚え、弓を引ける腕の力をつけ、その上で射ることとする」

言うと於茂は残念そうな顔をする。

お預けするわけではないが、華奢《きゃしゃ》な於茂に半弓を持たせても反発力に負けて歪《ゆが》んだ形を覚え、あとから修正するのが難しくなる。弓弦《ゆづる》を張っていない半弓と矢を持たせた。

半弓は六尺三寸（約百九十一センチ）が標準とされ、大弓は七尺三寸（約二百二十一センチ）以上のものを言う。光義は七尺五寸（約二百二十七センチ）を使用している。

「鳩尾《みぞおち》の辺りで弓に矢を合わせ、弓弦の位置、矢の方向を確かめる。これが基本の構えじゃ」

弓弦が張っていないので、於茂としては今一つ勝手が判らないようであった。

「構えが決まれば、その位置から掬い上げるような気持で両手を真上に上げる。両拳は中心のままとし、矢を平に保ち、弓は強く握りすぎず、適度にゆとりを持たせておく」

それだけで於茂の細腕はぷるぷる震えた。

「そんな軽い弓を持っただけで手が震えるのか？　左様なことで矢は放てぬぞ」

先が思いやられる。光義は語気を強めた。

「頭上まで上げた腕の肘《ひじ》が伸びきったところで息を吐き、肩が上がらないように注意して弓を引く。矢は平にすることを心掛け、弓《ゆん》（左）手《で》の肘辺りに的を見続け、両手で均等に広げること」

説明しても、於茂は左手を固定し、右手で空想の弓弦を引こうとする。

「両手で広げろと申したであろう。背筋を伸ばし、胸を張り、弓の中に割って入る感覚じゃ」

光義は一つずつ注意し、直した。

「弓手の拳を的の中心に向かって押し進め、馬《め》（右）手《て》は矢幅いっぱいに引き、狙《ねら》いをつけ、口の高さで止める。矢が僅かに頬に触れ、弓弦は軽く胸に当たるようにすること。馬手の甲が天上を向くようにすることを忘れるな。腹の力は八、九分辺り。これが矢を引ききった時の形じゃ」

於茂の右手が高いので、光義は下げながら説明を続ける。

「形が決まったら、力まずに馬手の指を広げ、矢を放つ。さすれば矢は狙ったところに飛ぶ」

　光義は実際に弓を引き、於茂の前で矢を放った。弓弦は乾いた弦音を響かせ、放たれた矢は真一文字に巻藁に突き刺さった。

「おおっ」

「感心している暇はない。そちは隣で儂を真似《まね》て矢を放つ訓練をするのじゃ」

　光義は於茂に素引き練習を義務づけた。

　於茂は光義の前にいるので、背中から練習している様が見える。

「体を斜にするな。前のめりになるな」

　注意しながら自身は矢を放つ。

「弓手が下がっておる。惰性で行うな。しっかり両手を上に上げよ」

　細かく指導しながら光義は弓弦を弾く。放たれた矢は見事に巻藁に突き刺さっている。光義は戦場で多数の敵を警戒しながら弓を引いているので、於茂を見つつ矢を放つことは雑作もない。的の巻藁が大きいこともあり、正しい形で矢を放っていれば、よそ見をしていても外れることがない、というのが光義の持論でもあった。

　光義は二十本連続で放ち、於茂にとってこさせることを十度繰り返して夜射を終了した。

「そちは体全ての力が足りぬ。特に腕と胸じゃ。それゆえ体の正面でこれを左右に引け」

そう言って半弓よりさらに小さな短弓を加工したものを手渡した。弓というよりも腕と胸の筋肉を鍛える目的の物で、弓弦を太くしているので反発力が強かった。

「うん」

於茂は訓練用の短弓を受け取ると、すぐに胸の前で左右に引くが、簡単には広がらなかった。

「限界まで引けるように致せ。奉公の合間を見計らい、昼夜を問わずに行えば、そう歳月をかけずにできるようになるはずじゃ。寸刻を惜しんで励むがよかろう」

告げた光義は教授を終了した。

初めての指導を終え、光義はなんとも言えぬ満足感に満ちていた。

（彼奴、続けられるであろうか。初日は弓を持たせるべきではなかったか。おそらく明日の朝は腕が疲れて上がるまい）

光義自身、師匠の吉沢新兵衛には初日から厳しく仕込まれたので、甘やかしてはいけないという思いが強かった。女子なので、かなり手心は加えたつもりではある。

（今少し激励の言葉でもかければよかったかのう）

床に入ってからも、光義は於茂のことが頭を離れなかった。

翌朝、光義が朝の日課で矢を射ていると、朝餉《あさげ》の支度を終えた於茂が近づいた。

「一緒に修行してもいいか」

心配は無用。目的を持つ於茂は積極的であった。

「構わぬ。昨晩、教えられたことを思い出しながら行え」

許可すると於茂は頷き、素引き練習を始めた。

「的に傾き過ぎじゃ。体を真直《まっす》ぐにしろと教えたであろう」

明るいので於茂の姿が鮮明に判る。見るたびに華奢な体だと思わされた。

注意されると於茂はすぐに修正し、訓練を続ける。思わず光義は頰を緩めた。

三

一ヵ月ほどが過ぎ、於茂は訓練用の短弓を普通に広げられるようになった。素引きの練習も欠かさないので、形もさまになってきた。純粋なだけに思いのほか飲み込みも早いようである。

厳しくすれば、そのうち音を上げて逃げ出してしまうかもしれないと危惧《きぐ》していたが、仇討ちをする目的があるせいか、於茂は夜逃げすることなく、必死に取り組んでいた。

疲労で痛みが生じている細腕にも拘《かか》わらず、歯を食いしばりながら短弓を引く於茂の姿を何度も光義は目にしているので、一日でも早く上達させてやりたいという気になってきた。

「今日から矢を射ることにする。これまで教えたことを行うだけじゃ」

光義は弓弦を張った半弓と矢を於茂に手渡した。

漸《ようや》く射ることができる、と於茂は明るい表情をしている。受け取った於茂は二度、三度左右に引いて確認した。胸には革製の胸当てを付け、右手には革製の滐《ゆがけ》がはめられていた。

「訓練用の短弓より柔らかであろう。思いきり引けるはずじゃ」

告げると於茂は頷き、弓の中心より少し下の握節を左手で握り、右手で摑《つか》んだ矢の筈《はず》（尻《しり》）を弓弦に当てがった。

矢柄（箆《の》）を左手の親指の上に載せ、教えられたようにゆっくりと両手を頭の上に上昇させる。胸を張り、息を吸いながら両手を開くように弓を引くと、的に向かって水平になっている矢が下降し、口の辺りで真横になった。

（的の下に刺さるな）

形を見た光義は瞬時に察した。

狙い定めた於茂は、待ちに待った矢を放った。乾いた弦音を残したものの、光義が予想したとおり、巻藁の下の台に刺さった。舌打ちをした於茂は悔しそうな顔をする。

「最初にしては悪くない。なにゆえ巻藁に掠《かす》りもしなかったか判るか」

「判らぬ」

「放つ瞬間、弓手が下に下がったから、矢がお辞儀をしたのじゃ。十間ほどゆえ、惜しいと思うであろうが、倍の間合であれば地面に刺さっていたであろう。続けよ」

気を取り直した於茂は二本目を放つも、左に逸《そ》れた。

「力むからじゃ。今は敵が攻撃してくるわけでもない。落ち着いて放て」

助言すると、於茂は頷きもせずに三本目の矢を放つ。今度は巻藁の上を通過した。

その後もずっと当たらず、十本目は弓弦が頰を掠め、矢は三間先に落ちた。

（此奴《こやつ》は、思いのほか気性の激しい女子じゃの）

若き日の冨美を思い出し、光義は微笑《ほほえ》むものの、黙ってはいられなくなった。光義は次を放とうとする於茂の尻を矢でぴしゃりと叩《たた》いた。

「痛っ！　なにする！」

「頭に血が上っているからじゃ。気ばかり焦《あせ》っているゆえ矢を落とす体たらく」

弓弦が掠ったせいで、於茂の右頰は薄《うっ》すらと血が滲《にじ》んでいた。

「いかなる時でも平常な心でなくば矢は当たらぬ。それどころか敵を前にすれば、昂《たかぶ》って放つこともできなくなる。まあ、そちのような下手は、やり方をかえねばならぬか」

このまま当てずに初日を終了すると、やる気が失《う》せてしまうかもしれないので、光義は童に教えるような手法をとることにした。

「巻藁から半間（約九十センチ）ほど離れたところに立って射てみよ」

命じると於茂は巻藁に近づき、矢を放つ。さすがに矢はど真ん中を貫いた。

「どうじゃ感触は？」

「かように近ければ、誰でも当たる」

馬鹿にするな、といった面持ちで於茂は言う。

「左様。手を伸ばせば触れられるほど近いゆえの。しかも巻藁は攻めてこぬ。そちは安心して、絶対に当たるという自信の元で矢を放った。ゆえに基本どおりの形で射ることができた。次はそこからそちの矢幅（約七十九センチ）分下がって放ってみよ」

下知に従い、於茂は一歩巻藁から離れ、矢を射る。これも巻藁に当った。

その後も於茂は一歩ずつ巻藁から遠離《とおざか》りながら矢を放つ。七間（約十二・七メートル）ほど離れると巻藁の左端を掠り、七間半（約十三・六メートル）離れると矢は外れた。

「自信がなくなったのか、あるいは腕が疲れたのか。いずれにしても、七間半が、そちの今の限界のようじゃの。十間程度の間合で、静止した基本の形で的を射ることができねば、実戦などはほど遠い。巻藁に当たらぬということは、形のどこかが悪いと思え」

「どうすれば？」

「稽古《けいこ》以外に上達する術《すべ》はない。とにかく今は正確に放つように心掛けよ」

光義は七間離れた地から矢を放たせ、確実に当たる感覚を身につけさせることにした。

三ヵ月ほどが経過し、秋風が吹くようになってきた頃、従者を一人伴い、白髪を後ろで束ねた老人が大島屋敷を訪れた。松蔵である。光義はちょうど非番の日なので家にいた。

光義は縁側に座し、於茂が弓を射るところを眺めていた。

「女子に弓をさせておるのは余興か？」

光義の横に座り、於茂の弓射を見ながら松蔵は揶揄《やゆ》する。表情は驚きと感心が半々といったところである。

「待ちくたびれたゆえの」

軽口を返す光義は、従者が手にしている弓から目が離せない。

「犬が餌《えさ》を待つような顔をしているぞ」

「美味な餌であろうな。不味《まず》ければ嚙《か》みつこうぞ」

「牙《きば》が残っておればいいが」

自信満々、松蔵は紐を解き、布の中から大弓を取り出した。外見は漆黒の弓であった。

「長さはそちが使っている七尺五寸で合わせた。献上品ではないゆえ、装飾は施さぬ。漆を塗ったのは腐食を防止するため。これまで、そちは五本ひご弓を使っていたが、こたびは欅《けやき》と桑を使って七本ひご弓にした。これは反発力を強くし、折れにくくするもの」

外竹と内竹の間に欅の側木《そばき》、竹、竹、竹、桑、竹、竹、竹、欅の側木と松蔵は言う。

寄せ木細工のような弓の接着剤には続飯《そくい》を使う。続飯は米粒を箆《へら》で潰《つぶ》して練り上げたもの。

「剝《は》がれぬようにするには竹を火で炙《あぶ》るのがこつかの」

火で炙り、炭素化して硬化させるのが職人技だと松蔵は胸を張る。

「裏反りは六寸半（約十九・七センチ）ゆえ、今までよりかなり硬く感じよう」

弓の裏反りは、弓弦を外した弓を床に置き、握節の部分を床から計った単位を言う。反りが多い弓は暴れ、少ないと冴《さ》えがないと言われている。

「強い力に耐えられるよう弓弦は苧《からむし》に麻を絡《から》めておる。そちの要望には応えたつもりじゃ。どれだけ飛距離を延ばせるかは、そちの腕次第。当分、若い女子に構っていられぬの」

至極の一作を宝の持ち腐れにするな、とでも言いたげな松蔵である。

「勘違い致すな。彼奴は親の仇討ちのために修行しておる。命がけじゃ」

「左様か。合力《ごうりき》（協力）してやるつもりか」

「矢を放てるようにしてやるのが儂《わし》の務め。奉公があるゆえ、深く介入するつもりはない」

甘い期待を抱かせぬように光義が言うと、於茂の顔が幾分曇った。

「己の分限を判《わか》っておれば、我が作を無駄にすることもあるまい。まずは試してみよ」

「粗悪な弓であれば一矢《いっし》で突き返すぞ」

既に弓弦には弦輪《つるわ》が作られている。調整済みであった。弓を受け取った光義は弓弦をかけ、張り具合を確かめた。確かに、今までの弓よりも硬く反発力が強い。

「儂には引けそうもない、か？」

「本気で引いてみねばなんとも言えぬ」

光義は弓を取り、いつも射ている位置に立った。巻藁まで十間である。

基本通りに構え、一息吐《つ》いたのちに、一気に矢を引いた。引き始めは硬く、引ききれるかという疑問を持ったものの、途中から柔らかくなり、最後まで引ききれた。刹《せつ》那《な》、光義は弓弦を弾くと、放たれた矢は、これまでよりも速い勢いで巻藁に突き刺さった気がした。

瞬時に光義は松蔵の顔を見た。松蔵は皺深い顔に悪戯《いたずら》小僧のような笑みを浮かべていた。

「最初は引けぬと思ったが途中から軽くなったか。年寄でも扱える我が渾身《こんしん》の作はどうじゃ？」

松蔵は光義の心中を見すかしていた。

「そちに年寄呼ばわりされる筋合いはないが、確かにいい出来栄《できばえ》じゃ。実際に遠射をしてみねばなんとも申せぬが、これまでより遠くに射られるような気がする」

光義は新たな玩具《がんぐ》を与えられた童のように顔を綻ばせた。

「気のせいではない。以前の弓より遠くに射られるはずじゃ。但《ただ》し、半町遠く射られるや否やはそちの腕次第。この一年余で向上できておれば達しようが、落ちていれば言うまでもない。まあ、儂の仕事はここまでじゃ。今までより遠くに飛ばすことに満足するがよい。戦場になど出れば、老い先短い命を失い、年寄の冷や水、と嘲《あざけ》られるのがおちじゃ」

「そちは見せ物のために一年余の歳月をかけて弓を作ったわけではなかろう。戦場で使えてこそ真実の弓。安心せよ。そう催促せずとも、そちの弓の名を天下に示してやろう」

言いながら、光義は次々に矢を射た。射るごとに腕に弓が馴染《なじ》むようである。反発力と撓《しな》り具合が絶妙にいい。於茂の指導などどこへやら。夢中になって射続けた。

翌日の早暁、光義は早起きをし、弓を持って琵琶湖畔の浜にいた。光義がいる位置から四町（約四百三十六メートル）離れたところに竹棹《たけざお》が立てられている。これとは別に、一町（約百九メートル）、さらに半町（約五十五メートル）先には楯が置かれている。

改めて言えば、一般的な弓の最大飛距離は三・七町（約四百メートル）ほど。有効殺傷距離は四十四間（約八十メートル）。

矢を遠くに射る競技に「射流し」がある。光義はまずこれを行い、新たな弓で四町以上を飛ばし、さらに一町半離れた楯を狙って射倒そうというものである。

「さて、試してくれるか」

光義は弓弦に矢をつがえ、斜め四十五度の角度に鏃《やじり》を向け、思いきり矢を放った。矢は朝靄《あさもや》を切り裂きながら鋭角的に飛び、途中から弧を描いて浜に落ちた。良い感触である。

「さすが、殿。四町を超えました」

竹棹の横で小助が笑顔で両手を振る。

「そちに褒められてものう」

照れ笑いをしながら、立続けに十本の矢を放つ。一番遠くに飛んだのは四町半（約四百九十一メートル）であった。

今度は一町半離れた楯を狙って矢を放つ。こちらは実戦用である。楯には十二寸（約三十六センチ）の丸的とその中にさらに四寸（約十二センチ）の丸的が描かれていた。

呼吸を整えた光義は、敵を射倒すつもりで弓を引いた。先ほどとは違い、鏃は上を向かず、的に向かって一直線に構えられている。光義は一気に放った。

矢は唸《うな》りを上げ、真一文字に楯に向かう。風切り音がこれまでとは違うような気がした。矢は楯には突き刺さったが、二つの丸的の中には収まらなかった。

「弓はいいようだが」

腕が劣るとでも言いたげな松蔵である。

「作者の変な癖まで染《し》みついているようじゃ」

言い返した光義は再度射る。的に近づくがまた外した。その後三本放ってようやく大きな丸的に刺さり、さらに四本射て小さな丸的を貫いた。

「格段に飛ぶようになった。手に馴染むまでは、今少し射込まねばならぬが、これなれば実戦で使える。さすが弓職人の松蔵じゃ。礼を申す」

光義は松蔵に向かって頭を下げた。

「そちに褒められてものう」

そう言うものの、松蔵も嬉《うれ》しさを隠せない。

「ついでじゃ。そちも射流しをしてみよ。前に教えたであろう」

せっかくなので、光義は於茂に命じた。

頷いた於茂は光義を真似、斜め四十五度の角度で半弓を放った。矢は放物線を描き、四十間（約七十三メートル）ほどの地に刺さった。五本射たが、距離はそれほど変わらない。

「まずまずじゃの。されば楯を射てみよ。射流しではないぞ」

命じられた於茂は前進し、楯に向かって弓弦を弾いた。矢は途中で失速し、地に刺さる。

「されば、射流しのようにして射てみよ」

方針を変更して光義は命じた。

於茂が数本射ると、そのうちの一本が楯に当ったが、矢は碌《ろく》に刺さらず、ぽとりと落ちた。樫《かし》を使用している楯なので硬い材質ではあるが、これでは人を仕留めることはできない。

「五間（約九メートル）前に進んで射てみよ」

於茂は下知《げじ》に従い、数本を射た。刺さっても、矢の筈《はず》がだらりと下がった。大同小異である。

その後も光義は五間ほど距離を縮めながら射させ、一寸ある鏃のうち、半分ほどが突き刺さったのは半町。鏃の大半が埋まったのは十五間（約二十七メートル）であった。

「女子の身で、さらに弓を始めて半年に満たぬわりには良きほうであろう。されど、十五間まで敵に近づけねば仕留められぬのが現実。しかも、的確に相手の体を射抜けるかは判らず、さらに一矢ずつ形を決めて放たねばならぬ。自在に放てるようになるには数年を要するぞ」

「構わぬ。そのため、ここに来た」

於茂は硬い口調で答える。

「左様な意気込みがなくば仇討ちなどはできぬの。せっかくゆえ注意しておく。そちが放つ矢は弓手のほうに曲がる。なにゆえか判るか？」

「判らぬ」

「そちは胸の張りが甘いのじゃ。胸は女子の急所。そちは弓弦が当らぬよう、知らず知らずのうちに守ろうとするゆえ胸を張りきれず、極端に言えば体が的に向かって傾くゆえ矢が曲がる。その癖を直さねば正確に的を捉《とら》えることができぬ。仇討ちなどはほど遠いということじゃ」

諦《あきら》めさせるならば今と、光義は厳しいことを指摘した。

「胸が邪魔なれば切り落とすまで。おらは弓を止めぬ」

於茂も、きっとなって言い返す。

「戯《たわ》け。左様なことまでしての仇討ちを、そちの親が喜ぶと思うてか。胸を切る気持があるならば、女子を捨てる覚悟で精進致せ」

いっそう厳しく叱責《しっせき》しながらも、光義は於茂のぶれぬ精神力に感動していた。さらに二十間（約三十六メートル）離れて楯打ちをさせた。

「頑固な女子じゃの。あの者のために弓を作ってやろうか」

松蔵も感銘を受けたのか、光義に言う。

「女子に人殺しの道具を与えるのか？　射やすい弓を手にすれば、それだけ彼奴《あやつ》の命が短くなるやもしれぬのだぞ」

「戦に行くわけではあるまい。それとも、ここで飼い殺しにするつもりか」

「人聞きは悪いが、死にに行かせるよりもましやもしれぬ。生兵法《なまびょうほう》は怪我《けが》の元。女子一人で茨組になど挑めば、怪我ではすまぬ。よう働くゆえ、我が息子の嫁に迎えたいぐらいじゃ」

光義は於茂と富美を重ね合わせ、幸せに暮らさせたいと願っている。

「なにが幸せかは人それぞれ。一生後悔して生きていくのは辛きものぞ」

松蔵の後悔は武士に憧れて戦場に出た長男を止められなかったことか。

「そちも長男を戦で失っているゆえ、判っているはず。まあ、いずれにしても仇討ちができるのはまだ先。力を得られる日が来れば、褒美《ほうび》ぐらいやってもいいやもしれぬがの」

今はただ、唯一《ゆいいつ》の弟子の行く末を見守るばかりである。

「あの女子が敵に廻らねばよいがの」

「儂よりもいい弓を作ってやるつもりか」

「勿論《もちろん》。常に渾身の作を作り続けるのが我ら弓職人じゃ。すでにそちが手にする弓は過去の物。儂が作る新たな弓を持つ敵と遭遇せぬよう気をつけよ」

弓に命をかける思案は同じ。光義は松蔵の職人魂に心揺さぶられる思いであった。

四

於茂が弟子入りしてから一年ほどが経《た》った。飛距離も射流しで一町半（約百六十四メートル）ほどに、敵を仕留められる間合いは二十間ほどに延びた。的内への命中率も五割ほどに上がり、射る形も立射《りっしゃ》のほか、坐射《ざしゃ》、片膝《かたひざ》立ちからも射られるようになった。

胸を庇《かば》う癖は、晒《さら》しを強く巻くことで克服している。

そろそろいいであろうと、光義は非番の日に於茂を東の箕作山《みつくりやま》に連れだした。嘗《かつ》て同地には六角氏の城があり、光義も城攻めに参じて陥落に貢献してから十年が経つ。城は廃城となり、この頃は静かな山となっていた。

光義と小助と於茂は箕作山麓《さんろく》の草むらにいた。

「今宵は雉鍋《きじなべ》に致す。雉を喰えるや否《いな》やは、そちの腕次第。捉えられねば粥《かゆ》だけになるぞ」

光義は於茂に発破をかけた。動かぬ的ばかり射ていては、いざという時に対応できない。特に敵と戦うならば、どうしても動く的を射る必要があった。

「わかった」

百姓生まれの於茂は、鳥や獣を捉えることに抵抗はないようであった。貧しい者、身分の低い者が好き嫌いを言っていれば喰う物がなくなる。鳥や獣は貴重な蛋白源《たんぱくげん》である。

雉は山地から平地の林、河川敷などに生息している。他の鳥のように空高く飛びはしないが、危険を感じると屋根や木の上には飛ぶ。飛ぶのはあまり得意ではないが、地上を速く走り、草の種子、芽、葉や昆虫を食べている。繁殖期は春で、草むらではよく見かける。

探していると、「ケーン」という鳴き声が聞こえた。雉である。人が近づくと草むらに身を隠すが、頭隠して尻隠さずの諺《ことわざ》どおり、尻から尾の部分がよく見えた。距離は二十間ほど。

「一矢で仕留めよ。さもなくば逃げられるぞ」

光義が助言すると於茂は頷き、そっと半弓を引いて雉に狙いを定め、矢を放った。いい感じではあったが、僅《わず》かに逸れ、驚いた雉は飛び発《た》った。

「今一度射よ」

於茂は、二矢を放つが空を切った。

見兼ねた光義は左方向に飛ぶ雉を弓で追う。距離は四十間(約七十三メートル)ほど。速度を予想して矢を放った。矢は見事に雉を捉え、飛べなくなった雉は物体となって落下した。狩り用なので、光義は新型の七本ひご弓ではない普通の大弓を手にしていた。

外した於茂は、悔しさを通り越し、尊敬の眼差しを光義に送る。

「飛んでいる鳥はどれだけ移動するか予測しなければ当らぬ。勿論、鳥ごとに違う。

まあ、そちの場合、まずは止まっている獲物を仕留めねばの」

助言した光義は、その後、何度か於茂に雉を射させた。結局、この日は捉えること

はできず、於茂は失意のうちに帰宅せねばならなかった。

期待に応《こた》えられなかった於茂が、光義が登城している間、再び箕作山麓を訪れ、地

で餌を啄《ついば》む雉を仕留めたのは半月後のこと。

「いかな思いじゃ？」

熱心さは評価している。問題は心である。光義は於茂に問う。

「別に。言われたことを一つこなしただけ。まだ、飛ぶ雉は射られなかった」

淡々と於茂は答えた。雉は鍋にするので、罪悪感はないようだった。

「左様か、されば今少し的が大きいほうがいいやもしれぬな」

少々可愛《かわい》げはないが、雉が哀れ、などという言葉を聞かなかったので、次の訓練を

口にした。

一ヵ月後の非番の日、光義は安土南西の瓶割山《かめわりやま》（長光寺山）に於茂を連れてきた。

この辺りはよく農作物を荒らす猪《いのしし》が出るという報告が出されていると、太田信定から

聞いている。

「鳥は人から逃げるゆえ、射易《いやす》かろう。されど、追い詰められた猪は人を恐れるどこ

ろか、突進してくる。当たれば吹き飛ばされ、牙で抉《えぐ》られれば血の管は裂け、嚙まれれば骨は砕け、肉は削《そ》がれる。失敗すれば死を覚悟せねばならぬが、射てみるか？」

「やる。射てみせる」

本心は恐ろしいであろうが、於茂は応じた。自ら背水の陣に追い込むつもりである。

「よかろう」

光義は頷き、長光寺山の中に入っていった。

「猪が己に向かってきたら顔を狙え。生き物は顔を傷つけると戦意を失うものじゃ」

今の於茂では猪の頭蓋骨《ずがいこつ》を射抜くことはできないと踏んでの光義の指導である。於茂は頷き、光義の後を追う。その後方を小助が続く。それぞれの間は二間ほど。

枝葉を搔《か》き分け、樹木を縫って獣道を辿《たど》って行くと、猪らしき糞《ふん》を目にした。

「気をつけよ」

言うや否や、荒い獣の鼻息が聞こえた。即座に於茂は矢筈を弓弦に当てがった。刹那、七間（約十三メートル）ほど西の窪《くぼ》んだところから体長五尺（約百五十センチ）、体重五十貫（約百八十キロ）ほどはあろう茶がかった灰色の猪が、飛び出した。荒い鼻息を噴く猪は、獣の本能で一番弱い者を察知したのか、於茂に向かって突進する。

「落ち着いて顔を狙え。顔じゃ」

指示を受けた於茂は即座に猪の額に狙いを定めようとするが、慌《あわ》てて矢を落として しまった。猪は二間に迫っていた。

「あっ」

矢を拾う前に猪は接近。於茂は咄嗟《とっさ》に矢を拾い、鑓《やり》のように使おうと身構えるのが精一杯。鋭利な猪の牙が於茂を襲おうとした時、光義の放った矢が猪の頭の左に突き刺さった。

豚にも似た鳴き声を上げ、猪の走る軌道が逸れ、そのまま横倒しとなった。

「矢を落としたのち、戦おうとした姿は褒められようが、儂が射ねばそちは確実に怪我をしていた。あれが茨組なれば、そちは斬《き》られるか、手込めにされるのがおち。いずれにしても、いざという時、焦るようでは話にならぬ。仇討ちは諦め、新たな生き方を探してはいかがか」

光義は諭すが、於茂は聞かない。

「手込めにされるなれば、その男の喉笛に嚙み付けるゆえ、確実に一人は仇が討てる。殺されるぐらいならば、舌を嚙んで死んでやる。死ぬのは怖くねえ。怖いのは、なにもせずに死んでいくこと。おらは絶対に諦めねえ。石に齧《かじ》りついてでも弓を覚えて仇討ちをするだ」

言うや於茂は手に持つ矢を、虫の息になりつつある猪に何度も突き立てた。返り血を浴びても止《や》めない。異常ともいえる執念が窺えた。

「止めよ。矢は手で突き立てるものではない。射るもの。それに肉が不味くなる」

光義は感心しながら告げた。

およそ二十日後、帰宅した光義の膳《ぜん》には焼いた猪の肉が上がっていた。

「これはよもや？」

於茂が仕留めたのではないか、と光義は妻の菜々に問う。於茂が暇を見つけては長光寺山に行っていたことは聞いていた。

「よもやです。屋敷まで一人で引《ひ》き摺《ず》ってきたのです。褒めてあげなされ」

笑みを浮かべて菜々は言う。

「いかな仕留め方をしたのか判らぬ。それに未熟者を褒めればつけあがる」

本心では褒めたいが、これを堪《こら》え、光義は猪の肉を口に運んだ。

天正七（一五七九）年三月、光義に出陣の許可が下りた。

許しが出た理由は、播磨《はりま》攻めの後詰の大将に嫡子《ちゃくし》の信忠を任命したので、少しでも気の利《き》いた者を兵に加えたいという信長の親心のあらわれだと、光義は勝手に解釈している。

「こののちは中将(信忠)様に頼むことにしよう」

左遷《させん》されていた光義は言う。出陣は四年ぶりとなり、七本ひご弓を使う好機でもある。先日、正室の菜々が急死したこともあり、侘《わ》びしさをまぎらわしたい思いもあった。

既に信長、信忠親子は上洛《じょうらく》を果たしている。嫡子の光安も。光義は慌ただしく後を追った。

遅ればせながら光義は入洛し、本能寺に在する信長の許《もと》に挨拶《あいさつ》に出向いた。

「ほう、誠に来たのか?」

意地か面目を保つために申し出た、とでも思っていたのか、信長は意外だといった表情をしていた。信長は光義ではなく、光安に期待していたのかもしれない。

「身命を賭《と》して働く所存にございます」

「存分に励むよう」

労《ねぎら》ってはいるが、心中では足手纏《あしでまと》いになるな、と言われているような気がした。

(戦は年齢でするものではない。こたびの弓は一味違う。上様の鼻を明かしてやる)

見返したいという気持と同時に、戦えることが嬉しくてならない光義だった。

三月五日、光義は信忠に合流して都を発《た》った。摂津を経由して、播磨の平井山の本陣に着陣したのは十二日のこと。同地は羽柴秀吉が包囲する別所長治《べっしょながはる》の三木城から半里ほど北西に位置していた。これで羽柴勢を含めて四万ほどの軍勢に達した。一方、城に籠《こも》るのは六千ほどであった。

「思いのほか堅固そうですな」

城を遠望して小助が言う。

三木城は小高い丘（標高二十メートル）に築かれた丘城で、非常に攻めにくい要害であった。すぐ北側を美嚢川《みのうがわ》が流れて天然の濠《ほり》となり、城郭は川寄りの東に本丸、西に二ノ丸と三ノ丸、南には新たに築かれた新城からなる。さらに新城の南には支城の鷹尾山《たかおやま》城が隣接し、南を除く三方が崖《がけ》となり、通常の装備をした兵では登れない。力攻めをすれば死傷者が続出するので、秀吉は兵糧《ひょうろう》攻めをしている最中であった。城兵が打って出てくれば戦うが、積極的な城攻めはしないといった方針の秀吉である。

「平素であれば我らの出番はないが。中将様の出陣ゆえ好機はくるやもしれぬ」

戦功を奪われては適《かな》わぬと、城攻めの後詰にきた兵は後備に廻されるのが普通であるが、相手が信忠なので、秀吉であっても命令できる立場にはない。光義は信忠が逸《はや》ることを望んだ。

信忠らには陣屋が用意されているが、光義らは野営である。夜は身内で集まって火を囲む。夕餉《ゆうげ》を終えると交代で樹木や岩を背に睡眠を取るのが常である。

丑《うし》ノ刻《こく》（午前二時頃）を過ぎた時、光義は夜警にあたった。光安は寝ていたが、さすがに静かなもので、光義もうたた寝に引込まれていった。その時、背後の茂みで音がした。辺りには味方はいないはずである。光義は危険を感じて瞬時に目覚め、弓を手に小助らを起こした。

「気をつけよ」

夜襲かもしれない。息を殺して身構えていると織田軍の指物を差し、陣笠《じんがさ》をかぶり、具足に身を包んだ足軽が近づいてきた。

「味方か」

途端に緊張が解け、体の力が抜けていった時、別の感情が再び五体を漲《みなぎ》らせた。

「そちは⁉」

一瞬、光義は我が目を疑った。寝ぼけているのかと錯覚したほどである。闇《やみ》の中から現れた者は具足を身に着けた於茂であった。女子であることを隠すためか顔に炭が塗られている。

「戯け！　なにゆえ、そちがここにおるのじゃ！」

声を荒らげることが少ない光義であるが、怒号は周囲に響いた。

「上様の兵に紛れて播磨にきた。そこから抜け出し、弓の大島新八郎と聞いて歩いたら、この辺りにいると教えてもらった」

悪びれることもなく於茂は言ってのけた。

「この痴《し》れ者め！」

光義は於茂の左頬を平手ではり飛ばした。つい力を入れ過ぎたこともあり、於茂の膝はがっくり折れ、その場に尻餅《しりもち》をついた。衝撃で陣笠が飛び、纏めてあった髪が広がった。

（此奴）

長かった黒髪は、髷《まげ》を結える程度に切られていた。だからといって許されるものではない。

「戦場は女子《おなご》が来るところではない。もし、そちが敵に捕まれば、上様の所在する地が露見するのじゃぞ。そちとて、これまで無事であったことは奇跡だと思え」

怒鳴ってもまだ飽き足らない光義だった。

「そう怒らんでくれ。連れて来たのは儂じゃ」

後ろから顔を出したのは武藤彌兵衛であった。

「戯け！　戦陣に女子を入れるは軍規違反。背けば斬首《ざんしゅ》じゃ。そちは大島家を潰す気か」

悪い奴《やつ》ではないが、以前から彌兵衛は軽はずみなところがある。よりによってこんな時に、と思うのが光義の心中なので、余計に腹が立った。

「髪は女子の命。これを切ってまで参じたのじゃ。於茂の覚悟を認めてやれ」

「織田の軍規に髪などは関係ない。彌兵衛、そちとは絶交じゃ。於茂、そちは破門じゃ」

厳しい口調で光義は言い渡した。

「構わぬ。けれど、おらにとって仇討ちは戦と同じ。のちのため一度、殿が弓で戦う姿を見たい」

平然と於茂は言いきり、さらに続ける。

「戦は敵も矢玉を放ってくる。その中でいかに戦うのか知りたい」

恐怖の克服。嘗て光義が口にし、どのように教えようか悩んでいたことでもあった。

（此奴なりにも思案していたのじゃな）

光義は憤懣《ふんまん》のうちにも於茂を見直した。於茂が光義に弟子入りしてから早《はや》二年。まだ、飛ぶ鳥こそは射ることができないものの、立射だけではなく、坐射や片膝をついた状態から矢を放っても、二十間ぐらいの距離ならば、かなりの確率で的に当てるようになった。但し、あくまでも的であって、動く動物ではない。正確性に目をつぶれば、射流しで一町半ほどは射ることができていた。

「絶交、承知した。それよりも於茂のこと。弟子がここまで覚悟を示したのじゃ。師のそちはいかがする？　それでも織田の軍規を恐れるか」

於茂と彌兵衛に挑まれて、光義としても逃げるわけにはいかなかった。

「戦場とはいえ、必ずしも戦いがあるとは限らない。対峙《たいじ》するだけで帰国することは珍しくない。その最中に露見すれば、そちの首は飛び、仇討ちもできなくなる。それでもよいのか」

「鳥や獣は矢玉を放ってくることはない。戦いの場以外で知ることができるのか？」

於茂は挑むような眼を向けてくる。

「未熟者の分際で一人前のことを申すな。戦場は、流れてきた矢玉で呆気《あっけ》無《な》く命を落とすところじゃ。一部の者を除き、殆《ほとん》どは恩賞目当てで憎くもない者と、武士の倣《なら》いというもので殺し合いをする。あっという間に乱戦となり、敵に飲み込まれることも数多《あまた》ある。それでもよいのか」

諭すが於茂は意志を曲げずに頷《うなず》いた。じっと見据え逸らさぬ視線は鷹のようでもあった。

「よかろう。毒喰らわば皿までじゃ。そちを弟子にした瞬間から、このことを察することができなかったのは我が失態。戦いがあれば我が弓の腕、殺し合いの中で見せてやろう。機会があれば、そちにも射させてやる。されど、一緒にいるのは帰国するまでということ頭に入れておけ」

一族滅亡の危険を背負うことになるので、光義としても厳しい態度で臨まなければならない。帰国するまで光義は師であることをまっとうするつもりである。

於茂に笑みはなく、神妙な面持ちで応じた。

「よいか、そちは弓手《ゆんで》の肩を顎《あご》に寄せる癖がある。弓は固定できようが、狙《ねら》いが悪くなる。腕の力が弱いゆえ肩で固定しようとしているのじゃ。これを直せ。さすれば矢の軌道が安定する」

陣中で暇を見つけては茂みの中で光義は指導した。

「飛ぶ鳥を射たければ、先を読め。追っていては絶対に射落とせぬ」

教えながら山鳩《やまばと》や鵙《もず》などを射て、戦陣中の食料にもした。

戦闘中に弓弦《ゆづる》が切れることなどは珍しくない。素早い交換の練習も行わせた。

「敵の矢玉に当たりそうでも、射続けねばなんねえだか」

於茂も、一緒にいられる時間が短いことを察し、質問を繰り返した。

「死にたくなくばの。攻撃こそ最大の防禦《ぼうぎょ》じゃ。但し、身を守らねば射返すこともできぬ。まずは身を確保し、放てることを確認すること。それから二矢、三矢……と放つことになろう。その時は敵から目を離さず、敵を見続けながら放つように修練せねばならぬ」

於茂は飲み込むように頷いた。

四月十八日、鹿角《かづの》の兜《かぶと》をかぶった信忠は側近や家臣数十人を連れて、各陣の見廻りに出た。万が一に備え、弓、鉄砲衆も含まれている。光義もその一人。

その覚悟を知り、腹を括《くく》った光義は於茂を加えることにした。

「決して口を利くでない。陣笠は深くかぶれ。その上で堂々としておれ」

於茂は光義の背にぴたりとついた。

信忠らが長早の渡しで志染川《しじみがわ》を渡り、川の南側を西進し、三木城の南に達した時である。

「かかれーっ！」

突如、三木城南の新城の城門が開かれ、陰山伊織《かげやまいおり》ら騎馬武者の一団が出撃してきた。

新城の守将は三木城主・別所長治の叔父である吉親《よしちか》である。敵大将の嫡子が目と鼻の先を僅かな兵数で通過したので、恩賞を得られる好機と、慌てて出撃したようであった。

「うおおーっ！」

別所勢の騎馬武者が数騎疾駆し、これに手鑓を持った歩兵が鬨《とき》をあげながら続く。総勢で数十名ほど。急襲のせいか、鉄砲衆と弓衆は少なかった。

「殿をお守りいたせ！」

近習《きんじゅ》が絶叫し、皆は信忠を守る。

前列に並ぶ光義の右隣に於茂がいた。瞬時に実戦が始まり、於茂の顔は緊張で青ざめていた。

「焦るでない。猪狩《ししが》りと同じじゃ」

戸惑う於茂に声をかけ、光義らの弓衆と鉄砲衆十数名が信忠の前に整列した。すでに光義は矢を弦に当て、いつでも射掛けられる態勢にあった。鉄砲足軽は必死に玉込めをする。

敵との距離は二町余。まだ有効殺傷距離に入ってはいない。

別所勢は逸っているのか、前進しながら射撃をしてきた。前方で砂塵《さじん》が上がるが、織田勢の誰一人にも掠りもしない。前進しながらの射撃は難しいもので、命中率は上がらない。

続けて矢が射られるが、かなり手前で地に刺さるばかりであった。

「闇雲に放つな。誰でもよいから狙いを定めて矢を放て」

光義は、信忠の下知が出るより早く、弓弦を弾いた。距離は一町半。光義が放った矢は鏜を持って猛然と迫る敵の喉《のど》を捉えた。敵は血を噴きながら横倒しとなった。

（さすが松蔵。そちの弓、随一じゃ）

仕留めるには遠いかと思いきや、半町ほども遠くから敵を射ることができた。光義は自分の腕よりも、松蔵が作った七本ひご弓に感動した。

光義のみならず、衝撃を受けたのは於茂も同じ。

「射た！」

敵とはいえ、人が射倒される姿を目の当《ま》たりにして、思わず於茂は声をもらした。

信忠さえ討ち取れば形勢は逆転するので、味方が倒されても、別所勢は構わず地を蹴《け》る。

一町ほどに迫ったところで信忠は下知を出し、数挺《ちょう》の筒先が火を噴き轟音《ごうおん》をあげた。

続けて光義以外の弓衆も弓弦を弾いた。於茂も続く。

二人が倒れ、一人の具足の袖《そで》に矢が刺さる。於茂の放った矢は焦ったせいか大きく外れた。

「落ち着け。敵の狙いは中将様。儂らには目もくれぬ。敵の胸元を狙え」

助言しながら光義は矢を射た。敵が近いこともあり、これまでより矢速が速い。敵は避《よ》ける素振りもみせずに土埃《つちぼこり》を上げた。

於茂は頷き、震える手で弓弦を弾いた。放たれた矢は別所勢の長身の兵に向かい、胴丸の中央に突き刺さったものの、半弓で勢いが弱かったのか、貫通するまでには到《いた》らない。傷つけられなかった兵は前進を続けた。

「殿、当たった。当たった」

村祭の催しで、童が弓で人形を倒して喜ぶように、於茂は笑顔を見せた。

「戯け。仕損じたのじゃ」

即座に光義は矢を放ち、於茂が射倒せなかった長身の敵兵の喉を貫通して仕留めた。

一瞬にして歓喜の表情は消え、於茂の顔はこわばった。

自分が矢を当てた敵が死んだ。射殺したのは師の光義。於茂に別所兵を殺《あや》める意思はなかったであろう。

「戦だと申したであろう。矢を放てねば下がっておれ」

光義は右手で於茂を後方に払うように突き倒し、小助から矢を得て射続けた。

「殺《や》らねば殺られるのが戦じゃ。ここで矢が放てねば、もっと大切な場でも矢を放つことはできぬ。殿の配慮が判らぬのか。殺したくないならば、殺さぬよう射よ」

尻をついたまま起き上がらない於茂に対し、小助が光義に矢を手渡しながら言う。

「やめよ。此奴《こやつ》にとって弓は腰掛け。仇討ちなど夢のまた夢じゃ」

次々に敵を射倒しながら、光義は吐き捨てた。

「おらは腰掛けではない。うわーっ！」

愚弄《ぐろう》された於茂は絶叫し、再び弓を取って矢を放つ。先ほどのように狙って射るというものではなく、敵を近づけぬように連射している。

弓、鉄砲衆の働きで別所勢の足が止まったので、信忠は前進の下知を出し、水野《みずの》宗《そう》介《すけ》、平野《ひらの》新左衛門《しんざえもん》らが率いる鑓衆が敵に突きかかった。

「止めよ。味方に当たる。矢を無駄にするな」

即座に光義は於茂の手を摑《つか》んでやめさせた。

「我らは中将様を守るのじゃ」

光義が於茂を落ち着かせ、敵に備えさせると、激戦の中、何人かの別所兵が乱戦を抜け出て信忠を目指して進んできた。すぐさま光義は矢を放って仕留めた。

ほどなく南の八幡山から浅野長吉が、数百の兵を率いて援軍に参じた。数で勝負にならぬと、陰山伊織は悔しげに退却していく。信忠は深追いをさせなかった。

陣に戻ると、於茂はへなへなと潰れるように地に腰を降ろし、そのうちに嘔吐《おうと》しはじめた。

「女子の身で、初めての戦場に立ち、敵に矢を当てたことは褒めてやろう。その後の醜態は言うに及ばぬ。乱世じゃ。人の死は溢《あふ》れておる。我ら武士は死を作り出しておる。罪深いものじゃが、武士は敵を討てば褒美がもらえ、出世もできるもの。皆、承知の上なので、否《いや》が応《おう》でも死は受け入れられる。人の死は軽いようであり、重くもある」

一息吐いて光義は続ける。

「そちがやろうとしている仇討ちも死が付きまとう。こたびとは比べものにならぬ過酷な状況に追い込まれるやもしれぬ。しかも恩賞はなく、恨みを晴らし、命長らえるのがせいぜいということになるやもしれぬ。吐いている暇すらないやもしれぬ。覚悟することじゃ」

それ以上、光義は於茂に説教じみたことは口にしなかった。

敵を討った光義は信忠から称賛され、腕は健在であることを周囲に知らしめることができた。

三木城は簡単には落ちない。月末近くに信長から帰国命令が出され、信忠は従った。光義らも播磨の陣を後にした。幸いにも於茂のことは露見せず、光義は胸を撫《な》でおろした。

(松蔵の作のせいもあるが、我が腕は十分に実戦で通じる。中将様も褒めておられた。こののちも儂は弓をもって生きていける。されど、彼奴は……)

自身の力量を確信した光義は満足したが、於茂のことを思うと気が重かった。

安土に帰国した光義は、改めて於茂を居間に呼び寄せた。

「約束じゃ。判《わか》っているであろうな」

切り出すと於茂は消沈した面持ちで頷いた。

「これが最後の教授じゃ」

切り替えると項垂《うなだ》れていた於茂の顔が上がり、精気を取り戻した表情を見せた。

「以前にも申したが、茨組《いばらぐみ》は何人いるか判らぬ。そち一人で仇討《あだう》ちをしようなどとは思うな。まずは領主に頼むこと。領主が出陣中ならば、村中で敵に備えよ。半町先の敵に矢を当てたそちの腕はかなりのもの。おそらく、その辺りの村では一番であろう。

それゆえ軽はずみに動くな」

一呼吸置き、光義は続けた。

「よいか、そちたちには地の利がある。敵がどこから来るのか判るはず。それゆえ、どこで待ち伏せて射るかを常に思案致せ。ほかの村人は囮《おとり》にせよ。威嚇《いかく》の弓を放つぐらいはできよう。なるべく一箇所にとどまらぬこと。敵に居場所を悟らせるな。背を向けた敵は攻撃してこない。そちは背後に廻れ。敵を誘い込み、逃げ道を塞《ふさ》ぎ、敵を包囲すれば一網打尽にできる。追い討ちはほどほどに。村人が逃げず、総出で排除にかかると敵が知れば、そうそう襲っては来るまい」

光義は白湯《さゆ》を一口呑《の》んで再び話しだす。

「こたび、そちは人を射ることに躊躇《ためら》いをみせたが、茨組は人殺しを厭《いと》わぬ輩《やから》じゃ。そちが逡巡《しゅんじゅん》している間に容赦なく刃《やいば》を向けてこよう。それゆえ迷うことなく心を鬼にして背後からでも射るように致せ。さもなくば、そちや村人が死ぬことになる。一度、追い返しても、逃げたふりをして夜討ちや焼き討ちをしてくることは珍しくない。もし村の近くに留まることを知ったならば逆に夜討ちをかけて駄目押しをする。それぐらい徹底せねば村は守れぬ」

一通り告げた光義は、最後に付け加えた。

「村に戻っても飛ぶ鳥を射る訓練をしておけ。それが腹の足しになり、敵を倒す役にも立つ」

「はい」

弟子入り以来、於茂は初めて女子らしい返事をした。

その日は遅くなったので、於茂の旅立ちは翌日になった。

(惜しいのう。倅《せがれ》の嫁にはもってこいの女子だがのう)

光義は酒を呷《あお》りながら残念がった。

寝床に入って半刻《はんとき》、廊下に人影が現れた。

「誰じゃ」

「おらじゃ。入っていいか」

なんと於茂だった。まだ聞き足りないことがあるのかもしれない。光義は許した。

部屋に入った於茂は、居心地悪そうに俯《うつむ》いていた。

「いかがした？」

「奥方が死んで困るなら、おらが伽《とぎ》ぐらいしてやる」

これが於茂流の、これまでの礼なのかもしれない。

「た、戯け。そちにはすべきことがあるはず。左様なことは当所《あてど》を達成してから申せ」

急に女を意識させられ、光義は狼狽《うろた》えつつ、かろうじて拒否した。

「腰抜け」

侮蔑《ぶべつ》の言葉を残し、於茂は光義の部屋を出ていった。

「戯け。待て」

声をかけたが、於茂は戻ってこない。光義も追い掛ける真似《まね》はしなかった。

(ちと、まずかったかのう。まさか於茂がのう……。惜しいことをしたか。いや、一度は息子の嫁にと考えた女。弟子に手を出すわけにはいかぬ。されど……)

光義の心は年甲斐《としがい》もなく鬩《せめ》ぎ合い、寝つけなくなった。仕方ないので、再び酒を口にすることにした。

女子の一言に翻弄され、翌日、光義は寝不足の顔を於茂に見せることになった。

於茂は既に支度を終え、改めて光義の前に罷《まか》り出た。いつもと変わりはない。

(昨晩のことは、夢だったのか)

涼しそうな於茂の顔を見て、妙な気恥ずかしさを覚えた。これを打ち消し、改まる。

「これは松蔵から、そちへの贈物じゃ」

光義は松蔵が作った於茂用の半弓を渡した。

「ありがとう」

淡々とした口調で於茂は礼を言う。やはり夢だったのかと思わされる。

「今さら申すこともない。伝えるべきことは伝えた。あとは訓練を反復し、精度を高めるのみ。せっかく弓を修行したのじゃ。見事、仇討ちを成就《じょうじゅ》せよ。儂《わし》も陰ながら祈っていよう」

本当は飛ぶ鳥を射ることで最終の試験を行いたいところであったが、成りゆき上、止めることはできない。光義が伝える最後の言葉であった。

「必ず仇を討つ。必ず……」

断言に余韻を残したのは、達成の暁には抱いてくれるか、とでも言いたかったのか、急に於茂は含羞《はにか》んだ。恥じらう姿はやはり少女で愛らしいものである。

「恩は生涯忘れぬ。必ず恩返しする」

恥ずかしさを誤魔化すかのように、於茂は弓を摑むとぺこりと頭を下げて帰国の途に就いた。

（儂の思い過ごしか。あるいは自惚《うぬぼ》れか）

光義は赤くなった。

「奥方様もおられぬゆえ、情けをかけてあげればいいものを。融通が利きませんな」

廊下で聞いていたのであろう。口の端を上げて小助が揶揄《やゆ》する。

「戯け。主《あるじ》を揶揄《からか》うな」

光義は少々後悔しつつも、成功することを願った。

第五章　本能寺の騒乱

一

「暑いのう」

午前中だというのに風もなく蒸し暑い。安土城二ノ丸の留守居を命じられていた光義は縁側に腰を下ろし、青い琵琶湖を眺めながら扇子で煽《あお》いでいた。いくら煽いでも汗が首筋を流れ落ちる。まるで裂けた傷口から血が滴《したた》り落ちるようである。

「殿、ちと城下で怪しげな噂《うわさ》が立っております。あろうことか日向守《ひゅうがのかみ》（光秀）殿が返《かえ》り忠《ちゅう》をし、上様親子は討ち死にしたというのです」

いつになく神妙な面持ちで小助が告げる。

勿論《もちろん》、戦国の英雄があっけなく落命したなどとは、光義には信じられるものではない。

「戯《たわ》けたことを。日向守殿が返り忠などするはずがない」

誰もが噂を一笑に付した。それどころか、

「左様な如何《いかが》わしい噂を流すのは敵の諜者《ちょうじゃ》に違いなし。捉《とら》えて首を刎《は》ねよ」

光義と一緒に留守居を務める近江《おうみ》・日野城主の蒲生賢秀《がもうかたひで》は怒り、家臣たちを城下に遣わした。

「上様の着陣を遅らせんとする毛利の諜者でしょうか？　左様な噂ぐらいで上様の足を止められるとは思えませぬが」

噂を聞いた小助が問う。

「藁《わら》をも摑《つか》みたいのやもしれぬ。織田の領内には関所がないゆえ、敵の諜者も動き易《やす》かろう」

光義も噂を信じる気にはなれない。それだけ信長は他の大名を圧倒していた。

「確かに。そういえば、日向守殿は信濃《しなの》では折檻《せっかん》され、安土城では足蹴《あしげ》にされたそうにございますな」

頷《うなず》く小助であるが、思い出したように言う。

武田勝頼を討ったのち、信長が信濃の法華寺《ほっけじ》で酒宴を開いた時のこと。信長は光秀の言葉に激怒し、殴打《おうだ》したのちに何度も縁側の欄干《らんかん》に頭を叩《たた》きつけたという。さらに重臣の齋藤利三を稲葉一鉄に返せという信長の命令を拒むと、足蹴にされたともいう。

「浪々の身から重用されておるのじゃ。多少のことは挨拶《あいさつ》のようなものであろう」

信長に仕える重臣は大変だと、光義は他人事《ひとごと》である。

「されば、出雲《いずも》、石見《いわみ》への国替を命じられたという噂？　両国はまだ敵地ですぞ」

「今の上様が出陣すれば、二、三ヵ国を奪うなど容易《たやす》かろう。それに、石見の銀山は数ヵ国に匹敵する石高とか。事実ならば、大喜びであろう。そちは噂を信じておるのか？」

世界に名だたる石見銀山から年間に採掘される銀は、石高に換算すれば三百万石を超えるという。小助の言い分を否定する光義であるが、自分の立場に置き換えると微妙である。

「今のところはなんとも。ただ、殿には及びませんが、日向守殿も高齢でございましょう」

光秀の年齢には諸説あり、元禄《げんろく》年間（一六八八〜一七〇四）頃に成立した『明智軍記』（作者不明）の五十五歳説が一般的であったが、これよりも前の寛永年間（一六二四～一六四四）頃に成立した『當代記《とうだいき》』（姫路藩主の松平忠明によって編纂《へんさん》）では六十七歳とし、近年ではこちらの説が有力視されている。

「日向守など、まだ青二才ではないか」

七十五歳の光義が否定する。とはいえ、嘗《かつ》ては一日一千本の矢を射ていた光義であるが、腕がつるようになってきたので、半分に減らしていた。

（儂《わし》よりも若いとはいえ、確かに日向守は今年で六十七歳か。見知らぬ地に追いやられるのは厳しかろう。敵地だったゆえ、国造りも一から始めねばならぬ。されど、林や佐久間のように追放されたわけではなし。高齢でも重宝されておるゆえ仕合わせであろう。こののちのこと、とりわけ家臣や子孫のことを考えれば、都から遠くとも、少しでも実入りは多いほうがいい。いずれにしても儂とは立場が違い過ぎるゆえの）

とにかく光義としては実感が湧《わ》かなかった。

「殿は異常です。それより噂のほうですが、前公方《さきのくぼう》（足利義昭）様や松永弾正少弼《しょうひつ》（久秀）の返り忠は流行《はや》り病としても、御舎弟の勘十郎《かんじゅうろう》（信勝《のぶかつ》）様をはじめ浅井備前守《びぜんのかみ》（長政）、荒木摂津守《あらきせっつのかみ》（村重《むらしげ》）などに上様は背かれております。背かせるなにかがあるのではありませぬか」

的を射ているが、さすがに頷くことはできない。

「上様が周囲に敵を抱えている時の話であろう」

「いなくなったからゆえ、とは考えられませぬか」

鋭い指摘に、光義は瞠目《どうもく》した。

(都で上様を守るのは旗本と中将〈信忠〉様だけ。都を鎮撫《ちんぶ》するのは日向守。兵は万余。日向守に天下への望みがあれば、これほどの好機を見逃すはずはない、か……)

信長と光秀は光義を認めた武将なので、本質は通じるものがあるのかもしれない。

光義は危惧《きぐ》した。

「探ってきます」

考え込む光義をよそに、小助は自説を確かめるために城下に出ていった。

(まこと日向守は返り忠をしたのか)

明確にならぬ噂であるが、光義は謀叛《むほん》のことが頭から離れなかった。

天正十(一五八二)年六月二日の未明。ユリウス暦では六月二十一日にあたる蒸し暑い夜明け前の京の都にて、日本を揺るがす大事件が勃発《ぼっぱつ》した。

下京にある四条の本能寺にて、戦国の覇王と呼ばれた織田信長は、家臣の惟任《これとう》光秀に討たれて呆気《あっけ》なく四十九年の生涯を閉じた。続けて光秀は信忠も切腹させた。

理由は怨恨《えんこん》、野望、失望、黒幕説などなど……さまざまなことが囁《ささや》かれているが、天下統一を目前にして、信長がこの世から抹殺されたのは事実であった。

光秀は午前中には都を制圧し、午後には近江討伐に乗り出した。刻《とき》を経るごとに、都から逃れてきた者たちによって光秀謀叛の話が真実だということが伝えられた。さすがに織田家中の者はおらず、町民や商人だった。即座に城の内外は騒然となった。

(まこと、上様に刃を向けるとはのう。移封を命じられた日向守は、毛利と戦うか、上様と戦うかの選択に迫られ、上様と戦うことを選んだのか。毛利と戦ったのちは、林、佐久間のごとく追われると思えば、思案も頷けるというものか。よくもやったものじゃ。上様は失態じゃのう)

光秀の度胸のよさに光義は感心した。乱世の武将なので、江戸時代のような忠義心は殆《ほとん》ど持ち合わせていない。見抜けなかった信長の油断だと、光義は思っている。

(日向守は出世頭の一人。出世の先には天下を狙《ねら》うしかないのかもしれぬの)

光義は、ものの哀れを感じた。

(そういえば、儂らが墨俣《すのまた》で上様を追い返したのは確か二十二年前の六月二日であったか。六月二日は上様にとって厄日なのかもしれぬな)

光義は不思議な巡り合わせのようなものを感じた。

「すぐに関に戻りましょう。早ければ今日中にも惟任勢が押し寄せますぞ」

小助は今にも敵が殺到するかのような口ぶりで催促する。

「確かに日向守は返り忠をしたやもしれぬが、上様が討たれたという証《あかし》はない。難を逃れた上様が安土に帰城なされたら、職務を放棄した我らは斬首《ざんしゅ》ぞ。それでもそちは関に戻るか?」

光義には信長が死んだということが信じられなかった。

「上様の馬廻《うままわり》は二百もおらず、対して寄手は万余の兵。万が一にも助かりますまい」

「金《かね》ヶ崎《さき》では身一つにて逃れ、難を脱しておられるぞ」

見捨てられたことを思い起こさせるように光義は言った。

「追手は腰の重い浅井、朝倉ではなく、神速を誇る織田家の重臣ですぞ。日向守は行き当たりばったりではなく、綿密な計画の下で事を起こしたに違いなし。万に一つも討ち漏らしますまい」

「随分と日向守を買っておるではないか。中将様には数百の手勢があるぞ、皆が命を捨てれば、囲みを破れるのではないか」

信忠は妙覚寺から二条御所に移動しているが、実際に包囲されたのは二条御所に移ってからなので、逃れる機会は十分にあった。信忠の命令を受けて前田玄以《まえだげんい》は岐阜に達し、信忠嫡男《ちゃくなん》の三法師《さんぼうし》を庇護《ひご》している。また、信長の弟の織田長益《おだながます》（のちの有楽斎《うらくさい》）や、水野忠重《みずのただしげ》、山内一豊《やまのうちかずとよ》の弟の康豊《やすとよ》なども逃亡しているが、安土ではなく美濃や尾張の所領に向かっていた。

「敵は日向守のみならず、これに呼応する織田の家臣や、これまで鳴りを潜めていた浅井、六角、齋藤旧臣や一揆《いっき》が蜂起《ほうき》するやもしれず。一刻も猶予《ゆうよ》はありませんぞ」

小助は光義の尻《しり》を叩くように煽りたてる。

「確かにの。まあ、そう慌《あわ》てるな。まずは蒲生殿らと相談せねばの」

光義も逸《はや》るが、自身を落ち着かせるように鷹揚《おうよう》に告げ、蒲生賢秀や山岡景佐《やまおかかげすけ》と顔を合わせた。

光義はこの年の正月十日、信長から「射芸をもって数度戦功の賞」として近江の国内に百石を与えられ、さらに六百貫（石）が加増されている。

光安は前年に加治田《かじた》衆の佐藤左衛門佐の娘（百合《ゆり》）を娶《めと》っている。長女の於蔓《おまん》も同じ加治田衆の横江弥五右衛門清元《よこえやごえもんきよもと》に嫁いでいる。大島家としては贅沢《ぜいたく》を言わなければ順風満帆の時を迎えた矢先の大変事であった。

「大変なことになりましたな」

対岸の火事を見るような口ぶりで光義は告げた。

「まずは皆の動揺を抑えねばなりませぬな」

蒲生賢秀は腰が据わっている。寛闊《かんかつ》な態度で同意を求め、光義らは頷いた。賢秀の嫡子の賦秀《ますひで》は信長の娘の冬姫を娶っており、居城の日野・中野城にあった。

早速、蒲生賢秀は家臣の外池甚五左衛門《とのいけじんござえもん》に命じて鎮静化に努めた。ところが、甚五左衛門が裸馬に乗り、防衛に尽力することを城の内外に触れると、より切迫感を煽られたのか、逃亡者が続出した。

「お騒がせ致した」

申し訳なさそうに蒲生賢秀は詫《わ》びる。

「なまじ残って敵の手引きをされるより、出ていってもらったほうが助かるというもの」

光義は前向きに捉えることにした。

「某《それがし》は兄上の許《もと》にまいります。なにかあればすぐに遣いを出しましょう」

同じ留守居の山岡景佐は告げ、兄の景隆が在する勢多《せた》城に向かった。

勢多城の西に位置する膳所《ぜぜ》城（旧城）主でもあった山岡景佐が、安土城を出たということもあり、安土城内は一層大混乱に陥った。尾張や美濃、又は近江の山中に所領のある者は安土を逃亡して帰郷し、城下の町人も知り合いを頼って逃れ、閑散としていた。

本能寺に続き、二条御所も炎上し、逃れた者はおそらくいない、という話も伝わった。

「残り少なくなりましたな。蒲生殿、こののちはいかがなされるか」

信長、信忠親子には生きていてほしいので、光義は討たれたであろう、ということは口にしない。代わりに二ノ丸の窓から周囲を眺めて問う。城下を往来する人の数が激減していた。

「一両日中には惟任軍が押し寄せてきましょうな」

「この城は大きく、守るには万の兵が必要じゃが、一千にも満たぬのが実情。おそらく、さらに減っていくものと思われる」

守りきれないと光義は主張する。

「中野に遣いを出してござるが、当家が呼び寄せられるのは一千ほどが限界でござる」

「大島の家はあってなきようなもの。遠地の重臣が戻るまで支えられようか」

光義の問いかけに、蒲生賢秀は眉《まゆ》を顰《ひそ》めるばかりであった。

一方、信長、信忠親子を討った惟任光秀は、未《ひつじ》ノ刻《こく》（午後二時頃）には勢多橋に達した。

勢多の地は京と安土を結ぶ要衝で、勢多川の東には山岡景隆の勢多城がある。景隆は甲賀五十三家の忍びの一族とも呼ばれ、広い情報網を持っているので、惟任光秀が味方につけるべく書状を送って誘いをかけた一人でもある。

期待を胸に光秀が勢多に到着すると、日本随一と言われた勢多橋が炎上して落ちていた。橋は幅四間（約七・二メートル）、長さは百八十間余（約三百二十七メートル）にも及ぶ。

山岡景隆、景佐兄弟は信長が討たれたことを知ると、「信長公の御恩浅からず」と光秀の申し出を断り、橋と城館を焼き落とし、一族郎党を連れて甲賀の山中に逃亡していたのだ。

「美作守《みまさかのかみ》（景隆）め、世の流れを知らぬ戯けが。致し方ない。本日は坂本に帰城致す。秀満、早急に橋の修復を致すように」

光秀は当日の安土入城を諦《あきら》め、明智秀満に命じて坂本に戻っていった。

惟任軍が退いたという報《しら》せが安土に届けられたのは申《さる》ノ刻《こく》（午後四時頃）過ぎのことと。

「なんとか明日の朝は迎えられそうじゃな」

耳にした光義は、悲愴感《ひそうかん》の中で蒲生賢秀に笑みを向け、胸を撫《な》で下ろした。

「されど、危《あや》ういことには変わりない。近く敵が殺到するのは歴然。この城には上様の妻子がおられる。忠義を尽くして我らが死んでも、御台所《みだいどころ》様らを巻き添えにしては申し訳が立たぬ。この城では支えられぬゆえ、御台所様らを我が城にお移ししたいと思うがいかがか？　中野城ならば、万余の敵を受けても一月《ひとつき》は一千余の兵で守りきれる」

蒲生賢秀は光義に同意を求めた。

「それはよき思案。すぐにでもお移しなされるがよい」

「大島殿もまいられぬか。貴殿の弓は頼りになる」

「厚意は忝《かたじけ》ないが、柴田修理亮《しばたしゅりのすけ》（勝家）殿や丹羽五郎左衛門《にわごろうざえもん》（長秀）殿が戻ってこぬとも限らぬ。儂は今暫《しばら》く留守居を務めよう」

光義は安土城に留まることにした。

雨が降る翌三日の卯《う》ノ刻《こく》（午前六時頃）には、蒲生賦秀が信長の妻子を迎えにきた。

「されば、後のことをお願い致す」

蒲生賢秀は光義と安土普請《ふしん》奉行の一人、同じ蒲生郡の出身の木村高重《きむらたかしげ》に懇願する。

「無事の帰城を祈ってござる。さあ、早う行かれよ」

光義の勧めに頷き、蒲生賢秀らは信長の妻子を連れて中野城に向かった。

輿《こし》や籠《かご》が連々と続き、さらに付き添う侍女たちは馬に乗せられ日野に向かう。ただ、全員が乗り物に乗れる訳はなく、下働きの女性は徒《かち》なので、皆はつま先を朱《あけ》に染めた。

最後尾が城を出たのは未ノ刻（午後二時頃）であった。

「なにも死ぬために残らずとも。せっかく誘ってもらえましたのに」

残念そうな顔で小助がもらす。

「別に死に急いでいるわけではない。城を出るならば日野ではなく国許に戻る所存」

「されば戻りましょうぞ」

光義に帰国する意思があることを知り、小助の表情はやや晴れた。

「儂は一応、矢窓《やそう》奉行を務めたゆえ、敵に通じるや否《いな》や確かめねばならぬ義務がある」

「なんと、やはり殉じられるのですか？」

この期《ご》に及び、寡勢《かぜい》で戦うことは、小助には殉死と同じように感じられるらしい。

「違う。戦うのはあくまでも上様か中将様がいてのこと。まだ儂の中で上様が死んだということが信じられぬだけじゃ。惟任の軍勢が先に姿を見せたら、その時は死を信じよう」

「上様の死を確認するために残っておられるのですか？　確認できた時は勢いに乗る大軍に城を包囲されるではないですか」

呆《あき》れた人だ、とでも言いたげな小助である。

「そう言うな。上様は我が腕を認め、この歳《とし》になっても加増してくれたお方じゃ。殉じるつもりはないが、死を確かめるまで忠節を尽くすのが家臣の務めじゃ」

「殉じるのと一緒です。逃げる機会は十分にあったのに。齋藤家の時といい、こたびは織田家ですか。なんと主君に恵まれぬお方か……」

溜息《ためいき》を吐《つ》くばかりの小助を見て、光義は頰を緩めた。

二

六月四日、光秀の誘いを受けて、近江・上平寺《じょうへいじ》城主の京極高次《きょうごくたかつぐ》らが応じた。光秀方は勢いを増していた。

美濃の国も混乱し、誰が敵か味方か判《わか》らず、皆は武装をはじめた。火事場泥棒さながらに、騒乱に乗じて所領を増やそうとする者や、失地を回復しようとする者、とりわけ齋藤旧臣などが蜂起しているという報せが、安土の光義の許にも届けられている。

光義は安土城内の摠見寺《そうけんじ》を参拝した。西の城下にある百々橋《どどばし》を渡り、屈曲した急坂の石段を登ると仁王門があり、これを潜《くぐ》ってさらに登ったところにある。寺には本堂や庫裏《くり》の他に三重塔や鐘楼《しょうろう》堂、毘沙門《びしゃもん》堂など七堂伽藍《しちどうがらん》が備えられ、信長の化身とも、ご神体ともされる「盆山《ぼんさん》」という巨大な石が安置してある。この石を運び上げるために、多数の作業員が死去したものである。

「早う国許に戻りませぬと、帰る屋敷がなくなりますぞ」

小助が催促するが、光義は聞かない。

「今少し待て。自ら神と称した上様じゃ。神なれば惟任の囲みぐらい潜り抜けられよう」

盆山を見ながら、光義は告げた。

同日、明智秀満は落ちた勢多橋から半里ほど北西に位置する膳所で舟に乗り、対岸の山田・矢橋《やばせ》に上陸し、安土城を席巻《せっけん》するために先発隊を出発させた。

昼前には明智秀満の先発隊が安土城近くに達した。

「惟任勢か。神ではなかったようじゃな」

信長の首が晒《さら》されたわけではないので確実とはいえないが、水色に白で桔梗《ききょう》の紋を染めた旗指物《はたさしもの》を目にした光義は落胆した。微《かす》かな期待をかけていただけに失意は否めない。

「ご納得なされましたか？」

もういいでしょう、と小助が聞く。

「致し方ないの。されど……」

光義はなかなか煮え切らない。すぐそこまで敵が来ているのに、戦わず逃げるのは武心に反する。信長が心血を注いで築いた絢爛《けんらん》豪華な安土城をみすみす敵に譲り渡すのは申し訳なくてならなかった。ただ、戦えば、城を戦火に包む危険は十分にあった。

「国許では一揆が蜂起しているというではありませぬか。百合殿も心細かろうと存じます」

光安の妻の百合は妊娠しており、国許の関にいた。

「そうじゃな。このあたりが潮時やもしれぬな」

信長か信忠が帰城するか、信雄《のぶかつ》か信孝が安土城に入城していれば義理立てする意味もあるが、自身の所領が侵されかねない状況で、城主不在の城に留まっている場合ではなくなった。

光義は踏ん切りをつけることにし、木村高重と顔を見合わせた。

「某《それがし》も国許に戻ることに致した。一緒に城を出られぬか？」

敵前逃亡するようで、気が引ける中、光義は告げた。

「貴殿は早う行かれるがよい。儂は近江の出ゆえ、所領に戻っても、すぐに敵に囲まれる。どうせ敵と戦うなれば普請奉行を務めた安土しかござらぬ。某に遠慮せず帰国なされよ」

木村高重は晴れ晴れとした顔で勧める。既に覚悟を決めているようであった。

「心遣い、忝なく存ずる。ご武運を祈ってござる」

「大島殿も。再び顔を合わすことがあれば一献いきましょうぞ」

「浴びるほどに」

互いに二度と会うことがないことを察しながら挨拶を交わし、光義は安土城を後にした。従うのは光安と小助のほか数人であった。

（木村殿は上様ではなく、城と運命を共にするつもりじゃな）

武士というよりも、男の美学を光義は感じた。

（くだらぬ柵《しがらみ》のため、儂は易々《やすやす》と死ねなくなったの。武家の倣《なら》いか、つまらぬ男になったものよ）

共に進む光安や郎党の足音を聞きながら、光義は已を卑下していた。

半里ほど東に進み、光義は振り返り、荘厳な天主閣を見上げた。

（再び、この城を見ることがあろうか。上様、おさらばでござる）

安土城の天主閣は信長の象徴。城とともに信長に別れを告げ、光義は馬脚を進めた。感傷に浸っている暇はなかった。

ほどなく明智秀満が到着した。木村高重は開城要求に応じず、百余の兵で三千もの秀満勢と戦い、城の西の百々橋辺りで討死した。秀満はほぼ無傷の状態で安土城を掌握したことになる。

秀吉の長浜城なども惟任勢の手に渡ったので、光秀と昵懇《じっこん》である吉田神社の神主を務める吉田《よしだ》兼和《かねかず》は「江州《ごうしゅう》ことごとく日向守に属す」と日記に記している。

美濃の関への帰国途中、光義は伊吹山の中腹の冨美の許に立ち寄った。人里を離れたその地は閑散としており、同じ近江の国が騒乱になっていることとは無縁のようであった。

（まだいるようじゃの）

前年の八月以来である。冨美の姿は見えないが、周囲の畑に緑色の絨毯《じゅうたん》が敷きつめられたような陸稲《おかぼ》を見て、光義は安心した。

「そちたちはここにおれ」

小助たちに告げた光義は一人で小さな一軒家に近づいていった。

その刹那《せつな》、家の格子《こうし》の隙間《すきま》から一本の矢が放たれた。距離は十五間（約二十七メートル）ほど。光義は躱《かわ》そうとしたが、右の頬から一尺（約三十センチ）のところを通過していった。

「冨美、腕が落ちたものじゃな。年寄の冷や水じゃ。止《や》めよ」

蔑《さげす》むものの、本気で仕留めようとしていないことは、右を掠《かす》めたことで判る。大概の人は、左は躱し易いが、右は躱しづらいもの。冨美は知って射ているのだ。

（彼奴《あやつ》、儂と同じ歳の婆《ばば》のくせに、まだ射れるか。男であれば師を超えていたやもしれぬな）

試しに右手に陣笠《じんがさ》を持ち、横に腕を伸ばして見ると、案の定、矢を当ててみせた。

「訂正しよう。見事じゃ冨美。降参じゃ」

叫ぶと三本目の矢は放たれなかったので、そのまま光義は歩み、屋敷の中に入った。

冨美は土間横の板の間に座していた。じっと光義を見つめている。敵視した視線ではないが、歓迎した眼差《まなざ》しでもない。迷惑そうではないが、慈愛に満ちてもいない。冷めた目である。

横には先ほど放った半弓がある。自分で作ったのか、一般的な半弓よりも少し細いように見えた。体力に応じているのであろう。

「それでは遠くの敵を射れまい」

光義は草鞋《わらじ》の紐《ひも》を解かず、板の間に腰掛けた。

「遠くの敵を射る必要はない。この家に災いを齎《もたら》す者を仕留められればよい」

お前はどっちなんだ、といった口調の冨美である。歳をとるとあまり容姿に変化はなく、九年前の浅井家滅亡直後に会った時とまったく変わっていない。たるむ頬はむしろ愛らしさがあった。

「儂は害を齎さぬゆえ、安堵《あんど》せよ。されど、災いをなす者が訪れるやもしれぬ。上様が惟任日向守の返り忠にあって討ち死にしたそうじゃ。安土にも敵が殺到してきた」

「それでそちは戦わず逃げてきたのか？　怖気《おじけ》づいたのか、はたや寄る歳波《としなみ》には勝てぬか」

相変わらず歯に衣《きぬ》着せぬ冨美である。

「我が行く手を遮る者は断固射るが、戦う必要のない時に矢を放つ趣きはない」

「尻尾《しっぽ》を巻いたくせに偉そうなことを申すな。弓は飾りか。弓職人もさぞ嘆いていような」

豪気な冨美には、なにを言っても言い訳に聞こえるのかもしれない。

「まあ、戦わず城を去ったのは事実じゃ」

松蔵の顔を思い出しながら、光義は反論せずに改まる。

「既に羽柴殿の長浜城も敵の手に渡ったそうな。いずれここにも押し寄せてこよう。このままでは、そちとて危うい。一旦《いったん》、我が所領に逃れてはいかがか、と思っての」

師の吉沢新兵衛を射殺したかもしれぬ後ろめたさを感じる光義は、冨美の命だけは守りたい。正室が死去しているので、冨美さえよければ後添えにして晩年を過ごしたいと考えている。それがせめてもの罪滅ぼしであり、若き日の願いでもあった。

「ふん、かような婆を共にしていれば、敵も恩情をかけて見逃してくれるとでも思うたか」

冨美は感傷的なことは口にしない。

「ははは、察しのとおりじゃ。儂らのためにも、故郷に戻らぬか」

感情に訴えさせてくれないので、光義は誤魔化した。

「棺桶《かんおけ》に片足を突っ込んでおるような歳で、惟任の兵が恐《こわ》いか。敵が恐いならば、とっとと隠居するか、百姓にでもなって土を耕せ。惟任の兵が我が田畑に一歩でも踏み入れたら、纏《まと》めて射てくれる。我れへの気遣いなど無用。老《ふ》け顔のおぬしなど見たくもない。とっと去《い》ね。この家は我が砦《とりで》。この田畑は我が領地。たとえ一人であろうとも、我が戦場はここ以外にはない」

冨美は光義を一喝し、一緒に帰国することを拒否した。女子《おなご》なりに弓を精進してきた者の言葉は重い。光義は頭を鐘撞《かねつ》き棒かなにかで打たれたような気がした。

「減らず口の多い婆じゃ。憎まれ口ばかり叩いておると、寂しく逝《ゆ》くことになるぞ」

「口説き文句のつもりか。五十年、いや六十年遅かったの。弱腰の男では何年前でも同じか。左様な輩《やから》は敵に囲まれると逃れられまい。早う去ね」

少々含羞《はにか》みながら冨美は言い放つ。

「ははは、ふられたか。矢を射かけられぬ前に退《の》くとしよう。そちも達者での。また来る」

告げた光義は立ち上がり、冨美の屋敷を後にした。

「冨美に老け顔だと言われた。そうなのか」

自身では気にしていなかったが、光義は小助に問うた。

「歳相応ではないでしょうか。肌の染《し》みは戦場に立つ多さの誉れのようなもの。白髪も相応に。齋藤家の頃より連続しての矢放ちは難しいのやもしれませぬが、弓の腕は日本一です」

小助は気遣っているようである。無謀な戦いへの参加の警告でもあった。

言われてみれば思いあたる節もある。連射を行うと疲労の回復が遅くなっていた。今後も弓を手放すことはないが、戦い方を考え直すいい機会だと光義は前向きに捉えた。

(冨美奴《め》、孤独に暮らしているくせに、儂の尻《しり》を叩きよって。大した女じゃ)

主君の信長を失い、弱気になった心を叱責《しっせき》され、光義の闘志は漲《みなぎ》ってきた。

「こののち我らの行く手を阻《はば》まんとする者がいようが、蹴散《けち》らして帰国しようぞ」

「おおーっ！」

光義の覚悟に、後ろに続く光安らは鬨《とき》で応《こた》え、関に向かって砂塵《さじん》を上げた。


なんとか落ち武者狩りを躱し、光義らは本領の関に到着した。関はまだ荒らされた様子がないので光義は安堵したものの、なにが起こるか判らないと、周囲の諸将は城門を閉ざし、警戒に当たっているという。誰が味方で誰が敵か判断できないので、皆は疑心暗鬼にかられていた。

関領は加治田城主の齋藤新五郎利治《しんごろうとしはる》が統括しているが、利治は信忠軍の一武将として組み込まれており、主君とともに二条御所で惟任軍の齋藤利三勢と戦い、討死した。

加治田城には齋藤利治と同じ仮名《けみょう》を名乗る嫡子の新五郎がいるものの、幼少なので叔父の齋藤玄蕃允利堯《げんばのじょうとしたか》が後見することで話が纏まっていた。この時、利堯は岐阜城の留守居を任されており、周囲の寺に禁制を布《し》いて安全保障を約束する対応に追われていた。

「玄蕃允殿から、味方につけば上様から与えられた所領は安堵すると告げてまいりました」

大島館の留守居が報告する。

「左様か。他の加治田衆はいかがか」

己一人ならば、武心のままに戦い、滅びるのも仕方ないと諦められるが、家臣ができると自身のことだけ考えているわけにはいかない。版図を拡大できる勢力もなく、騙《だま》し討ちを厭《いと》わない性格でもない。単独で戦える世の中ではなくなってきたので、光義は問う。

「皆、従うようにございます」

「左様か。されば玄蕃允殿に応じるように遣いを出せ」

「大丈夫でしょうか？　玄蕃允殿は岐阜にあり、いざという時、頼りになりましょうや」

小助が心配そうに言う。

「今は争う時ではない。上様の跡目が定まるまで、事を荒立てぬことが賢明。友好を申し出てくる者とは懇意にするのがよい」

慎重な光義は加治田城と岐阜城に使者を送り、盟約に応じる旨《むね》を伝えさせた。同じ加治田衆の井戸宇右衛門尉らも光義に倣った。

雨があがった途端に蒸し暑くなった。辺りは夏の闇《やみ》にひっそりと鎮《しず》まりかえっている。

「昼間、惟任（明智）軍は羽柴軍にぼろ負けした。必ず儂らの獲物がこの辺りを通るはずだ」

茂みの中で落ち武者狩りに出た農民の一人が口を開く。

「負けたとはいえ、惟任は織田の精鋭。たくさん鉄砲を持っているのではないか」

小太りの農民が言う。

「儂らには鉄砲のような高価な武器はないが、藪《やぶ》で誰でも作れるこれがあろう」

長身の農民は手に持つ鹿《しか》や猪《いのしし》を狩る半弓を前に差出して主張する。

「この闇じゃ、息を潜めれば手が届くほど近づけよう。儂らの弓で十分に狩れる」

背の低い農民が怪しい笑みを浮かべた。

惟任日向守光秀は、家臣の村越景則《むらこしかげのり》を先頭にした三十騎ほどの兵に守られて、密《ひそ》かに都に近い山崎の勝龍寺城を出た。向かう先は近江の居城・坂本城である。

（なにゆえ、猿〈秀吉〉奴《め》は、あれほど早う引き返すことができたのじゃ？　猿奴は、いかな手を使ったのじゃ。ありえぬ）

馬上の光秀は納得できなかった。六月二日、都の本能寺で信長を討ち、畿内《きない》を制圧しようとしていたところ、備中《びっちゅう》の高松城を包囲していた羽柴秀吉が、僅《わず》か十日間で山崎に兵を向けてきた。いわゆる中国大返しである。しかも秀吉の軍勢は三万を超えていた。

六月十三日の夕刻、光秀は一万三千の兵を率いて秀吉と相まみえた。世に言う山崎の合戦である。寡勢の惟任軍は奮戦するが、二刻（四時間）とかからずに敗北し、光秀は半里（二キロ）ほど北の勝龍寺城に逃げ込んだ。城には一千ほどの兵が残っていたものの、朝を迎えれば万余の軍勢に総攻撃を喰らい、滅亡は必至。光秀は勝龍寺城での討死を覚悟していたところ、家臣たちの勧めに応じ、居城での再起を期し、夜陰に乗じて逃亡を企てた次第である。

（儂は皆が恐れる第六天魔王を討ったのじゃ。鬼退治をしたのじゃぞ。なにゆえ味方

せぬ）
第六天魔王とは、信長が自ら豪語した仏教を妨げる天魔の中の最高位の王のことである。

光秀の麾下《きか》には親戚《しんせき》の長岡《ながおか》（細川）藤孝《ふじたか》や筒井順慶《つついじゅんけい》、摂津の寄騎《よりき》の池田恒興、高山《たかやま》右近《うこん》、中川清秀《なかがわきよひで》などがいた。

光秀の期待とは裏腹に、藤孝は信長の喪に服すと呼び掛けには応じず、順慶は日和《ひより》見《み》を決め込み、寄騎の三人は秀吉に合流して光秀と敵対した。光秀には信じ難いことである。

（皆は人を道具のように使い捨てにする信長の政《まつりごと》がよいと申すのか？　懐紙のように捨てられていいのか？　自《おの》が功績を彼奴の肚裡《はらのうち》一つで無にされてもいいのか？　儂が討たねば信長はあと数年で日本を平定するやもしれぬ。されど、その時は己の身も危うくなるのじゃぞ）

信長は二年前、長年仕えてきた筆頭家老の林秀貞のほか、佐久間信盛、安藤守就を、さしたる理由もないまま改易にし、身一つで追放している。半月ほど前、光秀自身、苦労して平定した近江、丹波を召し上げられ、出雲、石見への移封を命じられたばかりである。

(まあよい。終わったことを申しても始まらぬ。まずは坂本に帰城し、再起を図る。坂本城は堅固な城。簡単には落ちぬ。御上《おかみ》を取り込んで猿奴と和議を結べば、新たな展開が望めよう)

光秀は前向きに思案を切り替えた。

雨上がりなので空は厚い雲に覆《おお》われて月明かりはない。勝龍寺城を包囲していた羽柴軍も夕刻の戦いで疲労し、戦勝の酒に酔って大半が熟睡している。

(我らに気づき、追い討ちをかける者はいても僅かであろう。我らには好都合じゃ)

自身に言いきかせ、光秀は馬脚を進めさせた。事実、寄手は光秀らを発見できていなかった。

光秀らは馬鞭《ばべん》を入れずに粛々と進み、巧みに包囲勢をかい潜り、間道を伝って淀川の西岸を久我縄手《くがなわて》(畷)から伏見に向かう。大亀谷《おおかめだに》を通過し、桃山北側の鞍部《あんぶ》を東南に越えて伏見の小栗栖《おぐるす》に出て、勧修寺《かじゅうじ》から大津に出る目算である。

勝龍寺城から二里半(約十キロ)ほど北東に位置する小栗栖に差し掛かった時である。左右の籔中で殺気に満ちた気配がした。おそらく、周辺領民の落ち武者狩りであろう。

当時の農民は武士の所有物ではなく、力がなくなれば平気で牙《きば》を剥《む》く存在であり、農閑期には戦にも参じる兵でもある。決して侮《あなど》ることはできないが、有能な指揮官がいなければ烏合《うごう》の衆になりやすい。光秀らは威嚇《いかく》して四散させるつもりであった。

「うおおーっ！」

先頭を走る村越景則は、落ち武者狩りの者を脅す雄叫《おたけ》びをあげて馬を疾駆させた。落ち武者狩りの者たちにとって、夜陰の逃亡者は獲物と同じ。身ぐるみを剝《は》ぐだけではなく恩賞首を得る好機にも巡り遭える。怒号は威圧にはならず、存在を明らかにしたことになる。光秀らは涎《よだ》れを垂らした餓狼《がろう》の群れに逃げ込む羊にも似た境遇であった。

左右から矢が数本放たれ、前を駆ける家臣たちの何人かが倒れた。そのうちの一本が光秀が騎乗する駿馬《しゅんめ》の鼻先をよぎった。

驚いた馬は棹立《さおだ》ちになり脚を止めた。

（たった一本の矢が儂を止めたのか）

光秀は振り落とされないように手綱を引いて驚く馬を宥《なだ》めた。

最新鋭の鉄砲の射撃術を評価されて朝倉義景、将軍足利義昭、さらに織田信長に召し抱えられた光秀。鉄砲を駆使して戦場で活躍し、まっ先に城持ちの大名となる厚遇を得て、都における公家衆《くげしゅう》との折衝を任されるほどになり、やがて信長を討った光秀がたった一矢《いっし》に止められた。

光秀は弓を、あくまでも鉄砲の補助と考えていた。鉄砲衆の玉込めの最中の僅かな間を補う武器と考える矢が光秀を襲う。しかも鉄砲すら買うことのできぬ落ち武者狩りの百姓が手にするのは、高価な弓ではなく、自ら裏山から切り出した竹で作った粗末なものである。

光秀が馬に鞭《むち》を入れる暇もなく、左右から二本の竹槍《たけやり》が突き出された。

「ぐうっ」

鋭く削られた鑓先は、甲冑《かっちゅう》の間をすり抜け、一本が脇腹《わきばら》を抉《えぐ》った。

眩《くら》むような激痛に、光秀は顔を歪《ゆが》めた。それでも、なんとか馬にしがみついて、進ませた。落ち武者狩りは追ってくるが、他の家臣と殿軍《しんがり》の溝尾《みぞお》茂朝《しげとも》が必死に排除した。

右の脇腹からは、とめどなく熱い血が噴き出している。遂《つい》に光秀は、馬の振動に耐えきれず、数町進んだところで落馬してしまった。

（極まった時は古来の武器が功を得られるのか。字《あざな》すらなきような者が手にする得物で、儂は死ぬのか。彼奴のほうが正しいと申すのか）

遠ざかる意識の中で、光秀の脳裏には大島新八郎光義の顔が浮かび、消えた――。

時に六月十四日丑《うし》ノ刻《こく》（午前二時頃）のことであった。

三

光義が注意深く周囲の動向を窺《うかが》っていると、西から驚くべき報せが届けられた。

「噂《うわさ》によれば、逃亡最中の日向守は、落ち武者狩りの百姓が放った矢に馬を足留めされ、討たれたそうにございます」

どこで摑《つか》んできたのか、小助は見てきたように煎《い》り豆を喰いながら言う。

「そちも時には主《あるじ》を喜ばす報せを持ってくるもの。弓は太古の昔からある狩りの道具。最新の鉄砲も玉薬（火薬）がなくば無用の道具。すぐに放てぬ不利もある。ましてや馬上ともなれば実戦では使えまい。工夫しきれず、新が旧に敗れたのやもしれぬな」

報告を受けた光義の気分は悪くはなかった。

「時には、は余計でございます。まあそれにしても、昔から主殺しは栄えぬと言われておりますが、言い伝えは正しいようですな」

小助は運命には逆らえないとでもいった表情をする。

「短い日数だったこともあろうが、日向守は上様のように天下の構想を示すことができなかったゆえ、味方を得られなかった。これが最大の敗因であろうな」

絶妙の瞬間を摑み、信長を討った光秀であるが、娘婿《むすめむこ》の長岡忠興《ただおき》一族、同じく筒井定次一族などの親戚をはじめ、麾下とされた池田恒興、中川清秀、高山右近らの摂津衆など、悉《ことごと》く背かれて秀吉に対抗しうる兵を参集できなかった。

「それでも上様を討ち、一度は天下を摑んだのじゃ。武将として満足していよう。上様と日向守、共に弓よりも鉄砲を重んじた二人はこの世にはおらぬ。不思議なことよのう」

自信満々に鉄砲の強さを主張した光秀の姿は、昨日のことのように思い出された。ただ、光義が生きているからといって弓が鉄砲に勝ったなどとは思っていない。

「新しい道具が全《すべ》て優れているというわけではないということですな」

もっともらしい口調で小助は言う。

「悟りでも開いたか？　今少しじゃのう。弓も人殺しの道具であるが、心の持ちかたが重要で、これに揺さぶられることが多い。対して鉄砲は心を捨て、固定して放てばそれほど狙いに差がでない。心に左右されぬものに重きを置くと、心が希薄となり、周囲が見えなくなるのやもしれぬ。鉄砲の怖さはそこにあるともいえる。それが二人の寿命を短くしたのやもしれぬな」

引き金を絞るだけで命を奪える鉄砲、絶対服従を求めた信長、信長を討つことだけを思案し、のちの人の心まで考えなかった光秀。光義は、いずれも人心を軽んじた結果だと関係づけることにした。

「深いですな。それにしても、筑前守（秀吉）殿はようもかように早く、備中から戻ってこられたものでございますな。日向守の返り忠を知っていたとしか思えませんな」

小助も啞然《あぜん》としている。

「上様に後詰を頼んだのは筑前守殿じゃ。上様がいつどこに宿泊するか、手配し饗応《きょうおう》する役目があるゆえ、何人もの連絡役がいるはず。逸早《いちはや》く京の報せを摑むのは頷《うなず》ける。驚くのは毛利との和睦《わぼく》。あるいは騙したか。いずれにしても、こののちの織田家は筑前守殿が中心となっていくであろう」

愛嬌《あいきょう》のある猿顔を思い出し、光義は目敏《めざと》い秀吉が織田家を主導していくことを予感した。

光義が在する関は美濃の政庁の岐阜から三里半（約十四キロ）ほど北東に位置している。美濃の争いは関の東に隣接する米田《よねだ》城主の肥田玄蕃允忠政《ひだげんばのじょうただまさ》と、その南東に隣接する兼山《かねやま》城主の森武蔵守長可《もりむさしのかみながよし》との間で起こり、光義は忠政から援軍の要請を受けていた。

「岐阜のこともある。このたち、宿老衆で評議が開かれるとのこと。どう転ぶか判らぬので軽はずみな行動は起こせぬ。敵対するつもりはないが、今すぐには動けぬと伝えよ」

城を持ち三百余人を動員できる肥田忠政と、腕が立っても、館《やかた》に住んで二十人程度しか兵を集められない光義では勝負にならない。森長可は一千数百人を動員できる力を持ち、鬼武蔵の異名をとるほど戦いにも強い。忠政以上に敵に廻したくない武将である。光義は日和見をするつもりはないが、安易に参陣するわけにはいかなかった。

東美濃が緊張感に包まれる中の六月二十七日、織田家の継嗣と領地再分配を決める会議が尾張の清洲《きよす》で行われた。俗にいう清洲会議である。

評議の前より織田家の家督は、本能寺の変における二条新御所で討死した信忠の忘れ形見、僅か三歳の三法師に決まっている。

三法師の後見者は信長次男の信雄と三男の信孝とし、安土における傅役《もりやく》に信長の側近を務めた堀秀政を据え、宿老四人で補佐すること。

四人とは筆頭家老の柴田勝家、山崎の合戦で惟任光秀を討った羽柴秀吉、加えて同戦に参じた惟住長秀と池田勝入《しょうにゅう》（恒興の出家号）の二人。関東から敗走している滝川一益は外された。

闕国《けっこく》の分配は、信雄が尾張全域。信孝は美濃全域。柴田勝家は近江の北部。秀吉は山城、丹波全域と河内の一部。近江北部は削除。惟住長秀は近江の高島郡と志賀郡。近江の佐和山は削除。池田勝入は摂津の一部。堀秀政は近江の佐和山。高山右近らは加増に決定した。

「我らは信孝様の麾下となったのか」

報せを受けた光義は複雑な心境にかられた。

信雄と信孝を比較すれば、信孝のほうが出来がいい。三年前、信雄は信長の命令に背き、単独で伊賀を攻めて敗走させられ、こっぴどく叱責されている。さらに、光義らが安土城を退去したのち、贅を尽くした安土城は謎《なぞ》の炎上を起こし、灰燼《かいじん》に帰している。一説には光秀の手に渡したくないと思った信雄が、火をかけたという。

信孝は三男とされているが、実は信雄よりも二十日近く早く生まれたものの、母・坂氏の身分が信雄の母・生駒《いこま》御前（吉乃《きつの》）よりも低かったために三男にされたという出自の矛盾をもっていた。本能寺の変前は四国攻めの総大将に任じられるも、変後、家臣たちの離反で大坂にとどまっているしかなかった。それでも秀吉と山崎の戦いに参じて父の仇討《あだう》ちの名目は得ていた。

光義は、両人共にそれほど面識があるわけではないので、信忠ほどの思い入れはない。家臣を抱える身となった光義としては、大島家の安泰を計れる主であればどちらでもいい。とすれば、少しでも賢い信孝で満足と言えば満足であった。

清洲会議ののち、信孝はすぐさま岐阜城に入り、前国主である兄の信忠の施政を引き継ぎ、寺社への禁制、家臣等への所領安堵、所領の宛行《あてがい》、諸役の決定など、積極的に開始した。

岐阜城の留守居を任されていた齋藤利堯は信孝に重臣として迎え入れられた。また、森長可も嫡子の仙千代（忠政）を岐阜城に送ることを約束し、表向き仕官する意思を示した。

「さすが上様の血筋はだてではない。これにて東美濃も落ち着こう」

森長可が信孝に恭順の意を示したので、肥田忠政ともども信孝の麾下ということになる。これで所領争いの戦に参陣させられずにすむ、と光義は安堵した。

統治者が信長の息子の信孝なので、うまく両者を調停するであろうと期待していたが、一所懸命は武士の本質。東美濃の騒乱は簡単に収まるものではなかった。

光義が静観する中、所領の回復に勤《いそ》しむ森長可に圧《お》された肥田忠政は齋藤利堯に援軍を求めた。

「茂兵衛（光政）様が玄蕃允（利堯）殿の呼び掛けに応じたようにございます」

小助が慌《あわ》ただしく駆け寄り、光義に報告をした。光政は齋藤利堯の加治田城に詰めていた。

大島光政は光義の次男で、美濃の加茂郡に居を置く栗山忠光の養子となっていた。忠光死去後は栗山家を継いでいたが、惟任光秀が土岐源氏を名乗っていたせいか、山崎の合戦後、周囲から攻撃されることを警戒し、元の姓である大島を名乗るようになった。

「彼奴《あやつ》、逸《はや》りおって。いちいち指示を出さねば判らぬのか」

光政の弓の腕は認めているが、報せを聞き、光義は顔を顰めた。

まだ元服前のことであったが、過ぐる天正二（一五七四）年、武田勝頼の呼びかけに応じて同郷の武市太郎左衛門、同右京が蜂起《ほうき》し、兵を向けてきたことがある。そのおり、前髪《まえがみ》の光政は弓で数人を射倒し、出撃したのちは鑓で敵を仕留め、敵排除の一役を果たした。

荒木村重が信長に謀叛《むほん》をした時も、光政は齋藤利治に属して摂津の伊丹城攻めに参じ、朋輩《ほうばい》の原金右衛門とともに城内への一番乗りを果たしている。

本能寺の変では、光政は丹羽長秀の麾下として光秀の娘婿の津田信澄を攻め、敵の首級を挙げる活躍をした。弓も鑓も使える武士であった。

「いかがなされますか」

「抛《ほう》ってもおけまい。いつにても出陣できるように支度致せ」

二十歳の光政は戦いたくて仕方がないのであろう。光義も若き日の自分と重ね合わせ、理解はしているが、納得してはいない。それでも父親として見捨てることはできなかった。

七月四日、森長可は加治田城に兵を向けた。

北の津保川《つぼがわ》と南の川浦川《かわうらがわ》に挟まれた梨割山《なしわりやま》（標高約二百七十メートル）の頂きに本丸が築かれており、南の麓《ふもと》の御殿屋敷を含めて加治田城と呼ばれていた。齋藤利堯は山頂の本丸には籠《こも》らず、麓の御殿屋敷を本陣とし、一千七百余人の兵で森軍を迎え撃つことにした。

大島光政は湯浅新六ら三百の兵と西の絹丸捨堀口《きぬまるすてぼりぐち》の守備についた。

加治田城の齋藤軍に対し、森長可は川浦川対岸の檜山《ひやま》に本陣を置き、全軍で中央を突破すると同時に、三徳櫓《さんとくやぐら》から長沼三徳を川浦川まで引きずり出す策をとった。

森長可が真屋《まや》新助信透《しんすけのぶとお》らの率いる五百の兵を渡河させるや否や、長沼藤治兵衛《ながぬまふじべえ》がこれの阻止に当たり、すかさず齋藤利堯自ら本隊を率いて加勢。激戦が始まった。

首尾は上々と森長可は林為忠《はやしよしただ》らの別働隊五百を上流から迂回《うかい》させるように渡河させて、長沼三徳の三徳櫓に進ませ、この間に自身は本隊を率いて西の下流から徒渉した。

激戦の中、長沼藤治兵衛勢は圧され、支えきれず遂に父が守っていた三徳櫓に後退していく。これを機に森軍が城下に火を放つと、瞬く間《またたくま》に城下は火の海となった。

劣勢に陥った齋藤利堯は全兵で出撃し、城下で森軍を包囲して殲滅《せんめつ》するように命じた。

「待ってました」

喜び勇んだ光政は連銭葦毛《れんぜんあしげ》の駿馬に飛び乗り、絹丸捨堀口をいの一番に飛び出した。身には唐綾威《からあやおどし》の鎧《よろい》を纏い、五枚兜《ごまいかぶと》の緒を締め、馬には梅花のかげに胡蝶《こちょう》の戯《たわむ》れ遊ぶ景色を金具に摺《す》った鞍《くら》を置いている。

「喰らえ！」

光政は、まだ用意を整えていない森勢に対し、気合いとともに馬上から矢を放つ。父の才を引き継いだ光政は立続けに矢を放って森勢を仕留めていった。

「遅い、遅い。まだ放てぬのか」

森勢も鉄砲を撃ち返そうとするが、光政は嘲《あざけ》りながら、玉込めしている間に敵を討って攪乱《かくらん》する。瞬く間に鉄砲衆を失った絹丸捨堀口周辺の森勢は追い立てられ、南の谷に崩れ落ちた。

「退《ひ》くな。退くでない！」

森勢の杉柄新助《すぎづかしんすけ》は踏み止《とど》まり、配下を叱責するが、そうそう逃げ腰になった兵を止められない。そこで新助は挽回《ばんかい》する手段として光政に白羽の矢を立てた。

「貴殿の強弓は天晴《あっぱ》れなれど、我は弓を取らぬ。鑓合わせを所望。拒むも武士の道なり」

鑓で戦うのが怖いならば弓で対戦しても構わぬと、挑発されて若い光政は即座に応じた。

「承知」

駿馬を飛び下りた光政は、馬に備えていた鑓を手に身構えた。左の手足を前に中段の構えをとった光政はすぐさま鑓を繰り出して干戈《かんか》を交えた。相手の杉柄新助も歴戦の兵《つわもの》、二人は火花を飛ばし、激しく突き合った。

急を聞いた光義らが加治田城に到着したのは、城下で敵味方が入り混じっている時だった。留守居から齋藤利堯が出撃していることは聞いている。

「いい勝負をしているではありませんか」

眼下の戦いを見ながら小助が言う。

「城下まで仕寄《しよ》られておるのじゃ。劣勢なのは明白。むっ？」

激闘が繰り広げられる中、光義は唐綾威の鎧を着用した武士が一進一退の攻防を繰り広げている姿を発見した。見間違うことなく光政である。

「加勢するぞ」

次男を討たせてはならない。光義は搦手道《からめてどう》を駆け下り、光政が戦う場に向かう。敵味方を搔《か》き分け、刃《やいば》を向けてくる敵は鐺で突き倒し、漸《よう》く戦闘地に達した。

光義は七本ひご弓を手にし、万が一の場合には無言の助太刀をして光政を助けるつもりだが、場所は戦場、息子ばかり見てはいられない。一旦、川浦川を渡り退却した森軍が、再び態勢を立て直して渡河してきた。距離は一町半ほどである。

「ええい、ほかの斎藤勢はなにをしているのじゃ。そちは茂兵衛から目を離すな」

小助に命じた光義は、再渡河してくる兵に矢を放ち、続けざまに川魚の餌《えさ》とした。

「むっ。一人では勝てぬと見て、父親に加勢を頼むとは情けなし」

杉柄新助は光義に気づき、光政に言い放つ。

「誰が左様なことをするか！　余計なことを気にせず、尋常に勝負致せ」

光政は戦いを求めるが、杉柄新助は応じようとしない。

「こたびは預けておく」

言い捨てると杉柄新助は南に退いていった。

「追い討ちはかけぬのですか」

小助が光義に聞く。

「息子の敵を父が奪っては、大人げないと非難されよう。退いていくのじゃ、よかろう」

信孝からの命令でもない手伝い戦なので、光義は本腰を入れるつもりはなかった。

齋藤軍の必死の奮闘に光義の参加もあり、森軍は兵を退いた。但《ただ》し、敗走したというよりも、前線から兵を後退させたという感じである。森長可とすれば、留守中に奪われた支城を取り戻し、二度と攻めさせないための警告で、本気で加治田城を落とすつもりはなかったのかもしれない。帰城した長可は酒宴を催して配下を労《ねぎら》ったという。

一方の齋藤利堯は居城を守りきり、敵を追い払ったので勝利も同じ。引き上げる森軍の背を見ながら、皆で鬨を連呼した。

加治田城の戦いは互いに勝利を主張し合った。

「父上のせいで、せっかくの兜首《かぶとくび》を逃すはめになりました」

光政は光義の参陣を喜ばず、不満をもらす。

「父上になにを申す！　そちの旗色は悪かったではないか。そちは踏み込みが甘い。我らのお陰で首が繋《つな》がっているのじゃ。有り難いと思え」

鎧には自信を持つ嫡男《ちゃくなん》の光安が叱責する。

「左様なことはありませぬ。なんなら、兄上と勝負しても構いませぬぞ」

養子に出されはしたが、一家を背負ってきた自信があるせいか、光政は強気である。

「おう、そちなど十を数えぬ間に突き倒してくれる」

「やめよ。兄弟で仲違《なかたが》いをするのは家を滅ぼす元凶。何度も言い聞かせたであろう」

光義が注意すると、さすがに二人とも口を閉ざした。

「まあ、とりあえず、皆無事でなにより。されど、齋藤方について戦った以上、このちも森方を敵にせざるをえなくなった。これよりは、いろいろと思案し直さねばならぬな」

「そちがなんの相談もなしに参陣したゆえ、かような仕儀となったのじゃ」

光安は光政を睨《ね》めつけながら言う。

「今、某《それがし》は大島姓を名乗っておりますが、元は栗山家。当家のことに口出しはしないで戴《いただ》きたい。また、万が一、敵味方に分れたとしても大島の家名は残るではありませぬか」

「なに!」

「やめよと申しておる。まあ、久々に顔を合わせたのじゃ。宴席で話すがよい」

二人を収め、光義は戦場を後にした。

(大島家の生き残りか。茂兵衛め、生意気なことを申しおって)

これまで光義は家を割って存続させる思案はなかった。

(家名を残すか)

信長という強大な大木があったことで、光義は自家の不安など考えもしなかったが、巨木は倒れてしまった。こののちは視野を広げなければならない。息子は若いながらも信長亡《な》き後の新時代を見据えていたのである。

四

肥田忠政、齋藤利堯らの加治田衆と森長可の争いは信孝の仲介で一応鎮まったものの、末端での小競《こぜ》り合《あ》いは続き、いつ再燃しても不思議ではない状態であった。

秋も深まり、互いに動向を窺う中、森長可の使者が光義に調略の手を伸ばしてきた。

使者に対面した光義は、

「武蔵守（森長可）殿と誼《よしみ》を通じるのは吝《やぶさ》かではないが、儂《わし》は玄蕃允（齋藤利堯）殿と争うつもりはない。それに二人とも信孝様の麾下《きか》。仲間を集う必要もござるまい」

深入りしないように慎重に告げる。

「無論、我らも信孝様の麾下なれど、再び齋藤勢と争った場合、当家に敵対しないで戴きたい。我が主は大島殿を敵としては見てござらぬ」

「そう願いたいもの」

当たり障《さわ》りなく躱し、光義は使者を帰した。

（武蔵守は信孝様に従うつもりはないのか？）

使者の様子から、光義は感じた。

「筑前守（秀吉）殿が武蔵守殿を煽《あお》ったという噂がございます。美濃半国とでも、鼻薬を嗅《か》がされたのやもしれませぬ」

どこで聞いてきたのか小助が言う。

「さもありなん。忠義は上様一代限りか。筑前守殿が絡《から》んでくるとなると、信雄様と組んで信孝様を追い落とそうという魂胆やもしれぬの」

光秀を討った秀吉は、織田家の重臣では満足できなくなったのかもしれない。

織田家はおおよそ秀吉・信雄派と勝家・信孝派に分かれ、石高の少ない家臣たちを取り込みながら、対決姿勢を強めている。関東の地を失い、加増を得られなかった滝川一益は勝家についた。いずれ衝突するであろうことは誰の目にも明らかであった。

「されど、信孝様は柴田（勝家）殿と昵懇《じっこん》。簡単にはいきますまい」

信孝にとって柴田勝家は烏帽子《えぼし》親《おや》。信孝は秀吉に対抗するため、未亡人となっていた叔母のお市御寮人を説いて勝家に嫁がせ、両家の結びつきを固めていた。

「おそらくの」

「殿はいかがなされるおつもりですか？」

「そちの口ぶりでは、筑前守殿につけということか」

小助は目敏いので、意見に耳を傾けても悪くはない。光義は問う。

「こたび信孝様は玄蕃允殿に兵を出されませんでした。使者の口上から武蔵守殿は信孝様に敵対する様子。寡勢《かぜい》の我らとすれば、安心できる後ろ楯は必要でございます」

「家臣どうしの争いに国主（信孝）が一方には味方できぬと仰《おお》せのようじゃが」

「されば、今少し早く仲裁すべきでございましょう。さすれば死者の数も減ったに違いありません。それと織田の序列は次男の信雄様のほうが上。上様の跡継ぎが嫡孫の三法師様に決まったゆえ、我らも筋目に従うべきかと存じます」

的を射た小助の意見に光義は頷いた。

「まあ、一度お会いさせて戴かねば、今の段階ではなんとも申せぬ」

可能な限り光義は中立を貫くつもりでいるが、いずれは決断せねばならぬとも思っていた。

そんな最中、意外な人物が関の大島屋敷を訪れた。太田信定である。

角張った輪郭も年齢を重ねたせいか、丸くなっているように見えた。

「お久しゅうござる」

丁寧だが、他人行儀な信定の挨拶《あいさつ》である。柔らかな声音はすっかり文官のものであった。最後に顔を合わせたのは本能寺の変の前なので、久しいという言葉は正しいとは言えない。ただ、争乱続きの後だけに、その言葉には思わず納得してしまう。

（実際には心のほうか）

弓衆であり続けたい光義と、奉行に転身した信定の心の亀裂《きれつ》は数年前からである。こちらの和解はまだできていないので、改まって声をかけられたことに頷けるのかもしれない。

「貴殿も健やかそうでなにより」

本能寺の変後、信定は惟住長秀に仕えていた。長秀は秀吉に与《くみ》したことから、清洲会議ののち、従来の若狭《わかさ》に加え、近江の高島、志賀郡を得ていた。

「美濃も大変にござるの」

「まさにの。貴殿が当家を訪れるのはこれで二度目。また、それでござるか」

光義はすぐに察した。

「さすが大島殿。話が早い。日向守を討った筑前守殿は、ご次男の信雄殿を後押しなされておるので、こののち織田家を主導するのは確実。大島殿も我らに与されてはいかがか」

察したとおりの呼びかけであった。

(それにしても、よくも儂に誘いをかけてきたものじゃ。儂ならばできまい)

光義は感心した。亀裂を生んだ弓衆と奉行の問題。光義に悪意はないが、信定にすれば奉行に転身したことを蔑《さげす》まれたと思い込んでいたはず。反感もあるだろうに光義を誘う気持はどのような心境か、聞いてみたいところである。

「当家はせいぜい二十数人。筑前守殿や惟住殿が欲しがる兵力ではあるまい」

「貴殿の弓は百人力。ご自身の価値を判《わか》っておられぬ」

少しでも名のある者を味方につけ、秀吉は信孝を位攻《くらいぜ》めにしようという魂胆に違いない。

(調略も奉行の役目の一つか。役に徹しておるのう)

弓を引き摺らず、割り切った思案ができる信定を、決して羨《うらや》ましいとは思えない。受け入れがたいものがある一方、大島家のことを考えると無下にもできなかった。

「お声がけは有り難いが、儂は織田の分裂を望んではおらぬ。返答は保留させて戴く」

「承知致した。なにかあれば、申してくだされ。きっとお役に立てましょう」

主の惟住長秀が秀吉に与しているので、信定は余裕の顔で大島屋敷を後にした。

「意地など張らず、素直に応ずればいいものを。羽柴勢のほうが勢いがありますぞ」

廊下で話を聞いていた小助がたしなめる。

「戯《たわ》け。今応じれば儂が戦の契機になるやもしれぬ。餌にされるのはご免だからじゃ」

叱責する光義であるが、小助には痛いところを衝《つ》かれていた。二度も誘われて応じるのは気が引けたからである。

「とは申せ、近頃は寝起きに少々刻《とき》がかかっておるではありませぬか。衰えが露見する前に仕官するべきではないですか。好機を逸しては後悔致しますぞ」

以前は目覚めと共に体が機敏に動いたが、今は少し時間がいる。決して活力が失われているわけではないが、声がかかるうちが花だと小助は勧める。

「儂ではなく、そちのほうであろう」

老いたと言われることは、やはり嫌なものである。光義は小助になすりつけた。

（歳《とし》か。それより、太田を必要とした時、儂はいかな顔で接すればいいのかの）

加齢の中で感情の操作ができるかどうか判らない。光義は逡巡《しゅんじゅん》するばかりであった。

秀吉と勝家が仲間を集め、さまざまな駆け引きをする中、信孝から登城命令が出された。

「今、登城すれば、質を求められるのではありませぬか」

小助が諫《いさ》める。

「おそらくの。されど拒めば岐阜の兵が関を囲むやもしれぬ。現状では誰からも支援は得られぬ。戦えば道連れを増やしても滅びるのがおち。面倒じゃが行くしかあるまい」

呼び出しを受けた瞬間、光義には覚悟ができていた。すぐに光安を呼んだ。

「儂は虜《とりこ》の身になるやもしれぬが、その時は慌てず、そちが大島家の当主として差配せよ」

「我らは信孝様の麾下。一緒に戦わぬのですか？」

「小領主の我らから質をとらねば兵が集められぬのでは先が見えておる。儂が質になれば、遠慮のう儂を見捨て、茂兵衛（光政）とともに勝つ側につけ」

家臣が増えると、家の存続を優先しなければならぬのか、と光義は時の流れに嘆息した。

「大島の家は、父上がなければ成り立ちませぬ。質なれば某《それがし》がまいります」

「先のあるそちを質に出すなどできぬ。質は老い先短い老いぼれで十分。なに、信孝様は儂を斬《き》ったりはせぬ。筑前守殿と戦うには、一人でも多くの兵が必要。我が弓を使うはずじゃ。それゆえ、そちは大島家のことだけを思案せよ」

七十五歳の光義は笑みを湛《たた》えながら光安に告げ、小助に向かう。

「そちは太田（信定）殿の許《もと》にまいり、話を通せ」

背に腹はかえられない。一個人の武士《もののふ》の生きざまではなく、光義はお家の生き残りを選択せざるをえなかった。

「待て、今、儂はいかような面《つら》をしておる」

光義は即座に小助に問う。

「いつもどおり、むさい顔をなされております。そういえば、些《いささ》か頰が下がりましたか。殿らしくはありませぬが、いかにもご当主らしいお顔なのだと思います。某は安《あん》堵《ど》しております」

「慮外者《りょがいもの》め。家臣ならば、世辞でも良い顔だと申せ。にやついてないで、とっとと行け」

事によってはもう一度、同じ顔を太田信定に見せなければならない。光義の気は重い。

（まあ、弓以外のことは致し方ないか。家が残り、弓が放てればよい）

諦《あきら》めなければならぬこともあると、光義は自身に言いきかせた。

それぞれに指示を出した光義は、従者の梅吉一人を連れて岐阜城に登城した。

（上様が安土に移られて以来ゆえ六年ぶりか。いずれにしても随分と主も変わったものじゃ）

齋藤道三、義龍、龍興、織田信長、信忠、信孝。光義が知るだけでも六人が城主となった。

（この城は定住を許さぬ城なのかもしれぬな。とすれば……）

信孝の在城もそう長くないのかもしれない、と思いながら光義は入城した。城の一室で四半刻《しはんとき》（三十分）ほど待たされていると、信孝と幸田孝之《こうだたかゆき》、岡本良勝《おかもとよしかつ》の重臣二人が入ってきた。

「ご尊顔を拝し恐悦至極に存じます」

下座に控える光義は平伏した。

「重畳至極」

上座から信孝は鷹揚《おうよう》に告げる。

（息子だけあって、亡き上様に、よう似ておられる。されど才までは受け継げぬか）

信孝の双眸《そうぼう》から圧されるような輝きは感じられない。どこか不安気で、自信に満ち溢《あふ》れていた信長とは似ても似つかぬ眸《ひとみ》であった。大坂で困惑して身動きできなかったことなどいい例である。これでは秀吉に対抗するのは難しいと、光義は瞬時に感じ取った。

「さて、こたび登城を命じたのはほかでもない。先日、森家や惟住家の使者が貴家を訪れたそうな。いかな当所《あてど》（目的）か」

信孝に代わり、重臣の幸田孝之が問う。孝之は信孝の乳兄弟で、傅役も務めている。

（誰ぞが当家のような小さな家を見張っておるのか。それだけ切羽詰まっておるのか）

光義は改めて秀吉の拡大の凄《すご》さを認識した。

「森家の遺いは、先の戦いでは心ならずも敵対したが、憎しみはもっておらず、こののちは昵懇に願いたいとのことにござる」

「して、貴殿の返事は？」

「同じ美濃の武士。信孝様の下で励みましょうぞ、と伝えてござる」

偽りのない言葉を光義は述べた。

「武蔵守は亡き上様の御恩を忘れ、筑前守に与し、我らを敵として見ている」

不快げに幸田孝之が言う。

「左様でござるか。武蔵守殿の信濃の所領は上様が定められ、亡き中将（信忠）様が美濃の本領を安堵なされたはず。にも拘《かか》わらず、留守を衝いて所領を奪った者への処罰はなされたか」

「貴殿も肥田玄蕃允には加勢したではないか」

「話を誤魔化されるな。某《それがし》は同じ加治田衆ゆえ、いきがかり上、仕方なく参じたまで。されど、信孝様は国主ゆえ正しき裁定を下されねばならぬのではござらぬか」

信孝の器は小さいような気がした。

「貴殿は信孝様を非難なされるか？」

「理《ことわり》を述べておるのに非難とは笑止。もし武蔵守殿が筑前守殿に与したとすれば、かような理由ではありますまいか。武蔵守殿は奪われた城を取り戻したに過ぎず、加治田城を落とせたのに落とさなかった。肥田玄蕃允殿には阿漕《あこぎ》なことをするなという警告でしょう」

一息吐《つ》いて光義は続けた。

「武蔵守殿のご舎弟は上様とともに逝《ゆ》かれたとのこと。お悔やみの使者は立てられましたか」

「信孝様は仇討ちをしておる。それに、武蔵守は上様から与えられた信濃の地を捨てて逃げ帰った腰抜け。信孝様のほうから使者を立てねばならぬ謂《いわ》れはない」

幸田孝之も仇討ちに参じているので、強い調子で言う。

（一番近い場にいながら、麾下を四散させ、筑前守殿が帰京するまでなにもできなかったことを忘れておるのか。信孝様は家臣に恵まれておらぬようじゃ）

秀吉にしてやられるわけだと光義は納得した。

「まあ、終わったことはさておき、こののちは改めて信孝様に忠節を尽くして戴く」

否《いな》とは言わせぬ口調で幸田孝之は言い放つ。

「これは異なことを申される。改めてもなにも、まだ当家は所領の安堵もされてござらぬ」

「質を出して戴く。さすれば安堵状が出されよう」

「質はここに坐《すわ》ってござる。某は家督を光安に譲り、雲八《うんや》と号す者。雲八は亡き上様から賜わった号にござる」

これが光義の覚悟であった。

「なんと！　されば光安殿が背いた場合、貴殿が斬られることになると申すか」

まさか自ら人質になりに来るとは思わず、幸田孝之は瞠目《どうもく》した。

「背くや否やは光安次第。背かせぬようにするのが貴殿ら織田家の宿老の手腕。老いぼれを煮て喰おうが、焼いて喰おうが貴殿らの勝手。それまでは気儘《きまま》にさせてもらいましょう」

「大島、そちは儂と戦ってくれるのか」

今まで黙っていた信孝が問う。

「仰せのとおり。老いた身なれど、存分に使われませ。但し、使い時を誤りませぬよう」

身軽になった光義は、戦える喜びを感じていた。

（彼奴のお陰で老いという言葉を口にするようになったの）

小助の顔を思い出しながら光義は思案した。言葉の文《あや》と言いたいところであるが、現実でもあるので腹立たしい。勿論《もちろん》、戦場では払拭《ふっしょく》するつもりである。

およそ半月後、小助が光義の許を訪れた。

「話は通りました。当家を筑前守殿の直臣というわけにはいきませぬが、惟住殿が麾下として受け入れたいと仰せになられました」

「左様か。ようやってくれた。さすが小助じゃ」

美濃に数万石を持つ森長可と、十万石以上に石高を増やした惟住長秀とで、光安らが仕えるならば後者のほうがいい。光義は微笑《ほほえ》んで労った。

（されど、太田には借りを作ったのう。まあ大島家のためじゃ）

戦になれば、どうなるか判らないが、会う機会があれば素直に礼を言うことにした。

「して、殿の境遇とこののちは？」

「儂は雲八と号する隠居の質。いざという時は信孝様と共に戦う所存」

「なんと！　ここにきて、いつもの戦病が出たのですか」

呆《あき》れ顔の小助は溜息《ためいき》を吐いた。

「だいたい、そちが儂を老人扱いしたからではないか」

「それとこれとは話が別です。某のせいにされては困ります」

小助は不機嫌そうに言う。

「まあ、義理も果たさねばなるまい。そちは光安の許に行くがよい」

「家臣が何人増えようとも、殿の骨を拾うのは某の役目。安寧は諦めております」

「痴《し》れ者め」

光義は小助とともに岐阜城にとどまり続けた。


両陣営が探り合いをする中、秀吉が先に行動を起こした。

深雪《みゆき》で越前・北ノ庄城の柴田勝家が動けないことを確認した秀吉は、十二月九日、五万の兵を率いて安土新城で信雄を迎え、十一日、近江の佐和山に着陣すると、勝家の甥《おい》・勝豊が城主を務める長浜城を囲んだ。

長浜城は秀吉が居城にしていたので、強弱は熟知している。さらに勝豊は健康不良で戦陣に立つこと適《かな》わず、勝家からの援軍を得られぬことから、秀吉に降伏した。

秀吉は柴田勝豊に寛大な態度を示し、開城後も同城に居続けさせた。甥すら勝家を見限ったということを世間に広めるためである。

十六日、後の処理を弟の羽柴長秀に任せた秀吉は、美濃の大垣城に入城した。

大垣城主は氏家直通《うじいえなおみち》であるが、こちらも秀吉の調儀をもって信孝を裏切り、誼を通じていた。

同じ西美濃三人衆の一人、清水《きよみず》城主の稲葉貞通と父の一鉄も秀吉に付き、貞通は実子を人質として秀吉に差し出して忠誠を誓った。

これに倣《なら》い西美濃衆の殆《ほと》んどと、さらに東美濃の兼山城主である森長可らも風に靡《なび》くがごとく秀吉の麾下に属した。

準備万端整った秀吉は、孤立無援となった信孝の岐阜城を囲んだ。美濃勢と合わせておよそ三万。対して城内に籠る兵は五千にも満たなかった。

秀吉が信孝に兵を向けた大義名分は、三法師を堀久太郎《ほりきゅうたろう》（秀政）に預けるという清洲会議の決定を破り、岐阜に匿《かくま》っているので、兄の信雄の命令を受けて、約束を是正することである。

「おう、壮観な眺めじゃの。十五年前も確か寄手の大将は筑前守であったの」

信長が築き直した山頂の天主閣から包囲する羽柴軍を眺め、光義は告げた。

寄手は包囲してはいるが、眼下の長良川を渡ってはこなかった。

「暢気《のんき》なことを申されている場合ではありませぬ。親子が敵味方に分れたではありませぬか」

秀吉本陣の北側に惟住勢が陣を布《し》き、その中に大島家の『揚羽蝶《あげはちょう》』の指物が見えた。

「武家の倣いじゃ致し方ない。されど、己一人では上様の仇討ちができなかった信孝様じゃ。戦いにならぬやもしれぬ。一矢ぐらいは放ちたいものじゃ」

光義は戦いになることを期待した。

寄手からは降伏を呼び掛ける矢文が射られるが、長良川を越える矢は数えるばかりであった。

「鉄砲に頼り、弓を蔑《ないがし》ろにしているからじゃの」

敵の弓衆に腹が立ち、光義は弓に弓弦《ゆづる》を張った。

「お待ちください。殿が放てば、大島光義が城に籠っていることが露見致します。さすれば寄手に加わる光安様らに迷惑がかかりましょう」

「いや、大島家が生き残るためにも、儂が籠っていることを筑前守に知らしめるほうがよい」

光義は麓の本丸を出て、西対岸の秀吉本陣目指して弓弦を弾いた。

(上様に代わり、天下を目指さんとするならば、この矢の意味が判ろう)

光義は矢に願いと武心を託した。放たれた矢は四十五度の角度で天に伸び、楽々と長良川を越え、陣の手前で地に刺さった。距離は四町(四百三十六メートル)を超えている。

「おおっ!」

少して対岸から喚声が聞こえた。敵の弓衆より半町近く遠くに飛ばしたことになる。

光義の一矢で敵の弓衆を黙らせたが、鉄砲衆を本気にさせ、轟音《ごうおん》が連続した。

「我が腕、まだ衰えてはおらぬの」

遠放ちを行い、光義は納得して引き上げた。

これ以降、小競り合いは減少した。

「城を落とすならば近づかねばならず、遠くに飛んでも当たるか判らぬ鉄砲よりも、確実に仕留められる殿の弓に恐れをなしましたか」

「筑前守は最初から仕寄るつもりはないのであろう。包囲して威嚇《いかく》し、内から崩すのは備中、播磨《はりま》の諸城で実証済み。勝負はついたやもしれぬな」

「所領が減らねばよろしいですが」

心配そうな表情で小助はもらした。

秀吉の圧力は功を奏しており、夜陰に乗じて岐阜城から逃亡する兵が続出した。信孝は憤《いきどお》る。

「美濃に味方はおらぬのか。権六（柴田勝家）はなにをしておるのじゃ！」

信孝は肘《ひじ》をついていた脇息《きょうそく》を叩《たた》き付けて激怒するが、逃亡兵を止めることはできず、為す術がなかった。

「この城は亡き上様が普請し直した城。半年や一年では落ちませぬ。雪が解ければ修《しゅ》理亮《りのすけ》（柴田勝家）殿が出陣なされます。伊勢長島の伊予守（滝川一益）殿も健在、それに三河守（徳川家康）殿も筑前守を快く思っておられませぬ。我らが負けるはずもありませぬ。今暫《しばら》くの辛抱です」

幸田孝之は信孝を元気づける。

「三河守殿は甲斐《かい》、信濃の制圧に忙しく、とても西に兵を割ける余裕はありませぬ。修理亮殿が雪で足留めされているうちに伊予守殿が討たれれば、我らは四面楚歌《そか》。和《わ》睦《ぼく》は少しでも余裕のある時にすべきでございます。一度、三法師《さんぼうし》様をお預けになられても、修理亮殿が出陣なされた折に取り戻せばよいかと存じます」

既に秀吉に内応していた岡本良勝が和睦という名の降伏を勧める。

信孝は囲いを抜けさせ、柴田勝家や滝川一益に使者を送るが返答はなし。逃亡兵は後を絶たず、内部崩壊する前に屈することを決意した。

二十日、信孝は三法師を渡し、娘と実母の坂氏を人質として秀吉に差し出して降伏した。

人質と三法師を受け取った秀吉は満足の体で帰途に就いている。

城兵も解放され、光義らもひとまず所領の関に戻った。

「惟住殿は、相変わらず大島の弓は天下一じゃ、と笑っておられました」

帰国した光安が言う。

「左様か」

「されど、次は城を陥落させるやもしれぬ。籠らせるな、とも付け加えられました」

「質を受け取っても筑前守殿は信孝様を攻められるか。逆を申せば、信孝様は質を犠牲にしても兵を挙げるつもり。その気配があるということか。相判ったと伝えよ」

義理は果たした。死に急ぐつもりはない。光義は中立を保つつもりである。

この年、光安に待望の男子が誕生し、光義は祖父となった。のちの光長《みつなが》（光親）である。

家中には幸あるが、先行きは不透明の中で激動の天正十年は暮れていった。

明けて天正十一（一五八三）年正月、滝川一益は先制攻撃を仕掛け、秀吉方に属す伊勢の亀山城を奪った。

二月、秀吉は待ってましたと大軍を率いて伊勢に侵攻し、三月三日、亀山城を攻略した。

滝川一益に呼応して柴田軍の佐久間盛政が先鋒《せんぽう》として北近江に侵攻。これを知った秀吉は三月十一日、自軍の一部と信雄勢を北伊勢に残して、即座に兵を返し、近江の北の木之本辺りまで出陣した。亀山から木之本までおよそ十三里（約五十二キロ）。これを僅《わず》か一日で駆け抜けた。中国大返しに続く伊勢大返しである。この間に柴田勝家も腰を上げている。

羽柴、柴田両軍が余呉湖《よごこ》の少し北で対峙《たいじ》している最中の四月十六日、信孝は羽柴方の氏家直通の大垣城を攻撃。秀吉はその日のうちに大垣城に入城したので、信孝は岐阜に退いている。

惟住長秀は海津《かいづ》口と敦賀口で柴田軍を牽制《けんせい》する役目を担《にな》っている。光安・光政兄弟は惟住軍に参じているが、光義は信孝からの申し出を断わり、関に居座ったままである。

「信孝様は質を見殺しになさるおつもりなのでしょうか」

不憫《ふびん》だと言わんばかりに小助は首を傾《かし》げた。

「武士の意地、主筋の意地かのう。儂は身軽でよかった」

おそらく自分ならば、信孝と同じ行動はとれない。光義は信孝に感心し、蔑みもした。

「こたびは修理亮殿も出陣なされておりますが、兵の数は筑前守殿が勝っております。昨年のようにはまいりますまいが、いかなことになりましょうや」

柴田勝家方が動員できる兵は信孝、滝川一益を含めて三万余、対して秀吉は十万であった。

「古今東西、対峙したのちは先に動いたほうが負けると言われている。寡勢じゃが、柴田勢が待ちきれれば勝機も見出《みいだ》せよう。総懸かりの強さは織田家随一じゃからのう」

懸かり柴田、という異名を持つ柴田勝家。常に多勢が勝利するのではつまらない。嘗《かつ》ては共に戦ったこともあるので、光義は陰ながら寡勢の戦勝を願っていた。

四月二十日、光義の期待虚《むな》しく、秀吉は先の伊勢大返しに続く、大垣大返しを敢行。およそ十三里（五十二キロ）の距離を僅か二刻半（約五時間）で陣に戻った。道の整備をし、周囲の農民を動員して兵糧《ひょうろう》を整えさせた結果である。

帰陣した秀吉は深入りしすぎた佐久間盛政を賤《しず》ヶ岳《たけ》で叩いた。この時、福島正則《ふくしままさのり》、加藤清正《かとうきよまさ》らが賤ヶ岳七本鑓《しちほんやり》として活躍。同時期、柴田軍に属す前田利家《まえだとしいえ》は戦線を離脱し、これを見た柴田軍は総崩れと勘違いして退却した。

秀吉は越前の北ノ庄城に勝家を追い詰め、四月二十四日、お市御寮人ともども勝家を自刃《じじん》させた。

報《しら》せは関の光義にも届けられた。

「修理亮が、かように早く敗れるとはのう。戦とは、左様なものやもしれぬの」

僅かな対応の違いで家を滅ぼすことになる。光義は身につまされた。

（惟住家の麾下となるが、こののちの大島家と我が弓の行く末を握るのは筑前守になるのか）

秀吉の顔を思い浮かべると複雑な心境になるが、大島家を潰《つぶ》さず、死ぬまで弓を射させてくれれば、それも構わぬという気持になっていた。

柴田勝家が敗れて自刃したという報せが岐阜城に届けられると、前日は二百ほどいた兵は四散し、僅か二十七人にまで減っていた。

頃合よしと次男の信雄は弟の信孝に対し、降伏勧告を行った。

もはや抵抗できる術もなく、信孝は応じざるをえなかった。

降伏したが許されず、五月二日、信孝は尾張の内海野間《うつみのま》の大御堂寺《おおみどうじ》で切腹と相成った。

（三法師様の後見役になりたいとはいえ、弟を騙《だま》し討ちにするとはのう。あるいは上様の血か）

光義は弟の信勝（信行）を自ら手にかけた信長と信雄を重ね合わせた。

これにより、織田家の家督は三法師、後見役は信雄、筆頭の宿老は秀吉ということになった。

信孝の死後、加治田衆の大半は森長可の麾下となった。

惟住長秀は賤ヶ岳の戦いに直接参加したわけではないが、逸早《いちはや》く秀吉に味方し、柴田勝家を西から牽制《けんせい》した功が認められ、勝家の旧領であった越前と若狭さらに加賀の能美、江沼二郡が与えられた。石高は百二十三万石とも言われている。

光安と光政が長秀に仕えることになったので、光義は挨拶をするため越前の府中を訪れた。取次は太田信定である。勿論、信定は上座で光義は下座である。

やはり頼ってきたか、信定の表情はそう言っているように見える。

（弓衆が奉行に屈した瞬間か。いや、そうでもないか）

信定の顔は完全勝利といったものではないように光義には感じられた。

「こたびは愚息の口利《くちき》きをして戴き、感謝してござる」

気が進むものではないが、光義は素直に礼を口にした。不思議と敗北感はない。

「お陰で某も主《あるじ》に褒められたので、大島殿には感謝致す。まあ、主に会われよ」

意外にも趣き深い声をかけた信定に案内され、光義は惟住長秀の前に罷《まか》り出た。

「お久しゅうございます。こたびは愚息を召し抱えて戴き、有り難き仕合わせに存じます」

息子たちの主人となったので、光義は惟住長秀に対して慇懃《いんぎん》に挨拶をした。石高や役職の差はあれ、嘗ては信長の下で同僚であった長秀に頭を下げなければならないのは、些か抵抗感があるものの、お家の存続が第一と光義は割り切った。

「重畳至極。光安らには、こののちも励んでもらうが、儂はそちを召し抱えたつもりじゃ。今の世にそちほどの戦歴を持つ士《つわもの》はおらぬ。よくぞ生き抜いてきたものよ」

鷹揚《おうよう》に長秀は言う。

（太田が諸手《もろて》をあげて勝ちに浸っていなかったのは、このことか）

五十七歳の自分は奉行に転じたが、七十六歳になっても光義はまだ弓を評価されている。頭を下げてきた光義に対し、信定は僅かながらも嫉妬《しっと》していることが窺《うかが》えた。

「かような老体でよろしければ、存分にお使いなされますよう」

光義は感激し、応じた。息子たちのためということもあるが、やはり自分のためという気持のほうが強かった。

「若い者たちに、そちの弓を伝授し、鉄砲にも負けぬ弓の集団を作ってくれ」

「存分に励む所存です」

歓喜の中で光義は平伏した。

(弓あっての儂じゃな。そなたでは、こうはいくまい。まあ、いずれが勝者かは、各々《おのおの》が決めることじゃ)

目こそ向けはしないが、光義は信定にささやかな勝利の味を覚えた。

本領は関にあるが、光義の新たな生活が越前で始まった。

勿論、誰も光義のことを隠居号の雲八でなど呼ばなかった。

第六章　天下分け目

一

「誰ぞ、あの窓に矢を放てる者はおらぬか」

豊臣秀次は法観寺《ほうかんじ》の八坂の五重の塔最上階の窓を指差した。

「某《それがし》が射てみましょう」

当年八十四歳の光義は躊躇《ちゅうちょ》することなく申し出た。

朝鮮出兵を実行するにあたり、秀吉は関白を甥《おい》の秀次に譲り、自身は太閤《たいこう》と称して身軽になった。この時、光義は一時、秀次に付属された。

戦国時代、地方から上洛《じょうらく》した大名が都の東山にある法観寺に定紋《じょうもん》入りの旗を掲げることによって、誰が新しい支配者・天下人になったかを世人に知らせるのが慣わしとなった。秀次は都の主《あるじ》が代わったことを示すため、これを行い、さらに弓の連射を家臣に命じたのである。

距離にしておよそ一町。窓は小さい。鉄砲が全盛となり、弓を手にする者は少なくなっていた。さらに恥をかきたくないので、尻込《しりご》みして名乗り出る者はいなかった。

（晴れの舞台だというのに、腰抜けどもめ。主の顔に泥を塗るつもりか。鉄砲にばかり頼るゆえ、武の道が廃《すた》るのじゃ。かようなことで異国との戦に勝てようか）

光義は憂《うれ》えながら進み出た。

「御名に瑕《きず》をつけるだけでござるぞ」

手を上げた光義を見て、周囲の者たちは年寄りの冷や水と嗤笑《ししょう》する。大半の者が光義の弓頭は名誉職だと思っているようであった。

「気遣いは無用」

光義は秀次の家臣たちには構わず、七本ひご弓を摑《つか》んだ左手を突き出し、身構えた。瞬時に気が充実した光義は、小助から矢を受け取ると、気負うことなく弓弦《ゆづる》を弾いた。乾いた弦音がした途端、矢は弧を描くことなく鋭角的な角度で窓の中に飛び込んだ。

「おおっ！」

感嘆の声がもれる中、偶然だと思われることを嫌い、光義は矢を射続けた。

都合十本放った矢は全《すべ》て最上階の天井に突き刺さっていた。

「さすが弓の大島、天晴《あっぱ》れじゃ」

秀次が称賛すると、馬鹿《ばか》にしていた周りの家臣たちも喝采《かっさい》を浴びせた。

褒められた光義であるが、にこりともせず、ぎらりと周囲を見廻して言った。

「なんと情けないことよ。これは見せ物ではないわ」

光義の叱責《しっせき》で、家臣たちは天下人の交代の儀式であることを思い出したのか、神妙な面持ちになった。


賤《しず》ヶ岳《たけ》の戦い後、惟住《これずみ》(丹羽《にわ》)長秀に仕えた光義であるが、二年と経たぬ天正十三(一五八五)年四月十六日に長秀は病死した。その後、嫡子《ちゃくし》の丹羽長重《ながしげ》が越前・若狭・加賀二郡百二十三万石を相続するものの、同年、佐々成政《さっさなりまさ》の越中征伐に参陣した時、家中から成政に内応した者がいたとの疑いをかけられ、関白になった秀吉によって長重は若狭十五万石に減封させられた。長重は多数の家臣を召し放たねばならず、大島家も一旦《いったん》は禄《ろく》を失うはめになった。

無禄となった光義であるが、秀吉に弓の腕を認められており、秀吉の直臣となって弓頭(弓大将)に任じられた。所領は美濃の関のほか、近江の知行の代替として、摂津の豊島郡に三千五百三十五石が与えられた。その後、四国、九州、関東攻めにも参じて少なからず秀吉の天下取りにも貢献したので、さらに加増を受け、ついに八千石を有するほどの武将になった。弓一筋の武将としては当代随一である。

九州の陣では息子たちも活躍して感状を得ている。

朝鮮出陣において、光義は名護屋に在陣した。異国の兵にも剛弓を扱う者がいるに違いない。光義は明国《みんこく》や朝鮮国の兵と弓を競うために渡海を求めたが、高齢を理由に許可がおりなかった。

光義の代わりに次男の光政は渡海して戦功をあげ、秀吉から金の切裂指物《きりさきさしもの》を許されるほどの働きをした。

光政の活躍もあり、慶長三（一五九八）年には摂津の豊島と武庫郡、美濃の席田《むしろだ》、尾張の愛智《あいち》、中島のほか一万一千二百石の所領を与えられ、光義は九十一歳にして晴れて大名となった。

光義の孫も元服して弥三郎光長《やさぶろうみつなが》と名乗り、鑓《やり》の腕も光義を頷《うなず》かせるほどに上達している。

大島家としては順風満帆であるが、光義を厚遇してくれた秀吉が八月十八日、伏見城で死去した。

秀吉は晩年に十人衆いわゆる五年寄《としより》（大老）、五奉行を制定し、豊臣政権の運営を託した。

年寄は当初、徳川家康、前田利家、毛利輝元《もうりてるもと》、小早川隆景《こばやかわたかかげ》、宇喜多秀家《うきたひでいえ》、上杉景勝《うえすぎかげかつ》の六人であったが、隆景が死去したので五人になった。奉行は石田三成《いしだみつなり》、浅野長政《あさのながまさ》、長束正家《なつかまさいえ》、増田長盛《ましたながもり》、徳善院《とくぜんいん》（前田）玄以《げんい》。

同時期の文禄四（一五九五）年八月二日、秀吉は、秀吉の承諾がない諸大名の婚姻を禁止。諸大名間の昵懇《じっこん》、誓紙交換を禁止。喧嘩《けんか》口論の禁止。妻妾《さいしょう》の多抱禁止。大酒の禁止。乗り物の規定、という六ヵ条からなる『御掟《おんおきて》』と、翌三日『御掟追加』九ヵ条を定めた。

天下を望む家康は、秀吉の死と同時に専横《せんおう》を開始した。独断で所領を与えるのみならず、『御掟』を破って諸大名と交友。前田利家が病死すると、加藤清正らを煽《あお》って石田三成を追い詰めて蟄居《ちっきょ》させ、前田家の徳山則秀《とくやまのりひで》を出奔させ、片山延高《かたやまのぶたか》を内通させて同家を揺さぶり、伏見城の掌握に続き、暗殺計画を利用して大坂城の西ノ丸を占拠した上で、浅野長政らを蟄居させ、首謀者を前田利長《まえだとしなが》として加賀討伐を宣言。利長は芳春院（まつ）を人質として江戸に差し出すことで、加賀討伐を停止させた。宇喜多家に起こった御家騒動も家康が背後で糸を引いていたという。

慶長五（一六〇〇）年が明けると、移封後の領内整備に勤《いそ》しむ会津の上杉家に難癖をつけ、上洛を拒んだ景勝に対して、遂《つい》に会津討伐を宣言した。

六月六日、家康は諸大名を大坂城の西ノ丸に集め、上杉討伐の部署を定めた。

白河口は徳川家康・秀忠。関東、東海、関西の諸将はこれに属す。

仙道口は佐竹義宣《さたけよしのぶ》（岩城貞隆《いわきさだたか》、相馬義胤《そうまよしたね》）。但《ただ》し佐竹家は上杉方であった。

信夫《しのぶ》口は伊達政宗《だてまさむね》。

米沢《よねざわ》口は最上義光《もがみよしあき》。最上川以北の諸将はこれに属す。

津川口は前田利長、堀秀治《ほりひではる》。越後に在する諸将はこれに属す。

軍役は百石で三人。これらを合計すると二十万を超える軍勢だった。

畿内《きない》で留守居をする大名は百石で一人の軍役。

評議ののち、光義は本丸に足を運び、太田信定を訪ねた。

「お久しゅうござるの。息災でなにより」

笑みを湛《たた》えて太田信定は挨拶《あいさつ》をする。信定は惟住長秀死去後、秀吉の直臣となり、秀吉の側室にして秀頼の実母である淀《よど》ノ方付《かた》となっていた。秀吉に仕えてからは和泉《いずみの》守《かみ》を称している。信定はこの年七十四歳。長く戦陣から離れているせいか角張った顔はすっかり丸顔となっていた。

「お互いに」

「なにかと慌《あわ》ただしくなりますな。ご嫡子に功があることを願ってござる」

「息子よりも、まずは儂《わし》。儂は出陣するつもりじゃ」

当然、といった口調で光義は答えた。

「なんと！　その歳《とし》で、おっと失礼。まだ戦陣に立たれるおつもりか？」

「勿論《もちろん》。武士は戦うことによって本領を安堵《あんど》されておる。儂は武士であり続けたい」

生涯現役。戦えなくなったら隠居する。光義の覚悟は初陣《ういじん》の時から変わっていない。

「そうではござるが……」

現状で豊臣家が敵に攻められることはまずない。淀ノ方付となった太田信定は安定した生活を送っている。あえて危険を冒す必要はなかった。

「別に貴殿を批難するつもりはない。さすがに儂も高齢。これが最後の出陣になり、二度と貴殿と会うことが叶《かな》わぬやもしれぬ。それゆえ、顔を見にまいった次第」

太田信定とはいろいろあったが、共に秀吉の直臣となった時には和解していた。今では良き旧友だと思っている。

「左様でござるか。意志の強い貴殿ゆえ、そう簡単に思案を変える気はなかろうが、旧知の間ゆえ、あえて申させてもらう。貴殿は人の倍近くは戦われた。それでも生き長らえてきた。弓の腕も世に示した。大名にもなった。これ以上、なにを望まれる？あとは若い者に任せ、余生を平穏に生きられてはいかがか」

「貴殿の申すことも悪くはないが、時折、無性に戦いたくなってのう」

朝鮮に渡海できなかったこともあり、光義の闘志は完全燃焼してはいなかった。

「判《わか》らんでもないが、万が一、敵の虜《とりこ》にでもなれば、これまでの武名に瑕をつけることになる。やはり、控えられることがよいと存ずる」

言われるまでもなく体力の衰えは感じている。第一は目で、動くものが追いづらい。いわゆる動体視力の低下である。腕や足に張りがなく、お陰で弓の連射は還暦時と比べて明らかに遅くなっている。長年の戦いの影響で腰痛《ようつう》も膝痛もでてきた。太田信定が言うことは光義も危惧《きぐ》していた。

「考えておこう。とりあえず、こたびは挨拶までに」

告げた光義は太田信定の許《もと》を後にした。

（和泉守は我が迷いを払拭《ふっしょく》してくれはしなかったか）

できれば、共に励もう、と言ってほしかったが、叶《かな》わなかった。帰る足取りが重いのは年齢のせいというよりも、光義が失意を覚えたからかもしれない。

次に光義は城下に在する武藤彌兵衛の許に足を運んだ。彌兵衛は豊臣家の旗本になっていた。

「おう、大名様か」

揶揄《やゆ》する口調で武藤彌兵衛は言う。頭はすっかり禿《は》げ上がり、幾分、耳は遠くなっており、腰も曲がっているが、まだ惚《ぼ》けてはいなかった。

「鑓の稽古《けいこ》はせぬのか」

縁側に腰を降ろし、光義は問う。

「鑓か、腰が痛くての。かようなことなれば、そちと一度手合わせしておけばよかったの」

残念そうに彌兵衛は言う。

「なんじゃ、負けた時の言い訳か？　こたびの戦で首取りの勝負をしようではないか」

「この期《ご》に及び、そちはまだ戦に出る気か？」

皺《しわ》だらけの目を見開き、信じられない、といった表情で彌兵衛は問う。

「そちは違うようじゃの」

「当たり前じゃ。旗本の儂は騎乗できぬ。会津どころか伏見まで歩くのも、容易ではない。それに儂は亡《な》き太閤殿下の家臣。豊臣の兵じゃ。内府《だいふ》の下知《げじ》に従う謂《いわ》れはない。戦うならば殿下への恩に報いるため、内府と戦う。そちを大名にしてくれたのは殿下であろう」

武士には軍役があり、足軽や鐙衆には騎乗が許されてはいなかった。

内府とは内大臣のことで、同職に任じられている徳川家康を指している。

「確かにのう」

天下を統一したこともあり、光義は信長よりも秀吉に厚遇を受けたのは事実。一方の家康はと言えば、光義は秀吉の麾下《きか》として小牧《こまき》・長久手《ながくて》の戦いで家康と対峙《たいじ》したことがある。但し、秀吉の本陣に在していたので、直接戦闘には参加していない。ついこの間のこと。

一度敵対したが、光義は家康にそれほど悪い印象は持っていない。

「大島殿の弓、是非とも戦陣で目にしたいものでござるな」

大坂城の廊下で顔を合わせた光義に対し、家康から鷹揚《おうよう》に声をかけられた。勿論、自陣から敵に放つ矢のことであるのは言うまでもない。

（内府は儂のような年老いた小大名にまで気遣いしてくれる。皆は御掟を破った内府を毛嫌いするが、徳川の政《まつりごと》もそれほど悪いものではないのではなかろうか。物堅い

内府のこと唐入りなどを命じたりはすまい)

朝鮮出兵で諸大名は多くの兵と戦費を失って疲弊した。渡海しなかった大名たちは戦費を払い、伏見城の普請《ふしん》に銭と人夫を出して賦役《ぶやく》を果たした。日本中の大名は出費ばかりが嵩《かさ》み、実入はなし。家康が会津討伐を主張し、これに大名たちが参じるのも、豊臣政権、延《ひ》いては亡き秀吉への不満のあらわれでもあった。石田三成は秀吉の命令を忠実に果たし、上杉家の家宰《かさい》の直江《なおえ》兼続《かねつぐ》と昵懇。諸将が三成を敵視するのも止《や》むなしであった。

周囲の噂《うわさ》では、家康が畿内を留守にすれば、蟄居している石田三成が大坂城に入って挙兵するという。既に懇意の上杉家とは挟撃《きょうげき》する盟約が結ばれているという噂まで流れていた。

「内府殿は秀頼様のため、と称しておる。それゆえ福島(正則)、加藤(嘉明《よしあき》)ら豊臣恩顧の大名も会津攻めに参じる。これに与《くみ》したとて、殿下の御恩に背くことはあるまい」

「それはあくまでも建て前じゃ。これまでの専横から見て、内府は豊臣にとって替わろうとしていることは明白。自ら天下人に君臨せんとしているに違いない」

「だてに歳をとっておらぬの。的を射ているではないか。おそらく、そちの申していることは正しいであろう。されど、儂には面倒な柵《しがらみ》はない。殿下亡き後、誰が天下人でも構わぬ。最後になるやもしれぬこの戦いで、我が武威を示すことが望みじゃ」

光義は本音を強く主張した。

「されば、そちはどちらに与しても構わぬと申すか？」

「左様。されど、信長様や殿下同様、儂を必要とするほうに与する所存。内府殿には声をかけられた。治部少輔《じぶのしょう》（石田三成）には見向きもされぬ。ゆえに会津に行くつもりじゃ」

「治部少輔は蟄居させられておるゆえ声もかけられまい。しかれどまあ、あまり深入りせぬことじゃ。悪態をつける朋輩《ほうばい》がいなくなると寂しいゆえの」

神妙な面持ちで彌兵衛は言う。

「出陣前に討ち死にするようなことを申すでない」

「慮外者め。よく己の姿を見てみよ。髪も薄くなり、目元は皺だらけ。腕も足も細くなったが、腹周りは逆に肥えたか。さような体で弓が射れるのか。遠目も利《き》かなくなったのではないのか」

「そちに言われる筋合いはない」

判っていることをいちいち言うな。光義の本音である。

「儂以外に誰が言う。そちは大名になり、孫までおってお家は安泰。あえて危険に身を晒《さら》すことなどせずともよいのに、己の好みで参陣しようとしておる。大戯《おおたわ》けもいいところじゃ」

皺深い彌兵衛の目は嫉妬《しっと》していた。一息吐《つ》いて彌兵衛は続ける。

「対して儂は戦陣に立つどころか、日々の暮らしにも迷惑（不自由）しておる始末。これまで戦場に出ることを望み、鑓一本で戦功を上げることに生き甲斐《がい》を感じてきた。若い時はそれでよかったが、嫁を娶《めと》る機会を逸し、子を得ることもできぬ有り様じゃ。そちが羨《うらや》ましい」

しみじみと彌兵衛は本音をもらした。

「養子をもらったらどうじゃ。そちの鑓、一代で終わらせるのは惜しい」

「左様な熱意は失《う》せたわ。体が動かぬ。愚痴を申したの。とにかく生きて戻れ」

洟《はな》を啜《すす》る彌兵衛の言葉に頷き、光義は屋敷を後にした。

（羨ましいか。儂も戦陣に立てなくなれば、彌兵衛と同じような気持になるやもしれぬな。ただ、儂は恵まれていたわけではない。儂とて彼奴《あやつ》と同様に、戦うことを求めてきた。違うことは弓を極めようとしたこと。殺し合いを求めてきたわけではない）

歩きながら、同じ老武士の苦悩に共感しつつも、光義は相違を考える。

（ただ人を殺《あや》め、殺戮《さつりく》するだけに弓を射ることは弓を穢《けが》すことも同じ。弓は武器でもあるが足軽鉄砲衆のごとく、誰でも放てるものではなく、己の鍛練によって極める武士《もののふ》の道でもある。されど、これが生き死にを賭《か》けた戦場でしか示すことができぬのが厄介この上ない）

いくら遠放ちを行い、藁束《わらたば》に射ても体の芯《しん》が痺《しび》れる充実感は得られなかった。

（それゆえ、この歳で戦陣に立とうとしておるのか。弓の道は己との戦い。されど、それを極めることができるのは、命のやりとりをする戦しかない。されば戦陣に身を置くしかないではないか。武士の道の終着地に我が寿命の長さで辿《たど》り着けようか）

九十三歳になっても、光義は戦と武道の矛盾を解決できなかった。

屋敷に戻ると、小助が光義の前に罷《まか》り出た。

「内府様が帰国したのち、石田様が大坂に入って兵を挙げるという話はあちらこちらで耳に致します。どうやら真実のようにございます」

「左様か、それを知って畿内を空けるとすれば、内府殿は治部少輔の挙兵を承知の上で会津に向かうということじゃな。やはり真の相手は上杉ではなく石田か」

これまでの家康の行動からも、光義は驚きはしなかった。

「暢気《のんき》なことを申されている場合ではありませぬ。噂によれば、石田様の呼び掛けに浅野（長政）様を除く三奉行のほか、毛利中納言（輝元）様、宇喜多中納言（秀家）様が応じ、西国の諸将が加わるとのことにございます。さすれば兵は優に十万を超えまする。当家の近江、摂津の所領は瞬《また》く間に多勢に奪われましょうぞ」

「十万か。されば内府殿もおちおち会津くんだりまで出かけられぬの。集まる兵は二十万と言われておるが、引き返すとなると相応の兵を東に備えねばなるまい。されば、引き返す兵は十万。十万どうしの戦いか、殿下が参じた小牧・長久手の戦いをも上廻る激戦になるやもしれぬな」

天下を決める戦いに参じられることは武士の誉れ。出くわしただけでも幸運なこと。（九十三歳まで生き長らえてきたかいがあったというもの。しかも、これに己の弓で勝利に貢献できたら、どれほど幸せか）

実戦の集大成とするには不足はない。光義は考えるほどに胸の躍動を抑えかねていた。

「石田様が秀頼様を担《かつ》げば、内府様に従う諸将の大半が離反することになりましょう。殿の身の振り方、今少し思案なされたほうがいいのではないですか」

心配した面持ちで小助は助言する。

「そうじゃな。内府殿が大坂を出立するまでには決めねばの」

光義は頷き、引き続き、情報収集に努めた。

二

会津討伐への出陣で慌ただしくなる中、小助が息をきらせて矢を射る光義の前に跪《ひざまず》いた。

「申し上げにくいことですが、冨美《ふみ》殿の容態が悪いとのことにございます」

光義も大名になったので情報網は広がっている。冨美も高齢なので、なにかあればすぐに連絡が入るように手配させていた。

「馬曳《ひ》け！　すぐに出立致す」

聞くや否《いな》や、光義は立ち上がった。

「お待ちください。徳川方、石田方のいずれかに与することを決めぬまま、近江に足を運ぶのはいかがなものでしょう。冨美殿のいる地は佐和山に近うございますぞ」

冨美が暮らす伊吹山の中腹は石田三成の佐和山城から五里（二十キロ）ほど北東に位置している。大坂から普通に向かえば佐和山城に近い東山道《とうさんどう》を通過せざるをえない。

小助は虜の身になって、心ならずも石田方に与せざるをえなくなることを危惧しているようであった。

「安心致せ。まだ挙兵前じゃ。今、儂になにかあれば治部少輔の企ても、内府殿の画策も無になる。そうじゃ、内府殿には旧知の許に行くと伝えておけ」

命じた光義は取るものもとりあえず騎乗して屋敷を出た。あとから小助が追いついた。

二日後の朝、東山道を使った光義らは佐和山の城下に達した。

「石田様の家中は我らを止めたり致しませぬな」

賑《にぎ》わいを見せる城下を眺めながら小助が話し掛ける。さすがに小助も高齢なので、光義は騎乗を許していた。

「当然じゃ。治部少輔も大事を前に、騒ぎを起こす気はあるまい」

城内で戦の準備をしていれば、それを見られたくないので、招くようなこともしないであろうと光義は見ていた。

「されば、相当な大戦《おおいくさ》が行われるということですな」

小助の言葉を嚙《か》みしめながら、光義らは馬脚を進め、その日のうちに伊吹山の中腹に達した。

以前は、この時期、陸稲《おかぼ》が土を緑に染めていたが、畑は荒れたままであった。

「具合は春頃より悪かったのではないか。なにゆえ、もっと早う報《しら》せぬのじゃ」

畑の状態を見て、光義は叱責する。

「申し訳ありませぬ。会津をはじめとする混乱に注視していて、目が届きませんでした」

「戯け！　年寄（大老）どうしの争いなど儂らには雲の上のことであろう」

謝る小助に光義は続けて叱咤《しった》した。筋違いであることは理解しているが、そうでもしなければ、罪悪感に打ち拉《ひし》がれてしまいそうであった。

慌てて光義は下馬しようとしたが、轡《くつわ》に足が引っ掛かり、すぐに下りることができなかった。

（儂もかような様になったか）

それでも背筋を伸ばし、光義は冨美の家の前に立った。

「冨美、儂じゃ、光義じゃ。甚六じゃ。入るぞ」

光義はあえて若き日の仮名《けみょう》を名乗り、戸を開けた。部屋を閉め切っていたので、蒸し風呂《ぶろ》のように暑い。光義は小助に命じてすぐに窓を開けさせ、風通しをよくした。

奥の部屋に冨美は横たわっていた。生きているのか死んでいるのか判らぬほど衰弱している。夏だというのに肌に潤《うるお》いがなく、かさかさに乾燥していた。

「冨美、判るか、儂じゃ、甚六じゃ」

光義は冨美のかさついた手を握り、耳もとで声をあげた。冨美に触れるのは七十数年ぶりである。枯れ木のような手であるが、感無量である。

小助が裏の沢から冷たい水を汲《く》んできたので、光義は冨美を抱き起こし、唇を濡《ぬ》らすように注ぎ込んだ。冷えた水は心地よかったのか、冨美は少しずつ呑《の》み、目を開いた。

「おう冨美」

先ほどよりも強く手を握り、笑みを向けた。

「甚六か。ということは、ここは黄泉《よみ》か」

掠《かす》れた声で冨美はぼそりともらした。

「そちのような臍曲《へそま》がりが、そう簡単に死ぬわけなかろう。されど、病んでいるゆえまずは薬を吞め」

光義は朝鮮人参《にんじん》などを煎《せん》じた薬を椀《わん》に入れて水で溶かし、冨美に吞ませようとした。

「無駄なことは止めよ。それより、この大事な時に、なにゆえ我が許になどまいったのじゃ？　おぬしは阿呆《あほう》か？　耄碌《もうろく》したのか？」

今にも息を引き取りそうなのに、冨美は豪気なことを口にする。

「ほう老婆《ろうば》にも時世が判るのか」

「死に損ないめ。風の噂では、日本は二つに割れて戦うそうな。おぬしは、いずれに与するや判らぬが、おぬしの敵になる者がここを嗅《か》ぎつけて、我れを質とした時、おぬしはいかに振る舞うつもりか。おぬしは、幾つになっても軽はずみに腰をあげるわ。まあ、おぬしのような輩《やから》を欲しがる大将はおるまいが」

この期に及び、冨美は鋭いことを指摘する。

(冨美を質に？　左様な場に直面した時、果たして儂は冨美を見殺しにできるであろうか)

厳しい言及に光義はすぐに明確な答えを出せなかった。

「質になれば飯もただで喰えよう。死ねば念仏ぐらいは唱えてもらえよう。されど、そちに、質の価値があればじゃが」

「なにを言うか。今時、こんな山奥に来ておるということは、迷っているからであろう。棺桶《かんおけ》に片足を突っ込んでいるような輩が、すぐに解答を出せぬとは情けない。無駄に歳をとりよって」

「歳をとっていればこそ迷いもあるのじゃ。そちこそ、独り身ゆえ判らぬのであろう」

冨美の言動には光義もたじたじである。

「独り身ゆえ、我れに怖いものなどなにもない。おぬしは弱くなったの。昔の甚六は強かった。おぬしは、よもやその歳で、畳の上で死にたいなどと考えているのではあるまいの? 武士ならば武士らしゅう己の立場を明確にせよ。戦場で死ねぬのならば、腹でも切るがよい。さすれば、おぬしの息子は奮起しよう」

心中を見すかされているようである。光義は久々に衝撃を受け、身が熱くなった。

「婆《ばば》め、言いよるわ。そちに言われぬでも、先陣を駆ける所存じゃ」

「されば、かようなところで油を売っておらず、早よう去《い》ね。そちがいては眠れぬ」

「無論、そのつもりじゃ」

言葉を返したのち、光義は改まる。

「冨美、もし、生まれ変わることができたら、その時は約束どおり夫婦《めおと》になろう」

「大戦を前に、そんな甘いことを言っているようでは話にならぬ。のちの世があったとして、おぬしのような輩が再び人に生まれ変わると思うてか。左様なことは人の世を悔いなく生きた者が言うことにて、おぬしは足りぬわ……」

と口にした途端、冨美の手から力が抜け、がっくりと首を折った。

「冨美！　冨美！　冨美……」

何度光義が叫び、体を揺らしても冨美が目を開けることはなかった。

閉じた二つの目から涙が滴《したた》り落ちた。

冨美は最期まで光義に悪態をつき、初恋の男の腕の中で息を引き取った。冨美はささやかな幸福感に包まれながら逝《い》った、と光義には思えた。いや、思いたかった。

（此奴《こやつ》、最期まで儂の尻を叩《たた》きおって。そうじゃな、儂は戦場で死ぬべきじゃ）

若き日のことが走馬灯のように思い返されては消えていった。甘い記憶だけが残っている。

もう迷いはない。師を矢で射殺したかもしれない負い目を感じている光義は、冨美の遺骸《いがい》に誓いを立てた。命ある限り弓を取って戦うことが、師と冨美への弔いなのだと。

光義は冨美の遺体を荼毘《だび》に付し、近くの寺から僧侶《そうりょ》を呼んで経を読んでもらい、心ばかりの葬儀を行った。骨の半分は長年住んだ屋敷の側《そば》に埋葬した。

（もう半分は生まれ故郷の関に葬《ほうむ》ってやろう）

光義は胸に閊《つか》えていた過去に区切りをつけ、一旦、大坂に戻ることにした。

伏見、大坂では出陣するために帰国、あるいは国許から上洛する兵を待つ武将と、諸将はそれぞれのお家事情に合わせて行動を起こしていた。

大坂に戻った光義は、光安、光政、光俊《みつとし》、光朝《みつとも》の四人の息子を前にした。

「そろそろ我らも旗幟《きし》を鮮明にせねばならぬ時がまいった。そこで、そちたちの存念を申せ」

光義が言うと、即座に嫡男の光安が口を開く。

「数多《あまた》、雑説(噂)が流れておるが、東西で挟み撃ちなどは絵に描いた餅《もち》も同じ。当家は年寄筆頭の内府殿に従うべきにござる」

「お待ちくださ い。確かに内府殿は年寄筆頭でござるが、こたび十人衆のうち浅野を除く方々は秀頼様の下で蜂起《ほうき》されるとのこと。さすれば諸将も内府殿から離反するゆえ、勝負にはなりますまい。我らも大坂方に参じるべきかと存じます」

文禄の役の戦功で秀吉から直《じか》に褒められた次男の光政は異議を唱えた。

「某も政兄《まさにい》に賛成です。豊臣家に背くべきではないと存じます」

三男の光俊も光政に賛同する。

「別に豊臣家に逆らうわけではない。こたびは豊臣家の家臣どうしの争いじゃ」

光安は弟たちの主張を否定する。

「理屈はそうやもしれませぬが、一度干戈《ひとたびかんか》を交えれば、なし崩しになるのは必定。さればあとは大義名分がものを言う。秀頼様がおわす大坂方こそ正義の軍にございます」

双方譲らない。光安は四男の光朝に問う。

「そちも申せ」

「某は両陣営に好き嫌いはありませぬ。決まったほうに従います」

勝ち馬に乗ろうとする兄たちを、せこいと切り捨てるように光朝は言い放った。

その後、二刻《ふたとき》も双方が自説を強調するが、意見は一つに纏《まと》まらなかった。

「大方、意見は出尽くしたの。かくなる上はどちらか一方に与すれば禍根が残ろう。されば、皆、それぞれ思い思いの側に参陣すればよい」

光朝の冷めた目は光義と一致していた。光義は個人の意見を認めることにした。

「当家の所領は飛び地にて、ただでさえ纏まりに欠ける兵が、さらに分散されます」

光安は光義の申し出に反対する。

「されど、嫌だという者を強引に参じさせるわけにもいくまい。光政、そちはいかがか」

急に黙った光政に、光義は問う。

「父上の意見に賛成です。我らが分れ、内府、秀頼様に属してどちらかが敗れても、大島の家は残ります」

光政は過ぐる天正十（一五八二）年の加治田城の戦い後と同じことを主張した。

「左様なことは姑息《こそく》な手段と忠義を疑われます」

あくまでも光安は反対する。

「姑息と申すが、武家は家を残してこそ言いたいことを言えるもの。浅井、朝倉、武田、北条……を見よ。もはや記憶の中でしかない。なんとしても大島の家を残さねばならぬ」

これだけは譲れない。光義は嚙み締めるように告げた。

「はい」

父の下知に、四人の息子たちは揃《そろ》って応じた。

「大坂には当家の女子衆《おなごしゅう》が残る。大坂に残る者は、これを警護せよ」

命じると光政と光俊は頷いた。

「儂と光安は江戸に向かう。光朝、そちはいかがする？」

「されば、某も父上と一緒にまいります」

「なにゆえじゃ」

光政が問う。

「十人衆の大半が大坂方なれば、江戸方は不利ということにございますな。不利を覆《くつがえ》せば実入りも大きくなるではありませぬか」

末子の気儘《きまま》な思案か、光朝にはさし迫った様子はなく、軽い調子で言う。

「いずれにしても、これで皆の立場は明らかになった。袂《たもと》を分かつわけではないが、戦陣で相対する時は敵どうしということになる。その時は遠慮なく矢玉を向けてまいれ。儂も応じよう。決して大島の武威を損なうような真似《まね》だけはすまいぞ」

「はい」

光義の決意に四人の息子は覇気ある声を返した。

「家を分けること、よろしいのですか」

息子たちとの評議ののち、小助が光義に問う。

「今さらなにを申す。儂は個の技をもって齋藤、織田、豊臣に仕えてきた。これからも変わらぬ。息子たちは弓と鑓の違いはあれ、同じ評価をされておる。次に天下人となるのは内府殿か秀頼様かは判らぬが、我らの武心は変わらぬ。これを認める者が天下人であろう。おそらく儂にとっては最後の出陣となる。存分に大島の弓を天下に披露するつもりじゃ」

「殿より高齢の武士は一人たりとも参陣なさりますまい。戦陣に立つだけで、一矢《いっし》を放たずとも殿は伝説になりましょう」

「討ち死にするような申し方をするな。儂はそちに骨を拾ってもらうつもりはない。戦功をあげ、生きて帰宅した時こそ伝説になる。忘れるな」

小助に笑みを向け、光義は言い放った。


出陣に際して光義は屋敷の弓場で、最後の確認をしていた。

「まだ間に合いますぞ。太田（信定）殿に頼み、淀ノ方様から出陣の取り止めを下知してもらうこともできますぞ。さすれば殿の面目も保たれます」

矢を渡しながら小助が言う。

「いつ儂が出陣を嫌だと申した？　行きたくないのは、そちであろう」

弾かれた弓弦《ゆづる》が耳のすぐ近くを通過する音も、いつもと変わらない。光義は一つ一つの動作を嚙み締めるように確かめる。射た矢は的の中心を捉《とら》えていた。

「勿論、左様にございます。このままなれば、畳の上で往生できますゆえ。されど、殿に矢を渡すのは某しかおらぬのが、残念でなりません」

「そちではなくても構わぬが」

とは言う光義であるが、小助は光義と一心同体。もはや主従を越えた間柄である。

「若い近習《きんじゅ》では昔話もできますまい」

「確かにのう。もはや軽海《かるみ》や、墨俣《すのまた》の戦いを知る者は僅《わず》かしかおらぬ。既に逝った者たちのためにも、最後の生き残りとして戦う必要が儂にはあるのじゃ」

諸士の顔を思い出すと、侘《わ》びしさはぬぐえない。

「信長様が生きておられ、この歳で参じられる殿を見たら、なんと仰《おお》せになられましょうか」

「まだ戦うのかと嘲《あざけ》られようが、動ける儂を見れば、楽隠居は許さぬと叱責されよう」

怠けることを極度に嫌う鋭利な刃《やいば》のような眼差《まなざ》しを思い出すと、自然に背筋が伸びた。

「日向守《ひゅうがのかみ》（惟任《これとう》光秀）殿は？」

「まだ弓を射るのか、と愚弄《ぐろう》するやもしれぬ。それゆえ石に齧《かじ》りついても弓で敵を倒すのじゃ」

光義の反骨心の一部は、確実に惟任光秀に対するものであった。

「太閤殿下はいかに？」

「あのお方は無類の女子好き。閨《ねや》を楽しむため、長生きの秘訣《ひけつ》を毎日のように問うやもしれぬな」

言うと、二人は思わず顔を緩ませた。

「まあ、殿下が逝ったお陰で天下を割った戦いになるやもしれぬ」

この一言で二人の顔から笑みが消えた。

「武家に生まれた以上、戦場で死ぬるは武士の運命《さだめ》。初陣の時よりその覚悟は変わらぬ。されど、無駄死にだけはしたくない。これまで自分の意思とは裏腹な戦陣にも立ってきたが、最後ならば、その戦場を己の思案で決めねばならぬ」

「念願は叶いましょうか？」

「そのつもりじゃ。天下をかけた戦いに参じ、力の限り戦い、散っていくも仕方ない。その上で生き残ることができたら、これほど幸運なことはなかろう。無論、死に急ぐつもりはない」

顔見知りが少なくなる中、光義も多少は死を見つめている。

「遅すぎると皆は仰せやもしれません」

「されば、終わったあとで、もう一度、愚痴を聞いてやろうぞ」

頰を上げながら放った矢は、先に刺さっている矢と重なった。光義は気力も体力も充実していた。

決意表明をした光義は家康に先駆けて、意気揚々と大坂を出立した。

大島家の石高は一万二千石。会津に向かうので三百六十人が軍役ということになるが、光政と光俊が大坂に残るので、半分の百八十人を率いている。美濃以来の関・加治田衆である。

光義の長女は大島家の家臣となった横江清元に嫁ぎ、清元は光義らと共にある。次女が嫁いだ蒔田《まいた》広定《ひろさだ》は伊勢の雲出《くもず》で一万石を与えられている大名で、大坂方に与する。三女は丹波の山家《やまが》で一万六千石を与えられている谷衛友《たにもりとも》の三男・衛勝《もりかつ》に嫁ぎ、こちらも大坂方に属することになる。

六月下旬、光義らは江戸城に入り、会津討伐に向かう諸将を待っていた。

江戸城は壮麗な大坂城や華麗な伏見城には及ばぬ質素な平城《ひらじろ》であった。天守閣もなければ、石垣もない。光義らが案内された三ノ丸は、まるで長屋かと思うような建物であった。

「天下人になるような武将の城とは思えませぬが」

周囲を見ながら小助は皮肉を口にする。

「駿府《すんぷ》から江戸に移って十年。城よりも領内整備に人も銭も使ったのであろう。城にまで手が廻らなかったというよりも、天下取りのために倹約していたのやもしれぬ」

城は武将の顔と言っても過言ではない。豊臣家の家臣たちはこぞって華美に構えているが、見栄《みえ》をはらぬ家康の武将観が二百五十五万石を作り出したのではないかと、光義は感心した。

家康が江戸城に帰城したのは七月二日。その後、続々と諸将は江戸に着陣した。名のある者で九十以上。兵数にして五万五千余。徳川家の兵を合わせれば十三万一千余人に達する。まだ福島正則らが到着していないので、さらに増える予定であった。

江戸城に在する諸将の間では、近く石田三成が挙兵するので、会津には行かず西上するであろう、ということが話し合われていた。

家康も同じ意見かもしれないが、あくまでも上杉討伐の軍勢であることを天下に示すため、七月八日、重臣の榊原康政を先鋒《せんぽう》として出陣させた。

先軍の大将として家康三男の秀忠は十九日に、家康自身は二十一日に江戸を発《た》った。会津に向かう兵は七万二千余で、江戸には五万余、その周辺には二万の後詰が控えていた。

一方、上方では、案の定、石田三成が大坂城に入り、毛利輝元を大将に、宇喜多秀家を副将にした家康討伐の軍を組織し、「内府ちかひの条々」という弾劾状《だんがいじょう》を諸将に送って挙兵。手始めに大坂に在する諸将の妻子を人質にすることを決定した。まっ先に会津攻めの先陣に命じられている玉造《たまつくり》の長岡《ながおか》（細川）忠興《ただおき》の屋敷に兵を差し向けたところ、小競《こぜ》り合《あ》いに発展し、忠興の正室のガラシャ夫人は死に追い込まれて長岡屋敷は炎上した。

さすがにガラシャ夫人の死は計算外。奉行衆は妻子の強制入城を諦《あきら》め、監視することに切り替えた。これにより、大島家の女子たちも厳しく見張られることになった。

いずれにしても、もはや後戻りはできない。大坂方は鳥居元忠《とりいもとただ》ら徳川家臣が守る伏見城を攻撃した。

家康の本隊が下総《しもうさ》の古河《こが》に到着したのが二十三日。その晩、西軍による伏見城攻撃などが伝えられた。

翌二十四日、家康は下野《しもつけ》の小山《おやま》に到着。その日の深夜、鳥居元忠が遣わした浜島無手右衛門《てえもん》が本多正純《ほんだまさずみ》に、伏見城攻撃を詳細に報告。すぐに家康にも報告された。

家康にとっては待ちに待った吉報である。家康は宇都宮《うつのみや》まで進んでいた黒田長政《くろだながまさ》を呼び戻して福島正則を説得させ、二十五日、北進か西上かの評議を開いた。世にいう小山評定である。

「奸賊《かんぞく》の治部少輔を討つべし」

黒田長政に説かれた福島正則が発言すると、会議は一気に白熱し、諸将は賛同して反転西上が決定した。

「我が城をご存分に使われますよう」

遠江《とおとうみ》・掛川《かけがわ》城主の山内一豊《やまのうちかずとよ》が居城を差し出すと、東海道筋に居城を持つ武将は揃って一豊に倣《なら》い、家康は瞬時にして兵站線《へいたんせん》の確保ができた。

石田三成らが上方にいるので家康らはこれを西軍と称した。諸将は石田三成憎し、西軍討伐で沸き上がった。ガラシャ夫人の死が三成を悪人にし、東軍の意志を一つに纏めたのである。

西軍打倒の先鋒を命じられた福島正則、池田《いけだ》照政《てるまさ》勢は即刻西上を開始。光義らも反転した。

「噂どおりになりましたな。上方を空けたのは治部少輔に兵を挙げさせるためですか」

馬上で小助が話し掛ける。小助も敵となった三成に敬称はつけなくなった。

「さあのう。お互い、話し合いでは解決できぬことを察し、暗黙の了解だったのやもしれぬ」

「とすれば、長く移動した我らの兵は疲れるゆえ不利ですな」

小助は現実的なことを口にする。

「確かに疲弊はするが、治部少輔の挙兵は早すぎよう。上杉と挟み撃ちにするならば、上杉と干戈を交えさせてからでなくてはならぬはず。お陰で我らは無傷で西上しておる。逸《はや》ったのか、兵を抑えられなかったのか、未熟なのか。いずれにしても会津は遠かったわけじゃな」

石田三成の伏見城攻撃は早計であり、失敗だと光義は見ている。

その証拠に東軍が西進しても、下野との国境近い陸奥《むつ》の長沼《ながぬま》城で会津討伐軍を待ち構えていた上杉軍は背後を衝《つ》こうとはしなかった。

光義らが福島正則の清洲《きよす》城に入城したのは八月十四日のこと。およそ六万の兵が周辺に在して家康の到着を待っていると、十九日、家康の遣いで村越直吉《むらこしなおよし》が清洲城を訪れた。

村越直吉は、なぜ敵を目前に傍観しているのか、と家康の言葉を伝えた。

尻《しり》を叩かれた福島正則らは気勢を上げ、八月二十一日、清洲城を出立した。

東軍は木曾川の上流から池田照政勢が、下流から福島正則勢が渡河し、翌二十二日、美濃の竹《たけ》ケ鼻《はな》城を陥落させ、信長の嫡孫《ちゃくそん》・秀信が籠《こも》る岐阜城に向かった。大島勢は後《あと》備《ぞなえ》である。

二十三日の朝、東軍は岐阜城下の戦いで織田勢を一蹴《いっしゅう》し、昼過ぎには織田秀信を降伏させて同城は開城。秀信は剃髪《ていはつ》して高野山に登った。

（やはり、この城は長く城主を住まわせぬ城なのかもしれぬな）

信孝存命時に思ったことを、光義は思い返していた。

岐阜城攻めの最中、同城から四里半（十八キロ）ほど南西の大垣城にいた石田三成は、救援の兵を差し向けたが、合渡川《ごうとがわ》（河渡川）の戦いで黒田長政らに敗れ、大垣城に退いている。

勢いに乗る黒田長政、田中吉政《たなかよしまさ》、藤堂高虎《とうどうたかとら》勢はそのまま西に兵を向け、八月二十四日には大垣城から一里十町（約五キロ）ほど北西の赤坂に陣を布《し》いた。続いて福島正則や光義らも駆け付け、周辺に兵を置き、大垣城の石田三成と対峙することになった。

「このまま一気に大垣城を攻めて治部奴《め》の首を挙げようぞ」

福島正則らは息巻くが、目付として参じている本多忠勝、井伊直政が必死に抑えていた。

「このあたりで我らも働かねば、忠節を疑われるのではありませぬか」

小助が心配そうに問う。

「まだ総大将は姿を見せておらぬ。我らのような小大名は総大将の目の前で功名をあげねば認めてもらえぬ。内府殿が着陣した時こそ我らの真の戦いじゃ。それまで昼寝でもしておればよい」

光義は細かいことにはこだわらず、寛大な気持で構えていた。

僅か一日で岐阜城は陥落。この報せを受けた家康は驚愕《きょうがく》した。まさか、これほど早く同城が落ちるとは思っていなかったらしく、同じ日、宇都宮城の秀忠に中仙道を通って美濃に向かうように指示し、信濃へ向かわせた。兵数は三万八千七十余人。

自身も出立の日にちを早め、九月一日、三万三千の兵を率いて江戸城を出立した。

三

家康が美濃の赤坂に到着したのは九月十四日の正午頃のこと。

赤坂は手狭でもあり、既に本多忠勝らの指示で同地から五町半（約六百メートル）ほど南の岡山には本陣が築かれているので、家康は即座に移動した。岡山は三成らが在する大垣城から一里（四キロ）ほど北西に位置していた。

岡山の本陣に入った家康は一斉に旗指物《はたさしもの》を立て、鬨《とき》をあげさせた。大垣城からもこの光景は目にできる。石田三成らには突如、家康が登場したように見え、城内は驚愕したという。

東軍の諸将はすぐさま岡山に赴き、家康に挨拶《あいさつ》をした。光義も足を運んだ。

「わざわざの挨拶、痛みいる。遣いでも十分にござるぞ」

家康は高齢の光義を気遣って言う。

「なんの、内府《だいふ》殿がまいられたのに遣いというわけにはまいりませぬ。それにまだ我らは功を挙げておらぬ。お側《そば》で働かせて戴《いただ》きたい」

「これは、なんたる忠義。その歳《とし》まで戦陣に立って生き延びられた大島殿の存在こそ、我らが武神。同陣するだけで、こたびの戦、勝利は間違いござらぬようじゃ」

百八十程度の兵では、いてもいなくても変わらない。光義の申し出を家康はうまく切り返す。

光義のみならず、諸将は勇ましいことを口にするので、東軍の士気は高かった。それもこれも総大将の家康が在陣しているからである。

東軍の総大将が着陣したのに、西軍の総大将・毛利輝元は大坂城から動かず、士気は上がらない。夕刻、これを打破するために石田三成の重臣の嶋左近丞清興《しまさこんのじょうきよおき》らが兵を率いて東軍を挑発。ちょうど中間の杭瀬川《くいせがわ》で中村一栄《なかむらかずひで》、有馬豊氏《ありまとようじ》の兵を打ち破ったが、大勢に影響を与えられなかった。

杭瀬川の戦いののち、岡山の陣で評議が開かれた。

「まずは大垣城を下し、治部奴《め》の素《そ》っ首《くび》を刎《は》ねるべし」

福島正則らが主張する。

「いや、大坂城の毛利中納言（輝元）を討って秀頼様を解放するのが先じゃ」

加藤嘉明らは別の案を強弁した。

「大垣城を攻めるのも一案じゃが、宇喜多中納言が主将になり、石田、島津、小西らが指揮を執れば攻略は至難。その間に関ヶ原の敵が後ろ巻となるは必定。ここは一勢をとどめて大垣城に備え、治部少輔の佐和山城を破り、大坂へ進撃するべきではなかろうか」

家康は諸将の案に頷《うなず》きつつも、自案を論じた。

関ヶ原は大垣城から三里半（十四キロ）ほど西に位置する盆地で、既に南東の南宮《なんぐう》山《さん》には毛利《もうり》秀元《ひでもと》、吉川廣家《きっかわひろいえ》、その東には安国寺恵瓊《あんこくじえけい》、長束正家《なつかまさいえ》、長宗我部盛親《ちょうそかべもりちか》。中仙道（東山道）を遮るように大谷吉継《おおたによしつぐ》らが陣を布き、石田三成も北西の笹尾山《ささおやま》に陣城を築いていた。

この時、大垣城から関ヶ原にかけて参じている兵の数は東軍のほうが多かった。

（内府殿は日にちのかかる城攻めは避けたいということじゃの）

光義は納得する。こののち東西両軍の兵は増えることが予想できる。

前日、小野木《おのぎ》重次《しげつぐ》らの西軍は長岡幽斎《ゆうさい》が籠る丹後の田辺《たなべ》城を開城させたので、近日中に一万五千の兵が関ヶ原に姿を見せる予定である。

加えてこの日、立花親成《たちばなちかなり》（のちの宗茂《むねしげ》）らの一万五千が、京極高次《きょうごくたかつぐ》に降伏を決意させ、翌日、近江の大津城を開城することになっているので、この兵も加わるはずだ。

家康も中仙道を通って西進する秀忠勢を待っている。こちらは徳川軍の主力三万余であるが、信濃の上田で真田《さなだ》昌幸《まさゆき》の計略に引っ掛かって足留めされ、慌《あわ》てて移動している最中であった。

東西三万ずつが増えることになるが、家康は別のことを危惧《きぐ》していた。秀忠を待っている間に、大坂城の毛利輝元に秀頼を担いで参陣でもされれば、福島正則ら豊臣恩顧の大名は挙《こぞ》って家康から離反するので、戦どころではなくなる。

幸運にも十三日に石田三成が記した増田長盛宛《あて》の書状を、美濃・高須城主の徳永壽昌《とくながながまさ》の家臣が奪い取り、家康の許《もと》に届けていた。これには関ヶ原周辺に陣を布く西軍の武将たちの士気は下がり、兵糧《ひょうろう》に不安があることが記されていた。これを知った家康は、野戦での早期決戦を望み、西軍に伝わるように、西への移動を触れさせた。

注目すべきは南宮山の西の松尾山に小早川秀秋が布陣したこと。この山には石田三成が大垣城主の伊藤盛正《いとうもりまさ》に命じて松尾新城を築かせていたが、秀秋が威《おど》して強引に奪い取っていた。

一万五千余の兵を率いる小早川秀秋は、心ならずも伏見城攻めで西軍方に属することになったものの、かつては改易の危機にも晒されたので石田三成を憎んでいた。重臣たちや養母である北政所《きたのまんどころ》の勧めもあり、秀秋は家康と交渉し、東軍側でありながら旗幟を鮮明にしない形で松尾山に布陣していた。東軍側であることは、ごく一部の者しか知らない。勿論《もちろん》、光義も知るよしもない。

小早川秀秋が松尾山に布陣して、焦《あせ》ったのは石田三成だった。本来ならば、毛利輝元を松尾新城に入れ、東軍を大垣城に引きつけ、兵糧を底尽きさせる策であったが、秀秋が松尾新城を簒奪《さんだつ》したことによって後方連絡線が遮断されてしまった。このまま長く大垣城に在していれば、逆に三成らの兵糧が尽きてしまう可能性がでてきた。

家康は着陣したが旗本ばかりで、主力の秀忠勢の姿が見えない。徳川勢の戦力は恐れるほどではない。ならば、決戦に踏み切ったほうがいいのではないか。宇喜多秀家らの諸将は三成の意見に同意して、夜陰、雨の中、関ケ原に向かって移動を開始した。

関ケ原は美濃・不破郡の西端に位置し、一里少々西に進めば近江の国に入る。北は伊吹山脈、南は鈴鹿山脈が互いに裾野《すその》を広げ、西は今須《います》山、南東は南宮山が控えた東西一里（約四キロ）、南北半里（約二キロ）の楕円形《だえんけい》をした盆地である。この中を東西に中仙道（東山道）が走り、中央から北西に北国《ほっこく》街道、南東に伊勢街道が伸びる交通の要《かなめ》でもあった。

飛鳥《あすか》時代では壬申《じんしん》の乱が、鎌倉時代は承久《じょうきゅう》の乱、南北朝時代には青野《あおの》ヶ原《はら》の戦いと、時代の変革期には必ず戦場となってきた場所であった。

十四日の夜半になり、大垣城にほど近い曾根《そね》城に在する西尾光教《にしおみつのり》から、岡山の本陣で就寝中の家康に、西軍移動の報せが届けられた。

即座に家康は関ヶ原への移動を命じ、福島正則を先頭に、黒田長政、加藤嘉明、藤堂高虎、家康四男の松平忠吉《まつだいらただよし》が統監の役目で続き、舅《しゅうと》の井伊直政が忠吉の補佐役として進む。

さらに大垣城の攻略のために北の曾根城に水野勝成《みずのかつなり》、西尾光教、北条氏盛《ほうじょううじもり》、西の長松城に一柳直盛《ひとつやなぎなおもり》、松下重綱《まつしたしげつな》、赤坂に中村一栄、堀尾忠氏《ほりおただうじ》、曾根と赤坂の間に松平康長《まつだいらやすなが》、津軽為信《つがるためのぶ》、城の南に蜂須賀至鎮《はちすかよししげ》、大島光義らを配置した。総勢一万五千余の兵数である。

食事を取った家康が岡山の陣を発ったのが丑《うし》ノ下《げ》刻《こく》（午前三時頃）であった。

「内府様の前で武威を示すことができなくなりましたな」

残念そうに小助が言う。

「文句を言っても始まらん。早々に大垣城を落とし、内府殿に合流すればいいだけじゃ」

最後の戦になるかもしれないので、光義はなにごとも前向きに考えることにした。

抑えの兵と言われた諸将であるが、皆、攻略する気満々なので城に在している者はいない。諸将は下知《げじ》を受けるや出陣し、ぐるりと大垣城を遠巻きにした。

大垣城は東に木曾、長良、揖斐《いび》の三大川、西は杭瀬川が流れてこれを天然の惣濠《そうぼり》とし、周囲は湿地帯となっている。その中央に四層四階の本丸天守閣が築かれ、二ノ丸、三ノ丸、松ノ丸を配置したのが大垣城である。文書には三層四階と記入されているが、四層の読みが死相に繋《つな》がるので、これを嫌い、三層と記しているという。いずれにしても足場が悪く攻めづらい城である。

本丸、福原長堯《ふくはらながたか》、熊谷直盛《くまがいなおもり》。

二ノ丸、垣見《かきみ》一直《かずなお》、木《き》村由信《むらよしのぶ》、同豊統《とよむね》、相良頼房《さがらよりふさ》。

三ノ丸、秋月種長《あきづきたねなが》、高橋元種《たかはしもとたね》。

総勢七千五百余が守っていた。

家康らが移動を始めると、すぐに水野勝成らは包囲を狭めたので、光義らも倣う。西美濃周辺では夜から冷たい雨が降り続き、寄手は震えるような寒気の中にいた。

「皆、一番乗りを狙《ねら》っているようですな」

諸将は功名に飢えた獣と化していることを小助は口にする。

「そのわりには大人しいのう。餓狼《がろう》がごとく飛びかかると思うていたが、様子見か、兵糧攻めでもするつもりか？」

天下分け目の戦いが関ヶ原で起ころうとしている。これに先駆けて切っ掛けを作り、影響が出ては一大事。家運がかかっているので、慎重になるのは否めない。

「されど、戦功を求めるならば、失敗を恐れていては得るものも得られぬ。田楽狭間《でんがくはざま》、厳島《いつくしま》合戦、河越の夜戦……。躊躇《ちゅうちょ》をすれば得られなかった勝利じゃ」

光義は七本ひご弓の弓弦の張り具合を確認しながら城に向かって歩みだした。周囲は深田、南から城に通じるのは細い一本道である。馬が二頭並んでは進めない。

「よもや、殿が戦の契機を作られるおつもりですか？」

後ろから光義を追い、小助が止めるような口調で問う。

「勿論。この城攻めが成功しようが失敗しようが大勢に影響はない。儂《わし》は早う内府殿の陣に参じたいだけじゃ。早く落とせば願いが叶《かな》うというもの。こたびの大垣城攻めに主将は決められておらず、誰かの下知に従わねばならぬことはない。それゆえ抜け駆けもない」

光義は細かいことを気にしていない。

「まったく近頃の若いもんは、太閤殿下の活躍以来、兵糧攻めばかりしおって、戦のなんたるかを忘れておる。城への一番乗りこそ武士の誉れであろう。儂が手本を見せてやる」

光義には恐れるものはない。従者に松明《たいまつ》を持たせ、悠々と城に接近した。

松明を見た城方の鉄砲衆は、二町ほどに近づいたところで数人が轟音《ごうおん》を響かせた。筒先から火を噴くものの、周囲で小さな水柱を上げるだけで、光義に掠ることもできなかった。

「わざわざ明かりで照らしてやっておるのに、下手くそめ」

断続的に射撃音が轟《とどろ》く中、光義は足を止めて弓弦に矢筈《やはず》を当てがった。敵の鉄砲衆は櫓《やぐら》の上から身を乗り出すようにして引き金を絞っている。敵を目にできれば問題はない。既に射程距離内に入っている。あとは射るだけである。

「これが八十余年、弓を引き続けた我が技じゃ」

叫ぶや光義は胸を張るように弓弦を引き、万感の思いを込めて矢を放った。

弓弦に弾かれた矢は漆黒の闇《やみ》に消え、呻《うめ》きとともに兵の喉元《のどもと》に突き立った。

続けて放たれた矢は、吸い込まれるように別の城兵の喉を捉えた。

第三矢を放つと、これは空を切った。

(外した。儂が!)

百発百中だと自負していただけに、光義は少なからず衝撃を受けた。

(目が悪くなったのか? あるいは腕の力が落ちたのか)

確かに近いところは見えにくくはなっているが、遠くはそれほどでもなかった。腕力は、さすがに年齢とともに力が出なくなってはいたが、影響はないという認識だった。

(やはり藁束《わらたば》放ちだけでは判《わか》らぬこともあるようじゃの)

三矢しか放っていないので、疲労感などはないが、自身が気づかぬだけで、力を持続できなくなっていたのかもしれない。光義は四矢目を受け取り、弓弦につがえた。

城兵は射手が大島光義であることを知っているかどうか定かではないが、矢を外したので勝機ありと思ったらしく、数十人が城門を開いて打って出てきた。

「儂が弓を持っているゆえ出てきたのか。小賢《こざか》しい輩どもめ。順番に射てやろうぞ」

見下されているようで腹が立つ。光義は思いきり胸を張るように構え、弓弦を弾いた。

矢は敵に向かって真一文字に飛んでいくが、敵も馬鹿《ばか》ではなく先頭の二人は身を隠せるほどの楯《たて》を手にしている。矢は見事に楯に刺さった。

「矢は曲げて放てること判らぬか」

光義が放つ瞬間に左手を弧を描くように下げると、矢は勢いを失わずに途中から真下に向かって軌道を曲げ、先頭の後ろにいる兵を射倒した。

「お見事。矢を曲げて放てるのは殿しかおりませぬな」

矢を渡しながら小助が称賛する。

「雑作もない。八十余年修行すれば誰でもできよう」

否定せず、光義は自分の技を見せつけるように矢を射続けた。

矢を曲げて頭上から降らせ、十数人を射倒しているが、依然として楯を持つ先頭の兵を討つことはできない。お陰で互いの距離が縮まり、鑓合《やりあ》わせができる距離にまで達した。

「殿！」

「狼狽《うろた》えるな」

小助を一喝して矢を放つ。城兵は五間ほどのところに達していた。

先頭の城兵は、ついに光義の許に辿《たど》り着いた。

「鑓じゃ」

言い放った光義は奪うように鑓を手にし、弓と矢を小助に渡した。

「鑓とて儂は負けぬ。大島は弓だけではない。我が鑓、受けてみよ」

鑓を握りしめた光義は喜び勇んで前進し、ついに敵の先鋒と干戈を交えた。

穂先と穂先が弾《はじ》け、火花が飛んだ。光義はいつものように敵の突きを柄で自身の右に弾き、得意の胸突きで敵を抉《えぐ》ろうとしたが、逆に鑓を叩き落とされてしまった。

「なに！」

躊躇している暇はない。光義は即座に腰の太刀を抜き、鑓を弾いて攻撃を躱《かわ》す。広い場所ならば敵の横に廻り込むこともできるが、周囲は深田なので踏み込めば足をとられて串刺《くしざ》しにされる。光義は不利な状況の中で後退しながら避けるしかなかった。

鑓に対して太刀は劣る。敵は有利になったこともあり、嵩《かさ》にかかって鑓を繰り出してくる。しかも真後ろに下がるのは一番悪い対処の仕方である。遂《つい》に敵の穂先は光義の胴丸を傷つけた。光義は上半身を反らして躱したところ、足を滑らせて地に倒れた。

そこへ鑓が突き出された。

万事休す。背に悪寒《おかん》を感じた時、光義の横を掠めて武者が突進し、敵の鑓を弾き上げた。

「父上、ここは某《それがし》にお任せあれ」

嫡子の光安である。

「戯《たわ》け！　余計なことをするな」

思わず叱責《しっせき》した光義であるが、内心では胸を撫《な》でおろしていた。

「お叱《しか》りはあとでお受け致します。某も見ているだけでは我慢できません」

言うや光安は思いきり踏み込んで、敵を圧倒する。突き出しも足捌《あしさば》きも俊敏である。

そのうちに敵を追いつめ、腰を抉って深田に叩き落とした。

（儂を倒した敵を討つとは……もはや儂の出る幕ではないということか）

嫡男の光安のみならず、四男の光朝も矢を放ち、見事一人を射倒した。

光安の活躍を知り、背後に控えていた蜂須賀勢が前進すると、出撃した城兵は潮が引くように城内に退却し、城門を固く閉ざして矢玉を放つだけになった。これでは、簡単に城内に乗り込むことはできず、弓、鉄砲による戦いが行われるばかりであった。

城の東では光義らの攻撃とほぼ時を同じくして水野勝成、西尾光教、松平康長らが攻めかかった。寄手は夜明け前までに惣門を打ち破り、三ノ丸に迫ったものの、城兵は奮戦して寄手を城北に追い返していた。

緒戦の後は一進一退の攻防が続いた。

矢を外し、敵に突き倒されたことで、光義は嘗《かつ》てない疲労を感じていた。己の戦働きもここまでか。口惜しかったが、妙に納得している自分もいた。

関ヶ原では東西両軍十五万余の軍勢が明け方前に布陣し、九月十五日の辰《たつ》ノ刻《こく》（午前八時頃）、松平忠吉と井伊直政の抜け駆けによって天下分け目の戦端が開かれた。

半刻《はんとき》（約一時間）ほど遅れて光義らの許に開戦の報せが届けられた。

「始まったか」

総勢十五万余の戦いを目にできず、光義は悔しさをもらした。大島勢は寡勢《かぜい》なので、後備に廻されていた無念さも重なっていた。

大垣城攻めでは、寄手は何度も攻撃を仕掛けるが城兵も奮闘して落ちる気配がない。

このままでは、のちの世に語り継がれるであろう一大決戦を目撃できないかもしれない。失望と悔恨が絡《から》み合い、光義は知らぬ間に涙を流していた。

（これで我が弓の人生も終わりか。結局、最後の戦場も己の意思では決められなかった）

呆気《あっけ》なくもあり、こんなものかと思う気もあり、光義は目尻を拳《こぶし》で拭《ぬぐ》った。

開戦から三刻半ほどした未《ひつじ》ノ下刻《げこく》（午後三時頃）、衝撃の報せ《しら》が届けられた。

「小早川勢の内応によって西軍は総崩れ、お味方の大勝利にございます」

家康の本隊につき従う大島家の家臣が戻り、息を切らせて報告した。

ほかには南宮山麓《さんろく》の吉川廣家が動かなかったので、山頂の毛利秀元は足留めされ、安国寺恵瓊、長束正家、長宗我部盛親も同調して戦いに参じなかったことも付け加えられた。

「小早川か。殿下の養子になった武将を取り込んだのじゃ。吉川との話をつけていたとすれば、内府殿が治部少輔よりも何枚も上手であったということじゃの」

僅か半日で勝敗がついてしまい、光義は落胆の中で告げた。

ほどなく水野勝成らからの使者が光義の許に訪れた。

「お味方が勝利した上は、攻め急いで犠牲を出す必要もござりますまい。城兵も無益な籠城《ろうじょう》を諦めて開城するはず。ここはひとまず囲みを解きまする。大島殿も一休みなされてはいかがか」

水野勝成らは最初に家康から守りを任された城に戻っていった。

光義や蜂須賀勢だけ対峙《たいじ》しても仕方ない。光義らは大垣城天守閣から三十町（約三・三キロ）ほど東、揖斐川沿いの長友明神《ながともみょうじん》で夜露を凌《しの》ぐことにした。大垣城の監視である。

大垣城内にも関ヶ原合戦の報せは齎《もたら》された。十六日の夜、相良頼房、秋月種長、高橋元種の三将は相談して水野勝成に帰順を請い、徹底抗戦を主張する熊谷直盛らを討って城を明け渡すことを申し出た。

水野勝成は本営の井伊直政に確認して許諾を得ると、その旨《むね》を相良頼房らに伝えた。十七日、相良頼房らは熊谷直盛、垣見一直、木村由信、同豊統の四人を三ノ丸の竹林に誘い出して騙《だま》し討ちにし、さらに三ノ丸と二ノ丸に水野勝成と松平康長の兵を誘い入れ本丸を攻撃した。

石田三成の妹婿《いもうとむこ》・福原長堯は連日奮戦し、本丸を死守して屈しなかったが、九月二十三日、遂に長堯は剃髪《ていはつ》して道蘊《どううん》と改名し、城を明け渡した。

福原道蘊は伊勢の朝熊山《あさまやま》で赦免の沙汰《さた》を待ったが、三成の義弟ということもあって家康は道蘊を許さなかった。道蘊は十月二日（九月二十八日とも）に自害することになる。

「敗者はいつも哀れじゃな」

熊谷直盛らの惨殺《ざんさつ》を聞き、光義は敵ながら不憫《ふびん》に思えた。

大垣城を接収したのち、光義らは近江の大津城に在している家康の許に足を運んだ。

既に戦の首謀者である石田三成や与《くみ》した安国寺恵瓊、小西行長らも捕らえられ、佐和山城も攻略し、大坂城の毛利輝元と話し合いもできているとあって、家康は上機嫌である。

「未《いま》だ弓の腕が衰えぬとは、天晴《あっぱ》れじゃ大島殿」

家康は鷹揚《おうよう》に労《ねぎら》った。上座に腰を下ろす家康は、既に天下人のようであった。

「お褒め戴き、感謝の極みに存ずる」

褒められるほどの活躍をしたわけではないが、今後のために高く評価してもらうのは嬉《うれ》しいこと。死ぬまで生涯現役、と豪語していたが、さすがに、家督を光安に譲るつもりであった。

「長寿の秘訣など、いずれゆるりと聞かせてほしいものじゃな」

「こちらこそ、いずこなりとも参じさせて戴きます」

もはや家康に逆らえる者はいない。光義は慇懃《いんぎん》に挨拶をして下がった。

（儂の戦も終わったの。やはり簡単に弓を極められるものではなかった。こののちは残る命で追い求めていくしかないようじゃな）

認めたくはないが、気持を切り替えると楽にはなる。複雑な心の中にも、爽《さわ》やかな気分も些《いささ》か感じたことに光義は驚いていた。

その後、家康は大坂城の西ノ丸に入り、十月一日、石田三成、小西行長、安国寺恵瓊を、見せしめとして京の市中を引き廻し、六条河原で斬首《ざんしゅ》して、天下分け目の戦いに区切りをつけた。

戦後の論功行賞を前に、家康の側近の本多正純が内々で光義に告げてきた。

「こたびの戦功にて、大島殿には豊後《ぶんご》の臼杵《うすき》を与えたいと、上様は仰《おお》せになっておられる」

本多正純は家康のことを天下人としていた。光義は時の流れの早さを感じた。

(豊後の臼杵か……。石高こそ示されておらぬが、城主ともなれば五万石は下るまい)

一万二千石の光義には破格の待遇である。

(されど……。九州は我ら馴染《なじ》みのない者が治めるのは難しき地じゃの)

嘗て尾張出身の佐々成政は越中を領国としたのちに肥後一国を与えられたが、厳しい検地を断行したことによって一揆《いっき》を暴発させ、責任をとらされて切腹させられている。

豊後の臼杵は大友氏の旧領で、このたびの関ヶ原合戦に至り、大友義統《おおともよしむね》は石田三成らから旧領の安堵《あんど》を約束され、旧臣を蜂起《ほうき》させたが、黒田如水らに鎮圧されている。

（大友旧臣の討伐は骨が折れよう。見知らぬ地の加増よりも本領安堵のほうがよかろう。儂も、勿論、光安も広き地を治めたことがない。ここは背伸びせず、お家の安泰を図るがよいの）

光義は移封を拒むことにした。

「有り難き仕合わせなれど、我らには身に余る誉れ。今少しお若い方に与えられますよう」

「左様でござるか。お気に召されるな」

あっさり本多正純は応じ、光義の前を立ち去った。

気にはなるが、今は欲をかく時ではないと、光義は心を鎮《しず》めた。

十月十五日、家康は東軍に参陣した諸大名への加増を発表した。

「大島新八郎光義、こたびの戦功にて一万八千石に加増する」

家康に代わり、本多正純が発表した。

「有り難き仕合わせに存じます」

光義は平伏して礼を口にした。所領は美濃国の加茂、武儀《むけ》、各務《かがみ》、席田《むしろだ》、池田、大《おほ》野《の》、摂津国の武庫《むこ》、豊島《てしま》の八郡であった。

武儀は関のある本領、これが安堵されたので光義は胸を撫で下ろした。

所領とは別に家康は光義に対し、真壺《まつぼ》と大鷲《おおわし》を与えた。

一方、西軍諸将は次々と改易、減封させられ、豊臣家に至っては六十五万石の一大名に転落した。

(豊臣の世も終《しま》いじゃな。儂も家督を譲るとするか。頃合を見て届け出よう)

孤児になった身から弓一筋で一万八千石の大名に成り上がった。このたびの戦いで、戦功といえるほどの活躍はできなかったが、高齢を押しての命がけの参戦が加増を得る結果になった、と光義は達成感の中で結論づけた。盛衰は武家の常。あとは大事に家名を繋ぐことを胸に、光義は西ノ丸を後にした。

四

確定した所領は、嫡男の光安に任せることにし、光義自身は大坂に在していた。

戦後処理が一段落したこともあってか、光義は家康に呼ばれた。

(使者は昔話でも、と申していたが、それだけであろうの。失態は犯しておらぬはず)

肚《はら》の読めない家康なので、光義は危惧している。

（臼杵の件も落ち着いているはず）

豊後の臼杵には光義の代りに、同じ美濃衆の郡上八幡《ぐじょうはちまん》四万石を得ていた稲葉貞通が、一万余石の加増を受けて移封している。貞通は最初、旧主の織田秀信に従って西軍に属し、尾張の犬山城守備ののち、八幡城の合戦を経て東軍に内応、関ヶ原本戦ののちは加藤貞泰らと長束正家が守る水口城を攻略した功を認められたというよりも、東軍参加を許された形である。

（臼杵で一万余石の加増。得と言えるや否《いな》や。まあ、これからの仕置次第じゃが）

光義から見れば体よく遠方に追いやられたような気がしてならない。

（確かに五万石は魅力じゃが、儂に石高は示されなかった）

光義は移封を断わったことを後悔していなかった。

天守閣の造りになった西ノ丸に足を運び、案内された一室に入ると、既に堀尾吉晴、猪子《いのこ》一時《かずとき》、船越景直《ふなこしかげなお》らが寛《くつろ》いでいた。

堀尾吉晴は共に大垣城攻めをした堀尾忠氏の父である。吉晴は関ヶ原合戦の二ヵ月ほど前の七月、三河の池鯉鮒《ちりゅう》（知立）で家康の暗殺を企てる加賀井《かがい》秀望《ひでもち》を斬《き》った時に深手を負い、遠江の浜松城で療養を余儀無くされ、本戦には参陣できなかった。猪子一時と船越景直は家康の麾下《きか》として本陣近くに布陣し、本戦にも参じた武将である。

暫し堀尾吉晴らと雑談をしているうちに家康が訪れた。すかさず光義らは平伏する。

「よいよい、楽になされよ。今日は古き戦友と話したいと思うたまでじゃ」

上座に腰を下ろした家康は鷹揚に言う。

家康は堀尾吉晴から順番に声をかけ、光義には質問をする。

「貴殿は幾つになられたか」

「九十三歳にございます」

「ほう。九十三歳と。なにゆえ、そこまで長生きできたのじゃ。秘訣はなんぞ？」

社交辞令ではなく、団栗《どんぐり》のような丸い目は真剣であった。

（古今東西、権力を手にすると長生きしたくなると申すが……いや、内府が長生きをする当所《あてど》は秀頼様に対するためか。共存は困難。内府は本気で豊臣を潰《つぶ》すつもりやもしれぬな）

秀吉が旧主の息子を殺《あや》め、あるいは改易にして僅《わず》かに喰い繋ぐばかりにし、女子《おなご》は政略に使い、はたや側室にして欲望を満たしたことを思案すれば、家康が同じことをしても不思議ではない。信長、秀吉を見てきた光義だけに、家康の粘っこい眼光に、天下欲を垣間見《かいまみ》た。

「美食を控えたこと、いや、実際はできなかったのが事実ですが。酒の度《ど》を越さず、多くの女子を抱えず、弓、鑓、馬をよくし、よく寝ることにございます」

光義なりに言葉を選びながら答えた。

「貴殿ほどの腕じゃ。今少し欲を持てば、十万石ほどの大名にもなっていよう。にも拘《かか》わらず、さして多くの石高も求めぬのはなにゆえか」

「元来、孤児となった身。雨風、空腹を凌ぐことができれば構いませぬ」

この考えは童《わらべ》の頃から変わっていない。

「無欲よのう。隠居もせず、戦場に立ち続けるのはなにゆえじゃ？」

「戦場で死ぬのが武士。それができぬならば腹を切れと、幼馴染みの女子に言われたことがございます。女子に言われたことも全《まっと》うできねば男子に非《あら》ずと思い、弓をとってござる。弓の道は己との戦いなれど、弓を極めるのは戦場でしかありませぬ。されど、こたびの戦で世は定まりました。備えは怠《おこた》りませぬが、もはや某ごときが、そう具足に袖《そで》を通すこともないかと存じます」

冨美の言葉を回想しながら光義は告げた。

「見事な心掛けじゃ。されば生き残れた術《すべ》はいかに。乱世の敵は戦場だけではあるまい」

信長に命じられて妻子を斬らせたことでも思い出しているのか、家康の重い言葉である。

「宿無しになった身です。某にせせこましい面子《メンツ》はありませぬ。弓は時代遅れと嘲《あざけ》られますが、大垣の戦いでは弓でも敵を倒せました。世の流れに乗れずとも、己を信じ、己が取り組んできたことに自信を持つこと。某に腹を切る思案はありませぬ。落城の憂《う》き目に遭ったならば、切腹ではなく打って出る道を選びます。某はつまらぬ駆け引きは性に合いませぬ。けち臭い男は早死にするのではないでしょうか」

全《すべ》て言葉どおりに生きてきたわけではない。光義の希望も込められていた。

この返答には同意できないのか、家康は不快そうな表情をしていた。

「最後に、九十三歳にして戦陣に立った大島殿の座右の銘は？」

質問は光義が即答できかねる意外なものであった。

「某ごとき愚老に、左様な偉そうなものはありませぬ。強いて申せば、弓は武士《もののふ》の道、道は極めるもの、でございましょうか」

「さもありなん。して、極められたか」

「とんでもございませぬ。某が極めるには人の寿命では足りないようにございます」

これは光義の本心でもある。

「今一つ。極めんとして得られたことは？」

「未だ得たなどと大きなことを申せるものではありませぬが、織田軍を相手に戦い、当たりはしませんでしたが、信長公に放ち、織田軍を止めたこと。今一つは太閤《たいこう》殿下にも矢を向け、その後、殿下は信孝様の降伏を認められました。某の活躍ではありませぬが、戦を終わらせる契機になれば、これほどの誉れはありませぬ。人を殺《あや》めず戦を終わらせる矢を放つことこそ真の弓。左様な矢を放つことを命尽きるまで追い求めていきたいと思案しております」

「さすが大島。日本一の弓大将じゃ」

自身、新陰流や一刀流の兵法（剣術）を修行している家康は、弓と刀の違いはあれ、光義の言葉の中からなにか共通項を見出《みいだ》して称賛したのかもしれない。満足そうに頷いた。

（内府はいかような形で大坂を攻めようか。内府も高齢ゆえそう遠い先ではあるまい。されど、さすがに秀頼様に鉾先《ほこさき》を向ければ、主計頭《かずえのかみ》〈加藤清正〉らが黙っておるまい。とはいえ、内府のほうが高齢ゆえ、死ぬのを待ってもおるまい。万が一、割れた時、儂は徳川方に属《つ》けようか。徳川に属《ぞく》して武士と言えようか。いや、もはや儂の出る幕ではない。割れる前に家督を譲ろう）

元気に談笑する家康を見ながら、光義は引退を決意した。

光義は所領の仕置きを光安に任せっきりにしている。新たな領地からの年貢《ねんぐ》も順調に徴収できているという報告を受けた。混乱もなく、領民もよく従っているという。

（儂の命のあるうちに、円滑に家督を移行させることが御家のためじゃな）

慶長六（一六〇一）年が明けた。九十四歳になった光義は光安を前にした。

「そちは十分に当主としてやっていける。家督は譲るゆえ、大島の家を守り立ててくれ」

「承知致しました」

四十三歳になる光安は拒みはしなかった。本人は遅いぐらいだと思っているのかもしれない。

「ついに殿も隠居ですか」

ようやく肩の荷が下りたとでも言いたげな小助である。

「家督は譲ったが、楽隠居するつもりはない。いざ事起こりし時は、いつにても弓を取る所存。畳の上で死んでは、黄泉《よみ》でなにを言われるか判らぬゆえの」

言いながら、光義は日課どおり弓場で矢を射た。前年に比べて疲労しやすく、腕が張るのが早くなっているが、それでも光義は腕が上がらなくなるまで射た。

家康は病ということで元日の挨拶は見送られ、十五日、光義は改めて諸将と共に大坂城の西ノ丸に登城し、年賀の挨拶を行った。

その後、光義は本多正純に申し出た。

「某も、もう歳ゆえ、家督を嫡子の光安に譲ることに致した。ついては内府様に許可を戴きたいと存ずる」

「お伝え致す。追って連絡致そう」

本多正純は淡々と答え、座を立った。

これで一安心。光義は胸を撫で下ろして帰宅した。ところが、三日が過ぎ、五日が経《た》ち、十日が経過しても、家督許可の返答を伝える使者は大島家の屋敷を訪れることはなかった。

「忘れておるのであろうか」

光義は家臣の高梨弥兵衛《たかなしやへえ》を本多正純の許に送り、家督のことを尋ねさせた。

「畏《おそ》れながら、本多殿は忘れていたゆえ、改めて進言致す。今少し待たれよと申されました」

申し訳なさそうに高梨弥兵衛は言う。

「左様か」

光義は落胆するが、疑念も持つ。

「切れ者の本多上野介《こうずけのすけ》（正純）が、大名からの依頼を忘れるとは思えぬ。当家の者が、なにか心証を悪くすることをしたのであろうか」

自分では気づかぬこともある。光義は小助に問う。

「心当たりありませぬ。本多殿も多忙ゆえ、まこと忘れていたのではないでしょうか」

「そうであってくれればよいが」

懸念《けねん》はあるものの、今は信じるしかなかった。

期待も虚《むな》しく、高梨弥兵衛を登城させてから半月が過ぎても、音沙汰がなかった。

「もはや忘れたとは言わさぬ。なにゆえ許しが出ぬのじゃ！」

光義は脇息《きょうそく》を強く叩《たた》いて憤《いきどお》りをあらわにする。

「気を短くなされませぬよう。なにか事情があるに違いありませぬ」

「戯け！　儂は気短ではない。誰でも一月《ひとつき》も焦《じ》らされれば、腹も立とうて。ただ一人、戦功を欲して戦っていた頃は、つまらぬことに煩《わずら》わされずにすんだものを。かようなことであれば……」

西軍に加担したほうがよかった、と言いかけて光義は口を閉ざした。

「今暫くお待ちになれば吉報が届くかと存じます」
小助は宥《なだ》めるが、光義の憂《うれ》えは解消できない。
光義は人生五十年と言われている戦国の世で、倍近く生きているが、いつ逝《い》っても
おかしくはない。生きているうちに家督を譲らねば大島家は断絶するかもしれないの
で、憂慮するばかりだ。
改めて高梨弥兵衛を遣わしたものの、弥兵衛は暗い表情で帰宅した。
「畏れながら、家督の儀は認められぬ、と本多殿は申されておられました」
こわばった面持ちで高梨弥兵衛は報告する。
「なんと！　なにゆえか」
「まず、せっかく臼杵にご加増がなされたのに、なにゆえ断わられたか、と。加増を
断わった方は殿お一人。これは公儀に反する由々《ゆゆ》しき事態。改易されて然《しか》るべきとこ
ろを、大垣での働きに免じて畿内《きない》で加増してやっただけで十分のはず。臼杵の加増を
有り難くお受けであれば、相殺《そうさい》することも可能であった、と申されておられました」
「臼杵か……」
秀吉時代、移封を拒み、織田信雄は改易にされている。確かにもっと慎重であるべ
きであったと、光義は後悔するものの、引っ掛かる言葉もあった。

「相殺とはいかに?」

「関ヶ原合戦において、大島家は光政（次男）様と光俊（三男）様は西軍に属《つ》かれた。このことは只《ただ》ならぬ、と申されておりました」

「左様なこと当家だけではあるまい」

この期《ご》に及び、重箱の隅を楊枝《ようじ》でつつくような真似《まね》をするのか、と家康の陰険さに憤る。

大島家以外にも東西に分れた大名は存在する。

信濃・上野の真田家は、父の昌幸と次男の信繁（幸村）が西軍で嫡男《ちゃくなん》の信之が東軍。阿波の蜂須賀家は父の家政が西軍、嫡男の至鎮《よししげ》は東軍。讃岐《さぬき》の生駒《いこま》家は父の親正が西軍、息子の一正は東軍。志摩の九鬼家は父の嘉隆《よしたか》が西軍、嫡男の守隆《もりたか》は東軍。織田家は信長の嫡孫の秀信が西軍、大叔父の有楽斎《うらくさい》などは東軍であった。

「しかも加増まで受けておる大名もあろう」

上野・沼田二万七千石の真田信之は、昌幸の所領も受け継いだ上で加増を受けていた。昌幸と信繁は徳川秀忠軍を上田で足留めし、おかげで秀忠は関ヶ原本戦に間に合わなかったにも拘わらずである。

「生駒、蜂須賀、九鬼家は共に関ヶ原前に家督が譲られているので、これを無にすることはできぬ。然《しか》れども各家とも、こののちの家督は不明と申しておりました」

高梨弥兵衛が言い終わると、小助が口を開く。

「確か真田伊豆守（信之）様の奥方は内府様の養女でございましたな」

真田信之の正室・小松姫は本多忠勝の愛娘《まなむすめ》で、家康の養女として真田家に嫁いでいた。蜂須賀至鎮の正室は小笠原秀政《おがさわらひでまさ》の娘・氏姫《うじひめ》を家康の養女として娶《めと》っていた。生駒親正の娘は家康の側近・村越直吉の継室として嫁いでいた。実際に一正が生駒家の家督を継いだのは慶長六年のことであるが、みな徳川家との繋がりは深い。後ろ楯のない大島家とは違うと小助は言う。

「されば、大島家は儂一代限りと申すのか」

「家督のことは、こののちの光安様の忠義次第と申しておりました」

「おのれ家康め！」

激昂《げっこう》する光義であるが、会見の際に立腹させたかもしれないということを思い出した。

〈某はつまらぬ駆け引きは性に合いませぬ。けち臭い男は早死にするのではないでしょうか〉

家康が謀《はかりごと》を駆使して関ヶ原合戦に勝利したのは事実。

（これを「けち臭い」と言われれば腹も立てようが、それだけで……。小さな男には細心の注意を払わねばならぬのじゃな。豪気な富美とは大違いじゃな）

光義は家康を蔑《さげす》みつつも、反省せざるをえなかった。

「そのうち気が変わりましょう。それまで機嫌取りに勤《いそ》しまれるしかありませんな」

小助が気遣いながら告げた。

弓一筋に生きてきた光義には苦手なことであるが、応じるしかなかった。

家康は江戸、京都、大坂を移動する。江戸や京都に屋敷のない光義は、家康が上坂《じょうはん》した時には挨拶《あいさつ》に出向き、贈物などをした。家康が帰国している時には徳川家の家臣と交わった。弓の指導を頼まれれば、躊躇なく行うものの、家督相続の吉報は得られなかった。

諸将が江戸に屋敷を築きはじめたので、光義も許可を申し出ると、こちらはすぐに許された。石高が低いこともあり、大島家が得ることができたのは錦糸《きんし》一丁目辺りであった。のちに、手狭ではあるが本郷三丁目にも築くことになる。

家康が総大将として参じ、関ヶ原合戦で勝利したこともあり、江戸は急速な勢いで拡大し、大島屋敷の周辺でも槌音《つちおと》が朝から夕暮れまで消えることはなかった。

屋敷が出来次第に光義も江戸に移り、家督相続の交渉を再開するが、芳《かんば》しい返事を得ることはできなかった。

時が経つのは早いもので、関ヶ原の戦いからおよそ二年半が過ぎた慶長八（一六〇三）年、二月十二日、家康は伏見城で征夷《せいい》大将軍の宣下《せんげ》を受けた。江戸時代のはじまりである。

光安に家督を譲っても、あくまでも大島家内でのこと。対外的には大島家の当主は光義である。九十六歳の光義も高齢の体を押して伏見城に上り、祝いの挨拶を行った。とはいえ、百余人の武将が参集しているので、小禄《しょうろく》の光義らが個別に会見するわけではなく、広間で一斉に平伏したに過ぎない。五十万石以上を有する大名は家康と単独で顔を合わせていた。

吉事があったので、関ヶ原合戦における二股膏薬《ふたまたごうやく》の件と、移封拒否の件は恩赦されるのではないかと光義は期待していたが、それでも許可を得ることはできなかった。

（家康め、まこと大島の家を儂一代で終わらせる気か）

憤《いきどお》るものの、もはや家康は天下人。とても逆らえるものではなかった。

（このままでは大島家の行く末が危ういの。儂が死んだらお家断絶じゃ。なんとか家を潰さず、一石も削らず、光安に家督を相続させる行《てだて》はないものか）

光義はそればかりを考えていた。

せっかくなので光義は伏見から大坂に足を伸ばし、玉造に屋敷を構える太田信定と顔を合わせた。信定はその後もずっと淀ノ方付として仕え、関ヶ原合戦以降、牛一《ぎゅういち》と称していた。

「お久しゅうござるの。お健やかそうでなにより」

皺《しわ》だらけの笑みを向ける太田牛一であるが、さすがに高齢、腰を上げるのが億劫《おっくう》そうであった。

「突然、訪ねて申し訳ない。ちと、話をしたくてのう」

武藤彌兵衛は前年に死去している。太田牛一は数少ない旧友であるが、知恵を貸してくれとは言えない。

「家督のことにござるか。心中をお察し致す」

太田牛一は光義の悩みを理解していた。

「生来、阿呆《あほう》ゆえ病などにはかからぬが、儂も歳《とし》ゆえ、いつぽっくり逝ってもおかしくはない。その前になんとかしたいものじゃが」

「いろいろと手を尽くされたものと存ずるが、叶わぬとあらば、考え方を変えるしかないのではござらぬか。時がないならばなおさら。それにて貴家が安泰ならば、文句はござるまい」

「考え方を変えるとは？」

光義には思い浮かばなかった。

「これまで貴殿は恩賞にこだわらず、弓で武功を上げることに専念してこられた武辺《ぶへん》者《もの》。いわば実を捨て、名を取られてきたようなもの。ご子息たちには、名を捨て実を取られてはいかがか」

「申されていることが、よく判らぬが」

確かに光義は弓で鉄砲に対抗することに尽力してきたが、家督との関連は不可思議である。

「所領を減らさなければよいのでござろう。さすれば、ご子息たちに分けられてはいかがか」

「なんと！」

予想外の提案に、光義は愕然《がくぜん》とした。所領を分けることは、いわば財布を分けること。家を分ければ、則《すなわ》ち戦力の低下に繋《つな》がる。乱世では絶対にありえないことである。

「貴殿の申されたいことは重々承知してござる。されど、ご子息への家督が認めてもらえないならば、発想を変えるしかござるまい。まずは存続。家名を残すことが重要ではござらぬか」

冷めた口調ながら、真剣な面持ちで太田牛一は言う。牛一は大名ではない。旗本ならではの意見であった。

大まかに一万石以上の所領を持つ者は大名と呼ばれ、それ以下は旗本とされた。秀吉時代、大名は、秀吉へのお目見えが許されており、それ以下の小禄の武士は、特別に秀吉から声がかけられなければ、参賀の挨拶にも呼ばれることはない。

これは家康が征夷大将軍になっても変わらなかった。大名という身分は武士の誇りであり、崇《あが》められる地位でもあった。

「大名を止《や》めろと？」

自分一人ならば、それも可能であるが、一族郎党がいるので光義は素直に応じられない。

「時がないならば致し方なきこと。このまま大事なことを引き延ばし、貴殿に万が一のことがあれば、所領を減らされることも十分にござろう。その前に手を打つのが当主の務めではござらぬか。所領を減らされるのは、貴殿の功績を否定されたことになってしまう。まあ、これは旧知の者として申したこと。辛《つら》い決断にござろうが、最後に判断するのは貴殿でござる」

太田牛一は淀ノ方付となってから、信長や秀吉の功績を記述していたこともあり、冷静である。突き放すように告げた。

「考えておこう。助言、忝《かたじけ》ない」

すぐに答えは出せず、光義は太田屋敷を後にした。

(彼奴《あやつ》は旗本ゆえ、軽く申すのじゃ。大名が簡単に旗本になれるか!)

光義は立腹するが、代替えの案は思い浮かばない。

心労が祟《たた》ったのか、光義は珍しく風邪をひいた。これまでであれば、精のつくものを食べ、酒でも喰らって汗を流せば治ったものであるが、寝込むほどにこじらせた。

光義は、わざわざ薬師《くすし》を呼んで薬を処方してもらったほどである。

「殿も歳なんですから、いい加減、諸肌《もろはだ》を脱いで矢を射るのは止めなされ」

愚痴をもらしながら小助は水の入った桶《おけ》と手拭《てぬぐ》いを持ってきた。そう言う小助も還暦を過ぎている。

(こうなれば覚悟するしかないの。牛一の言うことを聞いてみるか)

江戸に戻った光義は本多正純に使者を立てた。但《ただ》し、旗本への格下げには抵抗があるので、嫡男の光安に一万二千石。次男以下は二千石ずつ均等という案を提出した。

「所領を分けるのは良案なれど、今一度思案なされよ」

本多正純は淡々とした口調で却下したという。

(どうあっても当家を大名の座から引《ひ》き摺《ず》り降ろしたいのか)

憤るものの、健康不安を覚える光義としては、ずるずると先延ばしにするわけにはいかない。

光義は再度使者を登城させ、嫡男の光安に七千五百石、次男の光政に四千七百五十石、三男の光俊に三千二百五十石、四男の光朝に二千五百石、という案を提出した。

「よう決断なされた。雲八《うんや》(光義)殿亡《な》き後には、この申し出どおり、所領を安堵致そう」

本多正純は、うってかわって上機嫌で答えたという。

「儂に仕官を勧めた牛一が、大島の家を救うとはのう。持つものは良き朋輩《ほうばい》じゃの。儂は弓を学んでいなければ、牛一と接することはなかったであろうな。これも弓のお陰か」

光義は不思議な巡り合わせの因果を感じていた。

大名の分割は、江戸幕府が改易政策を改めたのちに実行する政策であった。藩を分割すれば結束力が弱まるので、幕府にとっては好都合。大島家はその先駆けのようなものであった。

光義は四人の息子を前にした。

「……ということじゃ。儂が死したのちに大島の家は大名ではなくなる。我が力不足ゆえ、そちたちには申し訳ないと思うておる。家を分ければ、力は弱まると、誰もが思うていようが、これを覆《くつがえ》し、事起こりし時には光安の下に結束し、美濃と摂津の地で大名家以上の力を発揮してくれ。時節を待てば大名に返り咲くこともあるやもしれぬ」

薄くなった頭を下げて光義は詫《わ》びた。

「頭をお上げ下され。家がなくなるわけではありませぬ。それに、大島の家をここまで大きくしたのは父上ではありませぬか。父上の言葉どおり、我ら一族は未来永劫《えいごう》仲違いせずに結束致します。また、四家それぞれ特色をだし、四大名のごとく繁栄させる所存でございます」

今風に言えば政府特殊法人の分割民営化宣言といったところか。光安は胸を張って言う。

「その意気じゃ」

皆それぞれ所領を貰《もら》えるとあってか、息子たちに暗い表情はないので、光義としては多少気が楽になったのは事実であった。

「あとは四半刻《しはんとき》（三十分）でも長生きして旗本への格下げを先延ばしにするかの」

光義が告げると、場は笑いに包まれた。

家督の件が落ち着き、光義はいつものように庭先で弓を引いていた。

「大殿、武士になりたいと申す百姓が当家を訪ねてまいりましたが、いかが致しますか」

口許《くちもと》に笑みを浮かべて小助が聞く。毎日欠かさず弓を引くこともあってか、光義はご隠居とは呼ばれず、大殿と呼ばれていた。

「大名から旗本になろうとする当家に？　鼻の利《き》かぬ輩《やから》じゃの。そちが笑っておるところを見ると、なにかあるのじゃな。連れてまいれ」

小助の表情を察し、光義は命じた。

現われた男は十七、八歳の若者であった。黒眼がちの瞳《ひとみ》で、浅黒い面差しをしている。体つきは中肉中背だが、農作業で鍛えられたのか、上腕と太腿《ふともも》は逞《たくま》しく隆起していた。農民らしく膝上《ひざうえ》の小袖姿で草鞋《わらじ》履き。弓らしきものが入れられている細長い布袋を手にしていた。

（はて、どこかで見たような）

縁側に腰を降ろす光義は記憶を辿《たど》るが、思い出せなかった。

「大殿に申し上げよ」

「武士になりてえ。武士にしてくれ」

小助に促された若者は単刀直入、申し出た。

「氏素性、出自も申さず、武士にしてくれはなかろう」

面倒な輩を連れてきおって、と小助を睨《にら》んだのち、光義は言い放つ。

「名は又八。飛騨《ひだ》の宮村から来た」

「飛騨の宮村と言えば於茂の……」

と光義が口にすると、小助はにんまりと微笑《ほほえ》んだ。

「於茂はおらのおっ母《か》ぁだ。おらはおっ母ぁに弓を習った。大島のお殿様はおっ母ぁの師匠だと聞いた。だから、ここに来た。武士にしてくれ」

又八は必死に懇願する。

「見覚えがあるはずじゃ。そうか於茂の息子か」

目が大きく日焼けした丸顔の於茂を思い出し、光義は目尻《めじり》を下げた。

（そういえば、於茂が儂《わし》のところに来た時も、かようなものであったのう）

二十六年前のことが甦《よみがえ》ったようである。

（息子がおるということは、それなりに暮らしていたのじゃな）

ささやかながら女の幸せを摑《つか》んだのだろうと、光義も喜んだ。

「於茂は息災か」

「この冬、流行《はや》り病で死んだ。おっ父《と》ぅはおらが童の時に死んだ」

悲しげな面持ちをし、又八は言い放った。

「それは残念じゃな。仇討《あだう》ちの話は聞いておるか」

「うん。聞いた。おっ母ぁは……」

又八は於茂から聞いたという話をしだした。

帰国した於茂は、光義の助言どおりに村人と相談した。まずは自分の腕を村人に披露して茨組《いばらぐみ》が襲ってきたら撃退することを主張した。村人は茨組を恐れ、反対する者もいたが、手を拱《こまね》いていては農産物や財産、命の掠奪《りゃくだつ》が永遠に続くので、戦うことを承諾した。

皆は以前襲われた時のことを回想して、待ち受ける場所、誘い込む地を決めた。鑓《やり》や刀で戦えば山賊のような茨組には敵《かな》わない。思案どおり遠くから弓で戦うことを徹底することにした。

於茂は農作業の合間を縫って自身が弓の練習をしながら、他の者にも弓を教えた。

といっても本格的なものではなく、皆は狩りに使う半弓よりも小さな弓で、二十間ほどしか飛ばない。それでも、高いところから纏《まと》めて放てば、かなりの威嚇《いかく》になるので練習させた。

なかなか向上しないものの、皆は茨組を憎んでいるのでめげずに一年ほど続けた梅雨入り前、領主が出陣した時を見計らい、茨組が飛驒の宮村に姿を見せた。

於茂は訓練どおり、皆に狩り弓を持たせ、茂みに配置させて敵を仕留めた。

光義の助言どおり、於茂自身は味方を囮《おとり》とし、一箇所にとどまらずに場所を変え、死角から矢を放ち、敵を誘い込み、逃げ道を塞《ふさ》ぎ、皆で敵を包囲して敗走させた。さらに急襲をして敵の頭目と思《おぼ》しき男を討ち、遂《つい》に村から追い出した。

落ち着いたのち、茨組の撃退は於茂の活躍によるものだということが判《わか》り、領主の一宮国綱は自身に仕えることを求めたが、於茂は武家奉公するのは嫌だと断わり、鍬《くわ》を手にしたという。

於茂の活躍は周辺にも知れわたり、武士からの求婚が殺到したが、於茂は小なりとも先祖が残してくれた田畑を守り、農民として生きることを伝え、武士の妻になることを断った。それは己の分限《ぶげん》を守るという、光義の教えの一つでもあった。

「……じゃ。おっ母ぁは村の勇者であり、おらの憧《あこが》れじゃ」

誇らしげに又八は言いきった。

「左様か。それでも於茂は少なからず田畑を残してくれたのではないか」

「百姓は兄者《あにじゃ》が継いだ。だからおらは武士になりてえ。これはおっ母ぁが、大島の殿さんに書いた文じゃ」

又八は懐《ふところ》から色褪《いろあ》せた手紙を光義に差出した。小助から受け取った光義は文を開いた。

「とのさんにほうびをやる」

於茂らしい、ぶっきらぼうだが情のこもった文に、思わず光義は頰を緩めた。

「おっ母ぁに習った弓を見てくれ」

又八は身を乗り出して訴えた。

関ヶ原合戦以降、多く大名が潰れ、牢人《ろうにん》が溢《あふ》れた。少しずつ幕藩体制が確立していっていることもあり、名のある武士でなければ再仕官が難しい世の中になっていた。旗本になることが決まっている大島家としては、一人たりとも余分な家臣を召し抱えたくないのが実情である。

「左様か。武士の弓が引けるか、百姓の狩り止まりか見てやろう」

於茂が教えたとすれば光義にとって又弟子ということになる。光義は楽しみにした。

又八は布袋の中から弓を取り出し、弓弦《ゆづる》を張った。弓は半弓である。

（あれは確か松蔵が作ったもの）

弓職人の松蔵が工夫して作った七本ひごの半弓で、光義が於茂に手渡したものである。既にその松蔵も鬼籍に入っていた。

（まだ持っていたのか。物持ちがいいというか、あまり使っておらぬのか）

さすがに籐《どう》や握り皮などは傷《いた》んでぼろぼろになり、反りも歪《ゆが》んでいるが形は残っていた。

（あの弓では、まともには射れまい）

弓は入念に手入れをしなければ機能しない。於茂には手入れの仕方を教えたつもりだが、又八には伝えられなかったのかもしれない。

光義の危惧《きぐ》など気にする素振りもなく、又八は弓弦を張り終わった弓の調子を確かめると、自身で作ったのか粗末な矢をとり、無造作に弓を引く。

（ほう）

思わず光義は頬を緩めた。母子ならではの血なのか、あるいは母を真似ていたのか

定かではないが、又八は於茂と同じように左肩を寄せていた。（弓《ゆん》〈左〉手《で》のほうに流れるの）

形を見て光義が察した時、狙《ねら》い定めた又八は矢を放った。弓弦に弾かれた矢は乾いた弦音を残して飛び、十間先の的に見事に吸い込まれた。

「おおっ」

当たるはずのない矢が的を捉《とら》えたのだ。思わず光義は感嘆の声をもらした。

「どうじゃ？」

誇らし気に又八は言う。

「一矢《いっし》では判らぬ。二、三放ってみよ」

「簡単じゃ」

嫌がることなく、又八は矢をつがえ、躊躇《ちゅうちょ》なく放った。矢は先ほどと同じように的を射た。

（歪む弓を自身の体で調整しておるのか。儂があの弓を使えば外しているやもしれぬな）

又八の射る矢を見ながら光義は感心した。

（戦場では、常に手入れされた弓を手にできるとは限らない。傷み、折れる寸前のもしでも敵を射ねば生き残ることはできぬ。新しい弓を手にできぬ此奴《こやつ》は自身で工夫しておるのじゃな。於茂よ、これは間違いなく、そちの弓じゃ。いわば百姓の弓じゃ。でかしたぞ。まこと、でかした。そちはよき跡継ぎを残してくれた。これがそちの恩返しか？　我が許で鍛えようぞ）

光義は嬉《うれ》しくてならなかった。

「よかろう。そちを当家の屋敷で寝泊まりさせてやる」

「それだけか」

「戯《たわ》け。そちはまだまだ修行が足りぬ。今は百姓の狩りに毛の生えたようなもの。もっと修練し、一端《いっぱし》の弓人になってみよ。さすれば正式に召し抱えてやる」

一息吐《つ》いた光義は続ける。

「たとえ時代遅れと言われることでも、信念を持って貫けば、必ず報われるものじゃ」

告げると又八は煮え切らぬ表情で頷《うなず》いた。

一芸あればどんな時代でも生き残ることはできる。光義の信条である。

（さて、当家が旗本になるまで、儂は此奴にどれほど仕込めるかのう）

新たな喜びを見つけ、九十六歳の光義は少年のように期待感に胸を躍らせた。

終章 最高の矢

昼間は残暑厳しく、なにもしなくても汗ばむ日が続いていた。

九十七歳の光義は、又八のほか孫の竹之助に弓を教えることを毎日の楽しみとしている。五歳になる竹之助は光安の三男（のちの茂左衛門光勝《しげざえもんみつかつ》）であった。

世間一般であれば、光義にとって竹之助は曾孫《ひまご》か玄孫《やしゃご》に相当する年齢であるが、光義が嫡男《ちゃくなん》の光安をもうけたのが五十二歳の時だけに、年齢差があるのは致し方ないことであった。

竹之助は子供用の小さな弓を持ち、五間先の的に向かって矢を放っていた。光義は縁側に腰掛け、柱に背を凭《もた》せながら孫が射る矢を眺めている。

「そちはせっかちじゃな。射ることばかり頭にあるゆえ、的に向かって体がのめり込むのじゃ。それゆえ矢がお辞儀する。もっと背筋を正し、基本を思い出すがよい。さすれば最高の矢を放つことができよう」

好々爺《こうこうや》よろしく光義は教授する。

「爺《じい》の最高の矢はいつ？」

「儂《わし》の最高の矢か……」

孫に問われた光義は遠い記憶を辿《たど》りはじめた。

（十三歳のおりに初陣《ういじん》で敵を射倒した時は喜びに満ちたものじゃった）

初陣では敵の攻撃に怯《おび》えながら矢を放ち、敵を倒した時は歓喜した。

（いや、冨美と二人で、雉《きじ》を射た時かのう。楽しかったのう）

前髪の幼き日、光義は冨美と茂みに入り、競うように矢を放った。息を切らして駆け廻り、無我夢中で矢を放ち、獲物を取った時は大喜びしたものである。

（師を射たかもしれぬ矢は最高とは言えぬの）

光義の表情から笑みが消えた。師弟、親兄弟で相争うのは戦国の倣《なら》い。戦場で相まみえるのは仕方のないところ。師を射たからといって、師を超えたとは言う気にもならなかった。

（我が矢で信長公の本軍を一度とはいえ、止めたことは痛快であったの）

光義は墨俣《すのまた》の戦いに参陣し、元来、弓では届かぬ地から矢を射て、信長本隊の進撃を停止させ、義龍から称賛された。

（若き日の太閤《たいこう》を破ったこともあったの）

永禄《えいろく》八（一五六五）年、鵜沼《うぬま》の戦いで光義は遠間から矢で秀吉の木下勢を迎撃し、あと一歩で討ち取れるところであったが、弟の小一郎秀長に側面を突かれ、取り逃がしてしまった。

その後も諸戦場で戦い、信長、秀吉に評価された。

（都で矢を披露したのは名誉であったの）

光義は秀吉の甥《おい》の秀次に付属され、都の東山にある法観寺、八坂の五重の塔最上階の窓に矢十筋を射込み、諸将をはじめ都人からも褒められた。

（大垣の戦いでは敵を射れたが、関ヶ原には間に合わなんだ）

過去を回想し、最高の矢を放つことができたのか疑問を持つようになる。

（あるいは、まだ放つことができておらぬゆえ長々と生きておるのやもしれぬな）

武道家は技を極めようと尽力するが、遂《つい》に極められぬまま生涯を費やすという。極めたと言う人物は法螺《ほら》吹きでしかない。

（されば、せめて本日の最高の矢を放って一杯呑《の》むかの……）

立ち上がろうとした光義であるが、急に睡魔に引《ひ》き摺《ず》り込まれた。

（もう晩酌を始めるのか）

正室の菜々、長女の於蔓《おまん》、婿《むこ》の横江清元、師の吉沢新兵衛、その娘の冨美、鑓《やり》の武藤彌兵衛、齋藤龍興、長井道利、織田信長、豊臣秀吉、明智光秀、丹羽長秀、石田三成などが笑っている。

（儂《わし》はまだ最高の一矢を放っておらぬぞ）

光義は笑みを返した。

長い光義の回想に飽き、孫は矢を射る。

「今のは、爺？」

孫が振り向いて問うと、光義は縁側の柱によりかかり、眠るように息を引き取っていた。

慶長九（一六〇四）年八月二十三日、光義は九十七歳の長寿を全うした。

「殿も漸《ようや》く逝《い》かれたか。某《それがし》もじきにまいります。鬼を射る矢を渡す役は某ですぞ」

涙を流しながら小助が言う。小助は光義の初七日ののち、眠るように逝った。

光義の死によって大島家の関藩は廃藩となり、新たに四家の旗本が誕生した。四兄弟の仲はとても良く、兄長《このかみ》を守り、争いはなかった。但《ただ》し順風満帆というわけにはいかなかった。

大島本家は嫡男の光安が光成《みつなり》と改名して家督を継ぐものの、孫の義豊《よしとよ》で男子は途絶え、本家は断絶してしまう。

次男・光政の家は川辺《かわべ》大島《おおしま》氏、加治田大島氏に分れ、三男・光俊の家は迫間《はさま》大島《おおしま》氏となって明治維新を迎える。

四男の光朝は大坂の陣で豊臣方に属したので没落するものの、光成らの嘆願で助命され、池田家の薦めもあり、鳥取へ赴き初代鳥取大島氏となった。

四家とも残念ながら大名に返り咲くことはできなかった。

光義の長女・於蔓と横江清元の間に生まれた吉綱《よしつな》は、光義の家臣で鑓に長《た》けた湯浅新六の弟子となり、その後諸国を廻《めぐ》って鑓を工夫。光義の養子となって大島姓を名乗り、大島流槍術《そうじゅつ》の祖となる。吉綱以外にも大島家が重宝されたのは弓ではなく鑓だった。

家康が弓の推奨をしなかったこともあり、光義の弓の技は大島流弓術としては残らなかった。あるいは光義の術は特別なもので、宮本武蔵の二天一流同様、誰も真似《まね》ができなかったのかもしれない。

弓術は弓道となっても、今なお廃《すた》れることはなく、戦を終わらせる弦音《つるね》を放っている。

鉄砲全盛の時代に弓で敵を射倒す腕は「百發百中ノ妙ヲアラハス」と言わしめた光義は、生涯五十三度の合戦に臨み、四十一枚の感状を得た。

弓の腕を時の天下人達に認められ、弓で生涯を生き抜いた真に類を見ない武将であった。

参考文献　敬称省略

【史料】

『大日本史料』『毛利家文書』『吉川家文書』『小早川家文書』『豊太閤真蹟集』『言經卿記』以上、東京大学史料編纂所編『戦国文書聚影　長宗我部氏篇』山本大・戦国文書研究会編『豊公遺文』日下寛編『増訂織田信長文書の研究』奥野高廣著『徳川家康文書の研究』中村孝也著『新修　徳川家康文書の研究』徳川義宣著『豊臣秀吉文書集』名古屋市博物館編『豊臣秀吉の古文書』山本博文・堀新・曽根勇二編『言継卿記』國書刊行會編纂『群書類従』塙保己一編『續群書類従』塙保己一編・太田藤四郎補『續々群書類従』国書刊行会編纂『當代記　駿府記』続群書類従完成会編『新訂　寛政重修諸家譜』高柳光寿・岡山泰四ほか編『寛永諸家系圖傳』斎木一馬・林亮勝・橋本政宣校訂『断家譜』斎木一馬・岩沢愿彦校訂『改定　史籍集覧』近藤瓶城編『石山本願寺日記』上松寅三編・校訂『黒田家譜』貝原益軒編著『萩藩閥閲録』山口県文書館編修『武家事紀』山鹿素行著『舜旧記』鎌田純一・藤本元啓校訂『三藐院記』近衛通隆・名和修・橋本政宣校訂『義演准后日記』弥永貞三・鈴木茂男・酒井信彦ほか校訂『慶長日件録』山本武夫校訂『多聞院日記』辻善之助編『晴右記　晴豊記』『家忠日記』以上、竹内理三編『系図纂要』岩澤愿彦監修『諸家伝』正宗敦夫編『地下家傳』正宗敦夫編『公卿補任』黒板勝美編『信長公記』奥野高広・岩沢愿彦校注『信長公記』『太閤史料集』以上、桑田忠親校注『家康史料集』小野信二校注『明智軍記』二木謙一校注『太閤記』小瀬甫庵著・桑田忠親校訂『関ヶ原合戦史料集』藤井治左衛門編著『定本　名将言行録』『名将之戦略』以上、岡谷繁実著『定本常山紀談』湯浅常山著・鈴木棠三校注『武功夜話』吉田孫四郎雄翟編・吉田蒼生雄訳注『通俗日本全史』早稲田大学編輯『國史叢書』『美濃國諸舊記・濃陽諸士傳記』以上、黒川眞道編『常山紀談』菊池真一編『改正　三河後風土記』桑田忠親監修『新撰美濃志』岡田啓著『美濃明細記・美濃雑事紀』伊東實臣・間宮宗好著『濃飛両國通史』岐阜縣教育會編『南北山城軍記』山本館里著

【研究書・概説書】

『関ヶ原の戦い』『戦国　武心伝』『激震　織田信長』『俊英　明智光秀』『決戦　関ヶ原』『本能寺の変』以上、学習研究社編『中部大名の研究』勝俣鎮夫編『濃飛偉人傳』岐阜縣教育會編『戦国織豊期の政治と文化』米原正義先生古稀記念論文集刊行会編『日本戰史』参謀本部編『足利義昭』奥野高広著『斎藤道三』『美濃の土岐・斎藤氏』『岐阜城』以上、横山住雄著『美濃・土岐一族』『明智光秀』以上、谷口研語著『織田政権の研究』藤木久志編『織田信長家臣人名辞典　第2版』『信長の親衛隊』『織田信長合戦全録』『信長軍の司令官』『信長の天下所司代』『信長と将軍義昭』『殿様と家臣』『秀吉戦記』以上、谷口克広著『真説　本能寺の変』安部龍太郎・谷口克広ほか共著『明智光秀のすべて』二木謙一編『明智光秀』桑田忠親著『豊臣秀吉のすべて』桑田忠親編『石田三成のすべて』安藤英男編『日本城郭大系』児玉幸多ほか監修・平井聖ほか編『戦国大名家臣団事典』山本大・小和田哲男編『戦国合戦大事典』戦国合戦史研究会編著『地方別　日本の名族』オメガ社編『信長の戦国軍事学』『本能寺の変』以上、藤本正行著『信長は謀略で殺されたのか』鈴木眞哉・藤本正行著『鉄砲隊と騎馬軍団』『鉄砲と日本人』『天下人の条件』『戦国鉄砲・傭兵隊』『刀と首取り』『戦国15大合戦の真相』『戦国合戦の虚実』『謎とき日本合戦史』『戦国軍事史への挑戦』『〈負け組〉の戦国史』『戦国時代の大誤解』『戦国武将・人気のウラ事情』『戦国時代の計略大全』以上、鈴木眞哉著『謎とき本能寺の変』『本能寺の変の群像』以上、藤田達生著『明智光秀』『本能寺の変・山崎の戦』以上、高柳光壽著『明智光秀』永井寛著『家康傳』中村孝也著『明智物語』関

西大学中世文学研究会編『毛利輝元卿伝』渡辺世祐監修『細川幽斎伝』平湯晃著『織田信長と安土城』秋田裕毅著『織田信長総合事典』岡田正人編著『斎藤道三と稲葉山城史』村瀬茂七著『岐阜城物語』『落城私考』以上、郷浩著『織田信長』『真説　本能寺』『真説　関ヶ原合戦』以上、桐野作人著『日本戦史　戦国編』河合秀郎著『飛驒中世史の研究』岡村守彦著『「本能寺の変」本当の謎』円堂晃著『丹波人物志』松井拳堂著『明智光秀』小和田哲男著『関ヶ原合戦のすべて』小和田哲男編『関ヶ原合戦四百年の謎』『近世武家社会の政治構造』『関ヶ原合戦と近世の国制』『関ヶ原合戦』以上、笠谷和比古著『関ヶ原前夜』光成準治著『新「関ヶ原合戦」論』白峰旬著『関ヶ原合戦の深層』谷口央編『石田三成』今井林太郎著『関ヶ原合戦』二木謙一著『近江が生んだ知将　石田三成』太田浩司著『弓道　虎の巻』スキージャーナル編『弓道入門』石岡久夫・川村自行著『武器と防具　日本編』戸田藤成著『織田信忠』『大いなる謎関ヶ原合戦』『本能寺の鬼を討て』『裏切りの関ヶ原』『毛利は残った』以上、近衛龍春著

【地方史】
『岐阜県史』『滋賀県史』『京都府史』『大阪府史』『兵庫県史』『岐阜市史』『新修関市史』『大垣市史』『郡上八幡町史』『兼山町史』『富加町史』『川辺町史』『関ヶ原町史』『高富町史』『美山町史』『伊自良誌』『長浜市史』『彦根市史』『京都の歴史』『大阪市史』
各府県市町村の史編さん委員会・史刊行会・史談会・教育会編集・発行ほか

【雑誌・論文等】
『歴史群像』一一二「戦術分析　諸刃の剣となった信長の用兵術　姉川の戦い」『歴史読本』七二七「細川幽斎と明智光秀」七六二「信長と二十六人の子供たち」九〇〇「明智光秀の謎」『別冊歴史読本　関ヶ

原の戦い』新人物往来社編『歴史街道』二〇〇八「本能寺の変」『中世史研究』三九「戦国期美濃における後斎藤氏権力の展開」石川美咲

解説

本郷和人

（一）武士と弓

先《ま》ず問うてみたい。そもそも武士とは何者か。武士が誕生した平安時代、何をどうすれば、汝《なんじ》は天晴《あっぱ》れ武士よ、と周囲から認められたのだろう。

武士とは鎧兜《よろいかぶと》に身を固め、武器を用いて敵を倒す存在である。この点で、文筆を業とし、ときに管弦、蹴鞠《けまり》などを以《もっ》て楽しむ文人とは大いに異なるのは自明である。だが、何らかの伝手《つて》があって武芸を学び、富を蓄えて武具を購入した（武具はたいへんに高価だった）者が「今日から私は武士になる」と宣言すれば、社会はそれを認めたか、といえばそれは違う。

当時、地方の国を治めていたのは中央から派遣される国司《こくし》であった。第一の国司たる国《くに》の守《かみ》（例えば武蔵守《むさしのかみ》、相模守《さがみのかみ》など）は、任期四年のうち一度だけ、国土の神に感謝を捧《ささ》げるために狩りを催し、鹿《しか》や猪《いのしし》などの獲物を神への供物《くもつ》とした。この狩りのことを「大狩《おおかり》」と称したが、武士とはこの大狩への参加を認められた者の称号であった。つまり大狩への招待を受けたときに、名実ともに武士が誕生したのである。

大狩に参加するためには当然、狩猟の業に熟達しなくてはならない。それは先ず乗馬である。馬を自在に操って、野生の動物を追い詰めるのだ。そして弓矢である。弓をつがえて獲物を仕留める。それができてこその武士。それゆえに武士の家に生まれた子どもは、小さなうちから乗馬と弓矢を修練した。武芸を弓矢の道というのはここに由来する。弓は古来、武士にとってかけがえのない武器であった。

こうした大狩の習俗は鎌倉時代にも確かめられる。鎌倉幕府の歴史書である『吾妻鏡《あずまかがみ》』の建久《けんきゅう》四（一一九三）年五月十六日の条をひもとくと、源頼朝《よりとも》が大規模な巻き狩りを催したさまが描写される。大切なことはここで、頼朝の後継者となるべき嫡子《ちゃくし》の頼家《よりいえ》が、初めて鹿を射止めたことだ。頼家が獲物を得ると、頼朝は狩りをいったん中止し、御家人を集めて「矢口の祭り」を執り行った。黒と赤と白の餅《もち》を用意し、それを土地の神々に捧げて感謝の意を表したのだ。

祭りの式次第は、どうやらいくつもの種類があったらしい。武士の家はそれぞれが「矢口の祭り」のやり方を先祖から伝えられていて、その家の子が初めて鹿や猪や鳥を狩ると祭りを行い、土地神に感謝する。つまり、若者は弓を以て獲物を狩ることにより、武士の世界にデビューする。土地の神の祝福を受けて、一人前の武士になる。弓は武士と神々を繋《つな》ぐ神器であった。いいかえれば、武士の正統性を証《あか》しだてる象徴が弓であった。

こうした事情があったから、鎌倉時代にあっては、優秀な武士とは則《すなわ》ち、弓矢の扱いが巧みな者のことであった。江戸時代には武士の魂といわれた刀ではない、槍《やり》や薙刀《なぎなた》でもない。強弓《つよゆみ》の精兵《せいびょう》こそが勇者と謳《うた》われ、尊敬を集めた(ちなみに弓の腕前に次いで称賛されたのは「大力《だいりき》」。力持ちであった)。

(二) 武士と主家

もう一点、平和になった江戸時代に生きる武士と違う、戦う武士の特徴を挙げておこう。それは主従関係に見ることができる。

徳川家康は仕官を嫌う藤原惺窩《せいか》に対し、これはと思う優れた弟子を推薦させた。その結果として慶長十(一六〇五)年、京都二条城で林又三郎という二十三歳の若者が家康に謁見《えっけん》し、大いに気に入られてブレーンの一角を占めることになった。彼こそは代々幕府に仕えた朱子学者・林家《りんけ》の祖、林羅山である。

羅山の活躍もあり、儒学(とくに朱子学)は官学化する。そこでは名分論《めいぶんろん》が厳しく唱えられた。すなわち武士の上位には主君たる殿さまがいて、殿さまの上には将軍が位置する。この分限を犯してはならない。「君、君たらずとも、臣、臣たれ」。たとえ殿が殿らしい振る舞いをしなかったとしても、家臣は家臣としての責務を全うすべし、というのである。

だが、戦国時代までの武士は、明らかに違った。この時代まで、主従の関係は一種の契約であった。主人と従者は「御恩」と「奉公」で結ばれる。従者は主人のために戦場で命を抛《なげう》って戦う。これが奉公のもっとも端的なかたち。これに対して主人は従者に土地や金や名誉を与え、報いる。これがご恩である。ここで主人が暗愚だったりケチだったりして、従者に相応のご恩を与えなかったらどうか。そのときは従者が主君に見切りをつけて去り、新たな主君を探すことが広く認められていた。「君、君たらざれば、臣、臣たらずとも差し支えなし」である。だから自分の腕に自信のある者は、才能を認めてくれる人を求めて、何度も主君を変えて各地を渡り歩くこともあり得たのである。

（三）大島光義という武人

さて、蘊蓄《うんちく》は以上にして、ここでいよいよ本書の主人公、大島光義なる耳慣れない武人について見ていこう。

永禄三（一五六〇）年六月、半月ほど前に今川義元の大軍を桶狭間でうち破った織田信長は、勢いに乗って美濃《みの》に侵攻した。大島光義はこの戦いで、美濃の齋藤《さいとう》家に仕える弓の名手として本書に登場してくる。

注目すべきは、弓の腕前だけではなかった。彼はすでに五十三歳を数えていたのだ。「人生五十年」の戦国時代（武田信玄は同じ五十三歳で病没している。上杉謙信享年《きょうねん》四十九、北条氏康五十七。戦場で斃《たお》れる武士たちは当然もっと若くして亡《な》くなる）であるから、光義はすでに老境にあったといっても過言ではない。だが驚くなかれ、このあと光義はさらに四十年にわたって戦い続けるのである。

戦国の激動の四十年。その間に彼は何度も主人を替えた。齋藤家から、彼の故郷・美濃の国主となった織田信長のもとへ。信長が本能寺に斃れるとその三男・織田信孝に。それから丹羽長秀、豊臣秀吉、最後に徳川家康。多くの主人に仕えたことは、彼がきわめて「役に立つ」、卓越した武人であったことの証左でもある。光義は武士本来の武具である弓にこだわり、弓の技を磨き、信長・秀吉・家康に高く評価されたのだ。武士の真髄を継ぐ者として敬意を払われたのである。九十三歳で関ヶ原の戦いに出陣した彼は、幕府から小なりとはいえ美濃・関《せき》の大名として処遇された。その四年後に彼は没するが、武人として、まことにみごとな生涯であった。

（四）０から１を生むということ

ここで白状しなくてはなるまい。私は歴史研究者の端くれであるにもかかわらず、しかも理論の冴《さ》えで勝負する研究者ではなく、人より少しは故事を知っていることで糊口《ここう》をしのいでいる身でありながら、大島光義なる武将をこれまで見たことも聞いたこともなかった。恥ずかしながら、弓の達人であるこの武将の名は、私の記憶にはなかった。だから本書は、格別な一冊となった。

同じく弓を以て信長に仕えた太田牛一《ぎゅういち》（信長の生涯を伝える良質な史書『信長公記《しんちょうこうき》』の作者）との交流、弓の師匠の娘との老いらくの恋、野性味あふれる娘への弓技の伝授。そして何より、戦いの主役の座を鉄砲に譲った、いわば「時代遅れ」の弓にこだわりぬく武人の心意気。それらが実に丁寧な筆致で描き込まれていて、読者はストーリーに強く引き込まれていく。光義が強弓の精兵として、「武士の古代性」を帯びていたとすれば、光義は武士の花道を飾ったといえはしまいか。

すでにある物語を、新たな演出で描き直してみせる。いわば「1を2に」改良することは、いやこれとても容易ならざる行いであるけれども、すぐれたストーリー・テラーであれば巧みに成し遂げていく。本当に難しいのは「0から1を」生み出すこと。無から有を創出することである。

世に全く知られていない人物を探り出し、丹念に事績を調べ、その上で想像力を縦横に駆使して小説に仕立てることは、この「0から1を」生む行為に他なるまい。研究者の精緻《せいち》な目と、小説家の熟練の腕を必要とする、まさに至難の業である。

かつて吉川英治は宮本武蔵を発掘した。司馬遼太郎は坂本竜馬を世に送り出した。それと軌を一にして、近衛龍春は、大島光義の生涯を描ききった。たいへんな労作であるとともに、味読に値する逸品である。弓にこだわり抜いた大島光義と、彼の鮮烈な人生を眼前に甦《よみがえ》らせてくれた近衛龍春に敬意を込めて乾杯しながら、もう一度読み返すこととしよう。

（平成三十年十二月、東京大学史料編纂所教授）

この作品は平成二十八年七月新潮社より刊行された。

朝井まかて著
眩《くらら》
中山義秀文学賞受賞
北斎の娘にして光と影を操る天才絵師、応為。父の病や叶わぬ恋に翻弄されながら、絵一筋に捧げた生を力強く描く、傑作時代小説。

葉室麟著
橘花抄
己の信じる道に殉ずる男、光を失いながらも一途に生きる女。お家騒動に翻弄されながら守り抜いたものは。清新清冽な本格時代小説。

諸田玲子著
闇の峠
二十余年前の勘定奉行の変死に、父が関わっていた――？ 真相を探るため、娘のせつは佐渡へと旅立つ。堂々たる歴史ミステリー！

新城カズマ著
島津戦記（一）
我ら島津四兄弟が最強の武者なり！ 戦国黎明期の海洋王国「島津」を中心に、史実を圧倒的想像力で更新する「戦国軍記物語」始動。

伊東潤著
義烈千秋 天狗党西へ
国を正すべく、清貧の志士たちは決起した。幕府との激戦を重ね、峻烈な山を越えて京を目指すが。幕末最大の悲劇を描く歴史長編。

伊東潤著
維新と戦った男 大鳥圭介
われ、薩長主導の明治に恭順せず――。江戸から五稜郭まで戦い抜いた異色の幕臣大鳥圭介の戦いを通して、時代の大転換を描く。

新潮文庫最新刊

村上春樹著
騎士団長殺し
第1部 顕れるイデア編
(上・下)
一枚の絵が秘密の扉を開ける――妻と別離し、小田原の山荘に暮らす孤独な画家の前に顕《あらわ》れた騎士団長とは。村上文学の新たなる結晶!

西村京太郎著
琴電殺人事件
こんぴら歌舞伎に出演する人気役者に執拗に脅迫状が送られ、ついに電車内で殺人が。十津川警部の活躍を描く「電鉄」シリーズ第二弾。

京極夏彦著
ヒトでなし
―金剛界の章―
仏も神も人間ではない。ヒトでなしこそが悩める衆生を救う? 罪、欲望、執着、救済の螺旋を描く、超・宗教エンタテインメント!

梶尾真治著
黄泉がえり
again
大地震後の熊本。再び死者が生き返り始めた。不思議な現象のカギはある少女が握っているようで――。生と死をめぐる奇跡の物語。

古野まほろ著
新任巡査
(上・下)
上原頼音《ライト》、22歳。職業、今日から警察官。新任巡査の目を通して警察組織と、組織で働く人間の哀感を描いた究極のお仕事ミステリー。

近衛龍春著
九十三歳の関ヶ原
―弓大将大島光義―
かくも天晴れな老将が実在した! 信長、秀吉、家康に弓の腕を認められ、九十七歳で没するまで生涯現役を貫いた男を描く歴史小説。